Marche ou crève

STEPHEN KING

Carrie	*J'ai lu*	835/3
Shining	*J'ai lu*	1197/6
Danse macabre	*J'ai lu*	1355/5
Cujo	*J'ai lu*	1590/4
Christine	*J'ai lu*	1866/4
L'année du loup-garou		
Salem		
Creepshow		
Peur bleue	*J'ai lu*	1999/3
Charlie	*J'ai lu*	2089/6
Simetierre	*J'ai lu*	2266/7
La peau sur les os	*J'ai lu*	2435/4
Différentes saisons	*J'ai lu*	2434/7
Brume – Paranoïa	*J'ai lu*	2578/5
Brume – La Faucheuse	*J'ai lu*	2579/5
Running man	*J'ai lu*	2694/4
ÇA-1	*J'ai lu*	2892/6
ÇA-2	*J'ai lu*	2893/6
ÇA-3	*J'ai lu*	2894/6
Chantier	*J'ai lu*	2974/6
Misery	*J'ai lu*	3112/6
Marche ou crève	*J'ai lu*	3203/5
La tour sombre-1	*J'ai lu*	2950/3
La tour sombre-2	*J'ai lu*	3037/7
La tour sombre-3	*J'ai lu*	3243/7
Le Fléau-1	*J'ai lu*	3311/6
Le Fléau-2	*J'ai lu*	3312/6
Le Fléau-3	*J'ai lu*	3313/6
Les Tommyknockers-1	*J'ai lu*	3384/4
Les Tommyknockers-2	*J'ai lu*	3385/4
Les Tommyknockers-3	*J'ai lu*	3386/4
Dolores Clairborne		
La part des ténèbres		
Rage	*J'ai lu*	3439/3
Minuit 2	*J'ai lu*	3529/7
Minuit 4	*J'ai lu*	3670/8
Bazaar-1	*J'ai lu*	3817/7
Bazaar-2	*J'ai lu*	3818/7
Jessie	*J'ai lu*	4027/6
Rêves et cauchemars		
Insomnies		

Stephen King
(Richard Bachman)

Marche ou crève

Traduit de l'anglais
par France-Marie Watkins

Éditions J'ai lu

*Pour Jim Bishop,
Murt Hatlen
et Ted Holmes*

Titre original :

THE LONG WALK

© Richard Bachman, 1979

Pour la traduction française :
© Éditions Albin Michel S.A., 1989

« Pour moi, l'Univers entier était dépourvu de Vie, de Dessein, de Volonté, même d'Hostilité ; c'était une énorme, incommensurable machine à vapeur, morte, roulant dans sa morte indifférence pour m'écraser, membre par membre. O vaste, sombre, solitaire Golgotha, et Moulin de Mort ! Pourquoi les Vivants étaient-ils bannis au loin, sans compagnons, conscients ? Pourquoi, s'il n'y a pas de Diable ; non, à moins que le Diable soit votre Dieu ? »

Thomas CARLYLE.

« Je voudrais encourager tous les Américains à marcher le plus souvent possible. C'est plus que sain ; c'est amusant. »

John F. KENNEDY (1962).

« La pompe ne marche pas
Parce que des vandales ont volé la poignée. »

Bob DYLAN.

PREMIÈRE PARTIE

LE DÉPART

1

> « Prononcez le mot secret et gagnez cent dollars. George, qui sont nos premiers concurrents ? George... ? Tu es là, George ? »
>
> Groucho MARX, *You Bet Your Life*

Une vieille Ford bleue se présenta ce matin-là au guichet du parking, l'air d'un petit chien fatigué après une longue course. Un des gardiens, un jeune homme sans expression portant uniforme kaki et ceinturon, demanda à voir la carte d'identité en plastique bleu. Le garçon assis à l'arrière la donna à sa mère, qui la remit au gardien. Celui-ci l'emporta vers un terminal d'ordinateur qui avait l'air bizarre et déplacé dans ce cadre rural. Le terminal avala la carte et écrivit sur son écran :

GARRATY RAYMOND DAVIS
RTE 1 POWNAL MAINE
CANTON D'ANDROSGOGGIN
N° d'immat. *49-801-89*
O.K. — O.K. — O.K.

Le gardien appuya sur un bouton et tout disparut, laissant l'écran lisse, vert et vide. Il leur fit signe d'avancer.

— Ils ne rendent pas la carte ? demanda Mrs. Garraty. Ils ne...

— Non, maman, répondit patiemment Garraty.

— Eh bien, je n'aime pas ça, remarqua-t-elle en allant se garer dans un espace libre.

Elle répétait cela depuis qu'ils étaient partis dans la nuit, à 2 heures du matin. Ou plutôt, elle le gémissait.

— Ne te fais pas de souci, dit-il sans même y prêter attention.

Il était occupé à tout observer et absorbé par ses propres sentiments, d'attente et de peur. Il descendit avant même que la voiture eût poussé son dernier soupir. C'était un grand garçon, bien charpenté, portant un blouson militaire fané contre la fraîcheur de ce petit matin de printemps.

Sa mère aussi était grande, mais trop maigre. Ses seins étaient presque inexistants, deux petits renflements. Ses yeux papillotaient, incertains, vaguement inquiets. Elle avait une figure de malade. Ses cheveux gris fer s'étaient emmêlés sous la complexité des pinces qui auraient dû les maintenir en place. Sa robe lui allait mal, pendait un peu, comme si elle avait récemment beaucoup maigri.

— Ray, chuchota-t-elle de cette voix de conspirateur qu'il commençait à redouter. Ray, écoute...

Il baissa la tête et fit mine de rentrer sa chemise dans son pantalon. Un des gardiens avalait des rations C, à même la boîte, en lisant des bandes dessinées. Garraty le regarda manger et lire et, pour la dix millième fois, pensa : Tout ça, c'est *vrai*. Maintenant, enfin, la pensée se concrétisait.

— Tu peux encore changer d'avis...

La peur et l'impatience montèrent d'un cran.

— Non, répondit-il. La date limite pour se raviser, c'était hier.

Toujours de la voix de conspirateur qu'il détestait, elle insista :

— Ils comprendraient. J'en suis sûre. Le commandant...

— Le commandant me..., commença à répliquer Garraty et il vit l'expression douloureuse de sa mère. Tu sais ce que ferait le commandant, maman.

Une autre voiture avait terminé le rituel du portail et s'était garée. Un garçon brun en sortit. Ses parents le suivirent et pendant un moment ils restèrent groupés, comme des joueurs de base-ball inquiets conférant avant le match. Comme la plupart des autres garçons, celui-ci portait un léger havresac. Garraty se demanda s'il n'aurait pas dû lui aussi en prévoir un.

— Tu ne changeras pas d'avis ?

C'était le remords, le remords sous l'apparence de l'anxiété. Ray Garraty n'avait que seize ans mais il savait ce qu'était le remords. Elle regrettait en ce moment d'avoir été trop négligente, trop fatiguée, ou peut-être trop préoccupée par d'autres chagrins pour mettre fin dès le début à la folie de son fils, pour l'arrêter avant que la lourde machinerie de l'Etat, avec ses gardiens en kaki et ses ordinateurs, prenne la relève, pour l'enfermer de plus en plus chaque jour dans son insensible réalité, jusqu'à la veille où le couvercle était retombé avec un claquement définitif.

Il lui posa une main sur l'épaule.

— C'est moi qui l'ai voulu, maman. Je sais que ce n'est pas toi. Je... (Il se retourna. Personne ne faisait attention à eux.) Je t'aime, mais cela vaut mieux, d'un côté comme de l'autre.

— Mais non, protesta-t-elle, au bord des larmes.

Non, pas du tout, Ray, si ton père était là il ne te laisserait pas...

— Oui, mais il n'est pas là.

Il avait été brutal, dans l'espoir de prévenir les larmes... Et s'ils devaient l'entraîner de force ? Il avait entendu dire que cela arrivait parfois. Cette pensée le glaça. D'une voix plus douce, il ajouta :

— Laisse tomber, maman. D'accord ?...

— D'accord, répondit-il pour elle en se forçant à sourire.

Elle avait encore le menton qui tremblait mais elle hocha la tête. Pas d'accord, mais trop tard. On n'y pouvait plus rien.

Un vent léger soupirait dans les sapins. Le ciel était d'un bleu pur. La route s'allongeait devant eux et une simple borne de pierre marquait la frontière entre l'Amérique et le Canada. Tout à coup, l'impatience de Ray Garraty fut plus forte que sa peur et il eut hâte de partir, de tout mettre en branle.

— J'ai préparé ça pour toi. Tu peux les emporter, ce n'est pas trop lourd, dis ?

Elle lui tendait un paquet de biscuits enveloppés dans du papier d'argent. Il les prit puis il enlaça gauchement sa mère, pour essayer de lui donner ce dont elle avait besoin. Il l'embrassa sur la joue. Sa peau était comme de la vieille soie. Pendant un instant, il fut bien près de pleurer lui-même. Puis il pensa à la figure moustachue et souriante du commandant et il recula, en fourrant les biscuits dans une poche de son blouson.

— Au revoir, maman.

— Au revoir, Ray. Conduis-toi bien.

Elle s'attarda un moment et elle lui parut si légère que les petites bouffées de vent matinal pourraient l'emporter... comme des aigrettes de pissenlit. Puis elle remonta dans la voiture et mit le moteur en marche. Garraty resta où il était. Elle agita la main.

Ses larmes ruisselaient, maintenant. Il les voyait. Il lui fit aussi un signe de la main puis, tandis qu'elle s'éloignait, resta là, les bras ballants, conscient d'avoir l'air sage, courageux et solitaire. Mais quand la voiture fut ressortie par le portail, cette solitude l'accabla et il redevint un jeune garçon de seize ans, seul dans un endroit inconnu.

Il se retourna vers la route. Un autre garçon, un brun, regardait partir ses parents. Il avait une vilaine cicatrice sur une joue. Garraty s'approcha de lui et lui dit bonjour. Le gosse brun lui jeta un coup d'œil.

— Salut.
— Je m'appelle Ray Garraty, dit-il en se faisant l'effet d'un con.
— Peter McVries.
— Tu es fin prêt ?
— Bof. Je me sens nerveux. C'est ça le pire.

Garraty opina.

Tous deux marchèrent vers la route et la borne. Derrière eux, d'autres voitures sortaient du parking. Brusquement, une femme se mit à crier. Inconsciemment, Garraty et McVries se rapprochèrent. Ni l'un ni l'autre ne se retourna. Devant eux, c'était la route, large et noire.

— Le revêtement va être brûlant à midi, dit soudain McVries. Je resterai sur le bas-côté.

Garraty approuva. McVries le regarda d'un air songeur.

— Combien tu pèses ?
— Soixante-dix kilos.
— Moi, soixante-treize. On dit que les types les plus lourds se fatiguent plus vite mais je crois que je suis en assez bonne forme.

Garraty trouvait que Peter McVries avait l'air encore mieux que ça, dans une forme impressionnante. Il se demanda qui était ce *on*, qui prétendait que les plus lourds se fatiguaient plus vite ; il faillit le lui demander mais se ravisa. Tout ce qui concernait la Marche tenait un peu de la légende.

McVries s'assit à l'ombre, près de deux autres garçons. Au bout d'un moment, Garraty vint le rejoindre mais McVries semblait se désintéresser de lui. Il consulta sa montre. Il était 8 h 05. Encore cinquante-cinq minutes. L'impatience et l'appréhension revinrent et il s'efforça de les chasser, en se disant qu'il devait profiter de pouvoir rester assis.

Les garçons l'étaient tous. Assis par groupes, ou seuls ; l'un d'eux avait grimpé sur la branche basse d'un sapin surplombant la route et mangeait un sandwich à la confiture. Il était maigre et blond, en pantalon violet et chemise bleue sous un vieux chandail vert à fermeture Eclair, troué aux coudes. Garraty se demanda si les maigres tiendraient le coup ou abandonneraient vite.

Les garçons à côté desquels McVries et lui s'étaient assis étaient en pleine conversation.

— D'abord, je ne me dépêcherai pas, déclara l'un d'eux. Pour quoi faire ? Je m'échaufferai. Il faut s'adapter, c'est tout. L'adaptation, c'est le mot clef, ici. Rappelez-vous où vous avez entendu ça pour la première fois.

Il regarda autour de lui et découvrit Garraty et McVries.

— Encore des agneaux pour l'abattoir. Je m'appelle Hank Olson. La marche, c'est mon truc, dit-il sans l'ombre d'un sourire.

Garraty se présenta. McVries donna son nom presque distraitement, sans cesser de regarder la route.

— Moi, c'est Art Baker, dit l'autre avec un très léger accent du Sud.

Tous quatre se serrèrent la main. Un bref silence tomba, rompu finalement par McVries.

— Ça flanque un peu la trouille, hein ?

Ils hochèrent la tête, sauf Hank Olson qui haussa les épaules en riant. Garraty regarda le garçon dans l'arbre finir son sandwich, rouler en boule le papier gras et le jeter sur le bas-côté. Il tombera vite, pensa-t-il, ce qui le rassura un peu.

— Vous voyez cette tache-là, juste à côté de la borne ? demanda soudain Olson.

Ils regardèrent tous. La brise faisait danser des ombres sur la chaussée. Garraty n'était pas sûr d'apercevoir quelque chose.

— Ça date de l'avant-dernière Longue Marche, expliqua Olson avec une sombre satisfaction. Un gosse a eu une telle frousse qu'il est resté pétrifié, à 9 heures.

Ils envisagèrent cette horreur en silence.

— Pouvait pas bouger du tout. Il a reçu ses trois avertissements et puis, à 9 h 02, ils lui ont refilé son ticket. Là, exactement, à la borne de départ.

Garraty se demanda s'il allait aussi rester pétrifié. Il ne le pensait pas mais on ne pouvait être sûr de ce genre de chose que le moment venu, et c'était une pensée terrifiante. Il se demanda pourquoi Hank Olson avait raconté ça. Tout à coup, Art Baker se redressa.

— Les voilà !

Une jeep beige s'arrêta à la hauteur de la borne. Elle était suivie d'un drôle de véhicule à chenilles qui roulait beaucoup plus lentement, un half-track muni d'antennes radar paraboliques pas plus grosses que des jouets à l'avant et à l'arrière. Deux soldats étaient vautrés dessus. Garraty eut froid dans le ventre en les voyant. Ils étaient armés de fusils de guerre, du type carabines de gros calibre.

Quelques garçons se levèrent mais Garraty resta assis ; Olson et Baker aussi ; McVries ne leur jeta qu'un coup d'œil et se replongea dans ses pensées.

Le gosse dans l'arbre balançait tranquillement les pieds.

Le commandant descendit de la jeep. Il était grand, se tenait très droit, bronzé par le désert, un hâle superbe qui allait bien avec sa simple tenue kaki. Il avait un pistolet à son ceinturon et portait des lunettes de soleil miroirs. Le bruit courait que les yeux du commandant étaient extrêmement sensibles à la lumière et que jamais on ne le voyait en public sans ses lunettes de soleil.

— Asseyez-vous, les petits, dit-il. N'oubliez jamais la Suggestion 13.

La Suggestion 13, c'était : « Conservez précieusement votre énergie. »

Ceux qui s'étaient levés se rassirent. Garraty regarda encore sa montre. Elle marquait 8 h 16 et il remarqua qu'elle avançait d'une minute : le commandant arrivait toujours à l'heure précise. Il songea un instant à la remettre à l'heure mais oublia immédiatement.

— Je ne vais pas faire de discours, déclara le commandant en tournant vers eux les miroirs qui lui cachaient les yeux. Je félicite parmi vous le gagnant, et je m'incline devant la vaillance des autres.

Il se tourna vers l'arrière de la jeep. Il y eut un silence pesant. Garraty inspira une bonne bouffée d'air printanier. Il allait faire chaud. Bonne journée pour marcher.

Le commandant revint vers eux, un bloc à la main.

— Quand j'appellerai votre nom, vous vous avancerez et prendrez votre numéro. Ensuite, vous retournerez à votre place jusqu'à ce que nous commencions. Pressons, s'il vous plaît.

— T'es dans l'armée, à présent, chuchota Olson en riant, mais Garraty ne répondit pas.

On ne pouvait s'empêcher d'admirer le commandant. Le père de Garraty, avant que les Escouades l'emmènent, avait coutume d'en parler comme du monstre le plus rare et le plus dangereux qu'une nation eût produit, un sociopathe entretenu par la société. Mais il n'avait jamais vu le commandant en personne.

— Aaronson.

Un petit paysan trapu à la nuque rouge s'avança en traînant les pieds, visiblement impressionné, et prit son grand 1 en plastique. Il le fixa à sa chemise par la bande adhésive et le commandant lui donna une claque dans le dos.

— Abraham !

Un grand garçon blond-roux, en jean et tee-shirt. Son blouson était attaché par les manches autour de sa taille, à la manière des écoliers, et lui battait les genoux. Olson ricana.

— Baker, Arthur.

— C'est moi, dit Baker en se levant.

Sa démarche nonchalante paraissait trompeuse et inquiéta Garraty. Baker allait être dur. Baker allait tenir longtemps.

Baker revint, le chiffre 3 collé sur le devant droit de sa chemise.

— Il t'a dit quelque chose ? demanda Garraty.

— Il m'a demandé s'il commençait à faire chaud, par chez nous dans le Sud, répondit timidement Baker. Ouais... le commandant m'a parlé.

— Pas si chaud qu'il va commencer à faire par ici, pouffa Olson.

— Baker, James, appela le commandant.

Cela dura jusqu'à 8 h 40. Il n'y avait aucun absent. Personne ne s'était défilé. Derrière eux, dans le parking, des voitures démarraient et partaient, des garçons de la liste de réserve qui allaient maintenant rentrer chez eux et regarder la Longue Marche à la télévision. Ça y est, pensa Garraty, ça y est vraiment.

Quand son tour vint, le commandant lui donna le numéro 47 et lui souhaita bonne chance. De près, il avait une odeur très masculine et presque subjugante. Garraty domina une envie quasi irrésistible de lui toucher la jambe, pour voir s'il était bien réel.

Peter McVries avait le numéro 61, Hank Olson le 70. Il resta auprès du commandant plus longtemps que les autres. Le commandant rit de quelque chose que lui dit Olson et lui claqua l'épaule.

— J'y ai dit de garder un tas d'argent sous la main, raconta Olson en revenant. Et il m'a dit de les faire tous baver. Il a dit que ça lui plaisait, quelqu'un qui était plein d'enthousiasme pour la marche. Fais-les baver, mon garçon, qu'il m'a dit.

— Pas mal, dit McVries, et il cligna de l'œil vers Garraty.

Garraty se demanda ce que McVries voulait dire, avec ce clin d'œil. Est-ce qu'il se moquait d'Olson ?

Le garçon maigre dans l'arbre s'appelait Stebbins. Il prit son numéro tête baissée, sans adresser un seul mot au commandant, et revint s'asseoir au pied de son sapin. Malgré lui, Garraty était fasciné par ce garçon.

Le numéro 100 était un rouquin au teint volcanique qui s'appelait Zuck. Il alla prendre son numéro et puis tout le monde s'assit pour attendre la suite des événements.

Les trois soldats du half-track distribuèrent de larges ceintures dont les poches pressionnées étaient bourrées de tubes de concentrés hautement énergétiques. D'autres soldats arrivèrent avec des bidons. Les garçons bouclèrent les ceintures et y accrochèrent les bidons. Olson portait la sienne bas sur les hanches, comme dans les westerns ; il trouva dans une poche un gros bâton de chocolat fourré Waida et y mordit.

— Pas mauvais, annonça-t-il avec un large sourire.

Il fit passer le chocolat avec de l'eau de son bidon et Garraty se demanda s'il fanfaronnait ou s'il savait quelque chose que lui-même ignorait.

Le commandant les examina gravement. La montre de Garraty marquait 8 h 56... Comment pouvait-il être aussi tard ? Son estomac se crispa péniblement.

— C'est bon, les gars, alignez-vous par dix, s'il vous plaît. Pas d'ordre particulier. Restez avec vos copains, si vous voulez.

Garraty se leva. Il se sentait engourdi, irréel. Comme si son corps appartenait à quelqu'un d'autre.

— Eh bien ça y est, on y va, dit McVries à côté de lui. Bonne chance, tout le monde.

— Bonne chance à toi, dit Garraty, surpris.

— Je dois être un peu fêlé, grogna McVries.

Il était soudain pâle, en sueur, et sa forme paraissait beaucoup moins impressionnante que tout à l'heure. Il essayait de sourire et n'y arrivait pas. Sur sa joue, la cicatrice faisait un point d'exclamation insolite.

Stebbins se leva et s'installa sans se presser à l'arrière de la file. Olson, Baker, McVries et Garraty étaient au troisième rang. Garraty avait la gorge sèche. Il se demanda s'il devait boire mais y renonça. Jamais il n'avait eu tellement conscience de ses pieds. Il se demanda s'il n'allait pas rester pétrifié et recevoir son ticket sur la ligne de départ. Il se demanda si Stebbins tomberait vite... Stebbins avec son sandwich à la confiture et son pantalon violet. Et si c'était lui-même qui s'écroulait le premier ? Il se demanda ce qu'il ressentirait si...

Il était 8 h 59 à sa montre.

Le commandant avait les yeux baissés sur un chronomètre de poche en inox. Il leva lentement la main et tout resta en suspens. Les cent garçons la regardaient avec attention ; le silence était intense, impressionnant. Il n'y avait plus que le silence.

La montre de Garraty marqua 9 heures mais la main levée ne tomba pas.

Allez ! pensa-t-il. Allez ! Qu'est-ce qu'il attend ?

Il avait envie de hurler.

Puis il se souvint que sa montre avançait d'une minute... il avait oublié de la régler sur celle du commandant.

Et la main du commandant retomba.

— Bonne chance à tous !

Sa figure était inexpressive derrière ses lunettes miroirs. Ils se mirent en marche souplement, sans bousculade.

Garraty marchait avec eux. Il ne s'était pas figé, personne n'était resté pétrifié. Ses pieds franchirent la borne, au pas cadencé, entre ceux de McVries à gauche et ceux d'Olson à droite. Tous ces pieds faisaient grand bruit.

Ça y est ! Ça y est ! Ça y est !

Tout à coup, il lui vint une folle envie de s'arrêter. Rien que pour voir s'ils étaient vraiment sérieux. Il rejeta cette pensée avec indignation mais aussi avec un peu d'angoisse.

Ils quittèrent l'ombre pour le soleil, le chaud soleil de printemps. C'était agréable. Garraty se détendit, mit les mains dans ses poches et marcha du même pas que McVries. Le groupe commença à se déployer, chacun trouvant sa propre allure. Le half-track cliquetait sur le bas-côté en soulevant de la poussière. Les petits radars paraboliques tournaient régulièrement, surveillant la vitesse de chaque marcheur au moyen d'un ordinateur de bord.

L'élimination pour lenteur était fixée à exactement 6,5 kilomètres à l'heure.

— Avertissement ! Avertissement 88 !

Garraty sursauta et se retourna. C'était Stebbins, le 88. Soudain, il fut certain que Stebbins allait recevoir son ticket, là, encore en vue de la ligne de départ.

— Malin, dit Olson.

— Hein ? fit Garraty qui dut faire un effort pour remuer sa langue.

— Il prend un avertissement alors qu'il est encore frais pour se faire une idée de la limite. Ensuite il peut assez facilement le faire annuler. Il suffit de marcher pendant une heure sans nouvel avertissement pour perdre un des anciens. Tu le sais bien.

— Oui, bien sûr, marmonna Garraty.

C'était dans le règlement. On vous donnait trois avertissements. La quatrième fois qu'on passait au-dessous des 6,5 à l'heure on était... Eh bien, on était éliminé de la Marche. Mais si on avait trois avertissements, il suffisait de marcher trois heures, on se retrouvait comme au départ.

— Alors maintenant, dit Olson, il sait. Et à 10 h 02, il sera de nouveau peinard.

Garraty marchait d'un bon pas. Il se sentait très bien. La borne de départ disparut derrière le haut d'une colline et ils descendirent dans une longue vallée boisée de sapins. Çà et là, s'étendaient des champs rectangulaires à la terre récemment retournée.

— Des tomates, à ce qu'il paraît, dit McVries.

— Les meilleures du monde, dit automatiquement Garraty.

— T'es du Maine ? demanda Baker.

— Ouais, du sud de l'Etat.

Il regarda devant eux. Plusieurs garçons s'étaient

détachés du peloton et faisaient au moins du 10 à l'heure. Deux d'entre eux portaient des blousons de cuir identiques, avec une espèce d'aigle sur le dos. La tentation était forte de forcer l'allure mais Garraty refusa de se presser. « Conservez précieusement votre énergie. » Suggestion 13.

— Est-ce que la route passe près de chez toi ? demanda McVries.

— A une douzaine de kilomètres. Je suppose que ma mère et ma petite amie viendront me voir passer... Si je marche jusque-là, bien sûr, prit-il le soin d'ajouter.

— Merde, y en aura pas vingt-cinq de partis, quand nous arriverons en bas de l'Etat, dit Olson.

Un silence s'ensuivit. Garraty savait que ce n'était pas vrai et il soupçonna Olson de le savoir aussi.

Deux autres garçons reçurent des avertissements et, en dépit de ce qu'avait dit Olson, le cœur de Garraty lui manqua à chaque fois. Il se retourna sur Stebbins, toujours en queue, qui mangeait un autre sandwich à la confiture. Un troisième dépassait de la poche de son chandail vert. Garraty se demanda si c'était sa mère qui les lui avait faits et cela lui fit penser aux biscuits que la sienne lui avait donnés, l'avait forcé à prendre, comme pour conjurer les mauvais esprits.

— Pourquoi est-ce qu'on ne laisse personne assister au départ de la Longue Marche ? demanda-t-il.

— Ça fait perdre leur concentration aux marcheurs, répliqua une voix cassante.

Garraty tourna la tête. C'était un garçon petit, très brun, au regard intense, portant son numéro 5 au col de son blouson. Garraty ne se rappelait pas son nom.

— Leur concentration ?

— Oui, expliqua le garçon en se rapprochant. Le commandant dit que c'est très important de se concentrer dans le calme, au départ d'une Longue Marche. Je suis d'accord. La surexcitation, la foule, la télévision, plus tard. Pour le moment, tout ce qu'il nous faut, c'est faire le point.

Il appuya son pouce d'un air songeur sur le bout de son nez ; il avait là un gros bouton rouge. Il examina Garraty de ses yeux noirs sous ses paupières lourdes et répéta :

— Le point. Se concentrer.

— Moi, je me concentre sur la drague et les filles au pieu, dit Olson.

5 eut l'air indigné.

— Tu dois régler ton allure et te concentrer sur toi-même. Tu dois avoir un plan. Ah, au fait, je suis Gary Barkovitch, de Washington, D.C.

— Moi je suis John Carter, de Barsoom, Mars, répliqua Olson.

Barkovitch retroussa la lèvre d'un air méprisant et se laissa distancer.

— Y a des dingues partout, jugea Olson.

Mais Garraty trouvait que Barkovitch raisonnait assez bien... du moins jusqu'à ce qu'un des soldats crie :

— Avertissement ! Avertissement 5 !

— J'ai un caillou dans ma chaussure ! protesta Barkovitch.

Le soldat ne répondit pas. Il sauta du half-track et se planta sur le bas-côté, en face de Barkovitch. Il avait à la main un chrono en inox comme celui du commandant. Barkovitch s'arrêta tout à fait et ôta sa chaussure. Il en fit tomber un minuscule caillou. La figure sombre, olivâtre, luisante de sueur, il ne fit pas du tout attention quand le soldat cria un deuxième avertissement. Il tira soigneusement sa chaussette.

— Oh ! oh ! fit Olson.

Ils s'étaient tous retournés et marchaient à reculons. Stebbins, toujours en queue, passa devant Barkovitch sans le regarder. A présent, Barkovitch était tout seul, un peu à droite de la ligne blanche, et relaçait sa chaussure.

— Troisième avertissement, 5. Avertissement final.

Il y avait quelque chose dans le ventre de Garraty qui lui faisait l'effet d'une boule. Il ne voulait pas regarder mais en même temps il ne pouvait détourner les yeux. Il avait oublié la Suggestion 13 et gaspillait son énergie en marchant à reculons mais il ne pouvait s'en empêcher non plus. Il croyait *sentir* les secondes de Barkovitch s'égrener et s'épuiser.

— Ah merde, dit Olson. Ça, c'est de la connerie, il va recevoir son ticket.

Mais alors Barkovitch se redressa. Il prit encore le temps de faire tomber la terre des genoux de son pantalon. Puis il se mit à courir, rattrapa le groupe et reprit son allure de marche. Il dépassa Stebbins, qui ne le regarda toujours pas, et rejoignit Olson.

Il riait et ses yeux noirs brillaient.

— Tu vois? Je viens de me faire passer une épreuve. Ça fait partie de mon plan.

— C'est ce que tu crois, répliqua Olson d'une voix plus aiguë que d'habitude. Tout ce que je vois, c'est que t'as trois avertissements. Pour ta foutue minute et demie, tu vas devoir marcher pendant *trois* putains *d'heures!* Et pourquoi est-ce que t'avais besoin de repos, Ducon? On vient de partir! Je te jure!

Barkovitch prit un air outragé. Ses yeux foudroyèrent Olson.

— Nous verrons qui aura son ticket le premier, toi ou moi! dit-il. C'est tout dans mon plan.

— Ton plan et ce qui sort de mon cul se ressemblent bougrement, rétorqua Olson, et Baker pouffa.

Avec un reniflement de dégoût, Barkovitch les dépassa. Olson ne put résister au plaisir de décocher la flèche du Parthe :

— Et ne bute pas, crétin ! Ils ne te ramassent pas, ils ne te donnent plus d'avertissement, simplement...

Barkovitch ne se retourna même pas, alors Olson se tut et haussa les épaules.

A 9 h 13 à la montre de Garraty (il avait cette fois pris soin de la retarder d'une minute), la jeep du commandant arriva au sommet de la côte qu'ils descendaient. Elle se gara à leur hauteur sur le bas-côté opposé à celui que suivait le half-track de contrôle. Le commandant porta à ses lèvres un mégaphone à piles.

— J'ai le plaisir de vous annoncer que vous avez couvert les premiers seize cents mètres de votre randonnée, les gars. Je voudrais aussi vous rappeler que la plus longue distance jamais couverte par un contingent de marcheurs au complet est de douze kilomètres quatre cent vingt. J'espère que vous ferez mieux que ça.

La jeep accéléra. Olson parut recevoir cette nouvelle avec une grande surprise et même de la frayeur. Pas même quinze kilomètres, pensait Garraty. C'était beaucoup moins qu'il ne l'avait imaginé. Il s'attendait à ce que personne, pas même Stebbins, n'ait de ticket avant la fin de l'après-midi, au moins. Il pensa à Barkovitch. Il suffirait qu'il passe une fois au-dessous de la vitesse prescrite dans la prochaine heure.

— Ray ?

Art Baker s'approchait. Il avait ôté son blouson et le portait sur le bras.

— Tu avais une raison particulière de faire la Longue Marche ? demanda-t-il.

Garraty décrocha son bidon et but rapidement

une gorgée. L'eau était fraîche. Elle laissa des perles d'humidité sur sa lèvre supérieure et il les essuya du bout de la langue. C'était bon. Bon de sentir des choses comme ça.

— Dans le fond, je n'en sais rien, répondit-il sincèrement.

— Moi non plus. (Baker réfléchit un moment.) Est-ce que tu faisais de l'athlétisme ou autre chose au lycée ?

— Non.

— Moi non plus. Mais ça ne doit pas avoir d'importance, hein ? Plus maintenant.

— Non, plus maintenant.

La conversation s'arrêta là. Ils traversaient un petit village avec un magasin général et une pompe à essence. Deux vieux assis sur des chaises de jardin, devant la station-service, les regardèrent passer avec des yeux de reptiles sous leurs lourdes paupières de vieillards. Sur le seuil du magasin, une jeune femme soulevait son petit garçon dans les bras pour qu'il les voie. Et deux enfants plus grands, douze ans, pensa Garraty, les suivirent des yeux avec nostalgie.

Quelques garçons commencèrent à s'interroger sur la distance parcourue. La consigne passa qu'un second half-track de contrôle avait été envoyé pour surveiller la demi-douzaine de concurrents de l'avant-garde... qui étaient maintenant tout à fait hors de vue. Quelqu'un dit qu'ils marchaient à onze kilomètres à l'heure. Un autre dit seize. Un autre encore leur déclara avec autorité qu'un des types en avant était à la traîne et avait reçu deux avertissements. Garraty se demanda pourquoi ils ne le rattrapaient pas, si c'était vrai.

Olson termina la bouchée de chocolat Waifa qu'il avait entamée au départ et but un peu d'eau. D'autres mangeaient mais Garraty préférait attendre d'avoir vraiment faim. Il avait entendu dire que les concentrés étaient très bons. Les astronautes en emportaient quand ils partaient dans l'espace.

Un peu après dix heures, ils passèrent devant un panneau indiquant LIMESTONE 16 KM. Garraty songea à la seule Longue Marche à laquelle son père lui eût permis d'assister. Ils étaient allés à Freeport, pour la voir passer. Sa mère était avec eux. Les marcheurs étaient fatigués, ils avaient les yeux creux et ils entendaient à peine les acclamations, les hourras de la population qui encourageait ses favoris, ceux sur lesquels elle avait parié. Son père lui avait dit plus tard qu'il y avait du monde au bord de la route jusqu'à Bangor et plus loin. Le haut pays n'était pas si intéressant et la route était strictement interdite, peut-être pour qu'ils puissent se concentrer, comme disait Barkovitch. Mais à mesure que le temps passait, la foule grossissait, naturellement.

Quand les marcheurs étaient passés par Freeport, cette année-là, ils étaient sur la route depuis plus de soixante-douze heures. Garraty avait alors dix ans et tout l'impressionnait. Le commandant avait fait un discours alors que les garçons étaient encore à huit kilomètres de la ville. Il avait commencé par la Compétition, il était passé au Patriotisme et il avait conclu par ce qu'il appelait le Produit National Brut, ce qui avait fait rire Garraty parce qu'il croyait que brut voulait dire mauvais. Il avait mangé six hot dogs et quand finalement il avait aperçu les marcheurs, il avait mouillé son pantalon.

Un garçon hurlait. C'était son souvenir le plus précis. Chaque fois qu'il posait un pied, il hurlait : *Je ne peux pas. JE NE PEUX PAS. Je ne peux pas. JE NE PEUX PAS.* Mais il continuait à marcher. Ils continuaient tous et bientôt le dernier était passé. Garraty était un peu déçu de n'avoir vu personne recevoir son ticket. Ils n'étaient plus jamais allés voir une Longue Marche. Cette nuit-là, Garraty avait entendu son père crier à quelqu'un au téléphone, d'une voix pâteuse, comme lorsqu'il était ivre ou parlait politique, et sa mère à l'arrière-plan qui chuchotait de sa voix de conspirateur, en le suppliant de se taire, s'il te plaît, arrête, avant que quelqu'un décroche sur la ligne commune.

Garraty but encore un peu d'eau et se demanda comment allait Barkovitch.

Les maisons se resserraient, à présent. Des familles, installées sur leur pelouse, leur souriaient, agitaient la main, en buvant du Coca-Cola.

— Garraty, dit McVries. Dis donc, dis donc, regarde ce que t'as !

Une jolie fille de seize ans environ, en chemisier blanc et corsaire à carreaux rouges, brandissait une grande pancarte : GO-GO-GARRATY NUMÉRO 47 NOUS T'AIMONS RAY *Champion du Maine*.

Garraty sentit son cœur se gonfler. Il comprit soudain qu'il allait gagner. La jeune inconnue le prouvait.

Olson émit un sifflement mouillé et fit rapidement glisser plusieurs fois son index rigide dans son autre poing fermé. Garraty trouva cela assez osé.

Au diable la Suggestion 13 ! Garraty courut sur le bas-côté. La fille vit son numéro et poussa un cri aigu. Elle se jeta à son cou et l'embrassa passionnément. Garraty fut subitement excité, en sueur. Il rendit vigoureusement le baiser. La fille lui enfonça deux fois sa langue dans la bouche, délicatement. A peine conscient de ce qu'il faisait, il lui pinça une fesse.

— Avertissement ! Avertissement 47 !

Garraty recula en riant.

— Merci.

— Ah... ah... ah... de rien !

Elle avait les yeux rêveurs.

Il chercha quelque chose à dire mais vit le soldat qui ouvrait la bouche pour le deuxième avertissement. Il courut reprendre sa place, un peu haletant, mais souriant. Il se sentait un peu coupable vis-à-vis de la Suggestion 13. Olson riait aussi.

— Pour ça, j'aurais pris trois avertissements.

Garraty ne répondit pas, mais il fit demi-tour et marcha à reculons, en agitant le bras à l'intention de la fille. Quand elle fut hors de vue, il se retourna et se mit à marcher résolument. Dans une heure son avertissement serait annulé. Il devait faire attention de ne pas s'en attirer un autre. Mais il se sentait bien. En pleine forme. Capable de marcher comme ça jusqu'en Floride. Il pressa le pas.

— Ray, dit McVries, toujours souriant, t'es pressé ?

Il avait raison. Suggestion 6 : « Lentement et calmement. »

— Merci.

— Ne me remercie pas trop. Je suis là pour gagner, moi aussi.

Garraty, déconcerté, le regarda.

— Ne mettons pas ça sur un plan Trois Mousquetaires, quoi. Je t'aime bien et il est évident que tu plais aux jolies filles. Mais si tu tombes, je ne te ramasserai pas.

— Ouais.

Garraty lui rendit son sourire mais le sien était plus hésitant.

— D'un autre côté, intervint Baker de sa voix traînante, nous sommes tous dans le même bain et nous pourrions aussi bien nous amuser, nous distraire mutuellement.

McVries sourit.

— Pourquoi pas ?

Ils arrivèrent au bas d'une côte et réservèrent leur souffle pour la montée. A mi-hauteur, Garraty ôta son blouson et le jeta sur son épaule. Quelques instants plus tard, ils passèrent devant un chandail que quelqu'un avait jeté sur la route. Y en a un, pensa Garraty, qui va regretter d'avoir fait ça, ce soir. Au loin devant eux, deux des marcheurs de tête perdaient du terrain.

Garraty se concentra pour s'appliquer à les rattraper et à les doubler. Il se sentait encore très bien. Il se sentait fort.

2

> « Maintenant vous avez l'argent, Ellen, et il est tout à vous. A moins, naturellement, que vous vouliez l'échanger contre ce qu'il y a derrière ce rideau. »
>
> Monty HALL, *Let's Make a Deal*

— Harkness. Numéro 49. Tu es Garraty, numéro 47 ? C'est ça ?

Garraty examina Harkness, qui avait des lunettes et les cheveux en brosse, une figure rouge luisante de sueur.

— C'est ça.

Harkness avait un cahier. Il y nota le nom et le numéro de Garraty. Son écriture était bizarre et irrégulière, saccadée, au rythme de sa marche. Il se heurta à un type appelé Collie Parker qui lui demanda où il allait nom de Dieu putain. Garraty réprima un sourire.

— Je note le nom et le numéro de tout le monde, expliqua Harkness.

Quand il releva la tête le soleil étincela sur ses verres et Garraty dut cligner les yeux pour voir sa figure. Il était 10 h 30 et ils arrivaient à douze kilomètres huit cents de Limestone ; ils n'avaient plus que deux kilomètres huit cents à faire pour battre le record de la plus grande distance parcourue par un groupe de Longue Marche au complet.

— Vous devez vous demander pourquoi je fais ça, dit Harkness.

— T'es avec les Escouades ! plaisanta Olson, par-dessus son épaule.

— Non, répondit aimablement Harkness. Je vais écrire un livre. Quand ce sera fini, tout ça, je vais écrire un livre.

— Tu veux dire que si tu gagnes tu vas écrire un livre, fit en riant Garraty.

Harkness eut un geste vague.

— Oui, si tu veux. Mais réfléchis. Un livre sur la Longue Marche par un type qui était dans le coup, ça doit faire de vous un homme riche.

McVries éclata de rire.

— Si tu gagnes, t'auras pas besoin d'un bouquin pour être riche, tu sais !

Harkness fronça les sourcils.

— Eh bien... peut-être pas. Mais ça ferait quand même un livre bougrement intéressant, non ?

Ils continuèrent de marcher et Harkness continua de noter les noms et les numéros. La plupart des garçons les donnaient assez volontiers, tout en se moquant de lui et de son grand livre.

Ils avaient couvert maintenant neuf kilomètres six cents. Le bruit courut que ça paraissait bon pour le record. Garraty se demanda vaguement pourquoi ils voulaient battre ce record, après tout. Plus vite la concurrence serait éliminée, meilleures deviendraient les chances pour ceux qui restaient. Il supposa que c'était une question de fierté. Le bruit courut aussi que des orages étaient prévus pour l'après-midi ; Garraty supposa que quelqu'un avait un transistor. Si c'était vrai, ce ne serait pas agréable. Les averses orageuses du début de mai n'étaient pas des plus chaudes.

Ils marchaient toujours.

McVries avançait d'un pas ferme, tête haute, en balançant légèrement les bras. Il avait essayé le bas-côté mais avait vite renoncé à se battre contre la terre molle. Il n'avait pas reçu d'avertissement et si son sac à dos lui faisait mal ou lui sciait les épaules, il n'en montrait rien. Ses yeux guettaient constamment l'horizon. Quand il passait devant de petits groupes, il agitait la main et souriait d'un air pincé. Il ne laissait paraître aucune fatigue.

Baker avançait nonchalamment, d'un pas traînant, les genoux fléchis, mais il semblait couvrir beaucoup de terrain sans en avoir l'air. Il balançait négligemment son blouson, souriait aux badauds qui les montraient du doigt et sifflotait de temps en temps des bribes de chansons. Garraty l'estima capable de marcher éternellement.

Olson était moins bavard et toutes les deux ou trois minutes il pliait un genou. A chaque fois, Garraty entendait le craquement de la rotule. Olson se raidit un peu, pensa-t-il, ses neuf kilomètres de marche commencent à se faire sentir. Garraty jugea qu'un de ses bidons devait être presque vide. Olson aurait bientôt besoin de pisser.

Barkovitch gardait son allure saccadée ; il était tantôt en avance sur le gros du peloton, comme s'il voulait rattraper les marcheurs de l'avant-garde, tantôt il se laissait distancer et traînait à la hauteur de Stebbins. Il avait perdu un de ses trois avertissements et l'avait regagné cinq minutes plus tard. Garraty se dit qu'il devait aimer se tenir au bord du néant.

Stebbins continuait de marcher tout seul. Garraty ne l'avait vu parler à personne. Il se demanda s'il se sentait solitaire ou fatigué. Il était toujours persuadé qu'il s'épuiserait de bonne heure — le premier peut-être — mais ne savait pas pourquoi. Stebbins avait ôté son vieux chandail vert et tenait à la main son dernier sandwich à la confiture. Il ne regardait personne. Sa figure semblait un masque.

Ils marchaient.

La route en croisait une autre et des policiers arrêtèrent la circulation quand les marcheurs passèrent. Ils saluèrent tous les garçons dont deux, sûrs de leur immunité, répondirent par des pieds de nez. Garraty n'approuva pas. Il sourit et hocha la tête et se demanda si les agents ne les prenaient pas tous pour des fous.

Les conducteurs klaxonnaient et, dans ce concert d'avertisseurs, une femme appela son fils. Elle s'était garée sur le bas-côté et attendait certainement de s'assurer que son garçon faisait encore partie de la Marche.

— Percy ! *Percy !*

C'était le 31. Il rougit, agita très discrètement la main et pressa le pas en baissant la tête. La femme essaya de courir sur la route. Les gardiens au sommet du half-track furent sur le qui-vive mais un des agents de la circulation la prit par le bras et la retint gentiment. Et le carrefour disparut derrière un virage.

Ils passèrent sur un pont de bois. Un ruisseau gazouillait dessous. Garraty marcha tout contre le garde-fou et, en se penchant, vit un instant son reflet déformé.

Ils passèrent devant un panneau annonçant LIMESTONE 11 KM et puis sous une large banderole : LIMESTONE EST FIER D'ACCUEILLIR LES MARCHEURS. Garraty calcula qu'ils étaient à un kilomètre à peine du record.

Un nouveau bruit courut, cette fois à propos d'un

garçon nommé Curley, numéro 7. Curley souffrait d'une crampe et il avait déjà reçu son premier avertissement. Garraty pressa le pas et arriva à la hauteur d'Olson et de McVries.

— Où est-il ?

Olson montra du pouce un garçon dégingandé, en jean, qui essayait de se laisser pousser des rouflaquettes. C'était un échec. Sa figure maigre était crispée, terriblement concentrée, et il regardait fixement sa jambe droite. Il boitait. Il perdait du terrain et son expression le montrait.

— Avertissement ! Avertissement 7 !

Curley se força à aller plus vite. Il haletait un peu. Autant sous la peur que sous l'effort, pensa Garraty. Il en perdit toute notion du temps. Il oublia tout sauf Curley. Il le regarda lutter, comprenant vaguement que ce serait peut-être sa propre lutte, d'ici une heure ou une journée.

C'était la chose la plus fascinante qu'il eût jamais vue.

Lentement, Curley se laissait distancer et il fallut plusieurs avertissements lancés à d'autres avant que le groupe s'aperçoive que, dans sa fascination, il s'adaptait à l'allure de Curley. Ça signifiait aussi que Curley était à la limite.

— Avertissement ! Avertissement ! Troisième avertissement 7 !

— J'ai une crampe ! hurla Curley d'une voix sourde. C'est pas juste si on a une crampe !

Il était proche maintenant de Garraty qui voyait sa pomme d'Adam monter et descendre. Il se massait fébrilement la jambe. Et Garraty sentait émaner de lui une odeur de panique, qui ressemblait à celle d'un citron coupé, bien mûr.

Garraty le dépassa puis, au bout d'un instant, l'entendit s'exclamer :

— Dieu soit loué ! C'est en train de passer.

Personne ne fit de réflexion. Garraty ressentit une vague déception. C'était méchant, pas sportif, sans doute, mais il voulait être certain que quelqu'un d'autre aurait un ticket avant lui. Qui a envie de sortir de scène le premier ?

La montre de Garraty marquait à présent 11 h 05. Il se dit que cela signifiait sans doute qu'ils avaient battu le record, en comptant deux heures à 6,5 kilomètres. Ils ne tarderaient pas à arriver à Limestone. Il vit Olson plier un genou, puis l'autre, et recommencer. Par curiosité, il essaya le mouvement. Ses articulations craquèrent nettement et il fut étonné de les trouver si raides. Tout de même, il n'avait pas mal aux pieds. C'était déjà quelque chose.

Ils passèrent devant un camion de laitier arrêté au croisement d'un petit chemin de terre. Le laitier était assis sur le capot. Il agita le bras avec bonne humeur.

— Allez-y, les gars !

Garraty sentit la colère l'envahir. Il eut envie de rétorquer : « Qu'est-ce que vous attendez pour vous soulever le cul et marcher avec nous ? » Mais l'homme avait plus de dix-huit ans. Il avait même l'air d'avoir passé la trentaine. Il était vieux.

— Ça va, tout le monde, repos ! cria soudain Olson, et il provoqua quelques rires.

Le camion de lait était hors de vue. On rencontrait maintenant davantage de croisements, davantage d'agents et de spectateurs qui klaxonnaient et agitaient les bras. Quelqu'un lança des confettis. Garraty se sentit soudain important. Il était, après tout, le « Champion du Maine ».

Tout à coup, Curley se mit à hurler. Garraty tourna la tête. Le garçon était cassé en deux, il se tenait la jambe et criait. Il marchait toujours, si incroyable que cela parût, mais très lentement. Trop lentement.

Tout le monde ralentit alors, comme pour se mettre au même pas que Curley. Les soldats, dans le half-track, levèrent leurs fusils. La foule retint sa respiration, comme si les gens ne savaient pas ce qui allait se passer, les marcheurs aussi, comme s'ils n'en savaient rien non plus, et Garraty sentit battre son cœur. Pourtant il savait, ils savaient tous, c'était très simple : Curley allait recevoir son ticket.

Les crans de sûreté claquèrent. Les garçons s'écartèrent de Curley comme une volée de cailles. Soudain, il fut tout à fait seul sur la route ensoleillée.

— Ce n'est pas juste! hurla-t-il. Ce n'est pas juste!

Les jeunes marcheurs arrivaient dans l'ombre d'un petit bois ; quelques-uns se retournèrent, d'autres gardèrent les yeux fixés droit devant eux, craignant de voir. Garraty regardait. Il ne pouvait s'en empêcher. Les groupes de spectateurs enthousiastes s'étaient tus comme si quelqu'un avait brusquement coupé le son.

— Ce n'est pas...

Quatre carabines firent feu. Le bruit fut assourdissant. Il roula jusqu'aux collines et s'y répercuta.

La tête anguleuse, boutonneuse de Curley disparut dans une bouillie de sang, de matière cérébrale et d'os. Le reste de son corps tomba à plat ventre en travers de la ligne blanche médiane.

99, à présent, pensa Garraty avec une nausée. 99 bouteilles de bière sur le mur et si une de ces bouteilles tombait... ah, mon Dieu, mon Dieu...

Stebbins enjamba le corps. Son pied glissa un peu dans une flaque de sang et son pas suivant laissa une trace écarlate, on aurait dit une photo du magazine *Official Detective.* Il ne baissa pas les yeux sur ce qui restait de Curley. Il ne changea pas d'expression. Stebbins, petit salaud, pensa Garraty, c'était toi qui devais recevoir ton ticket le premier, tu ne le savais pas ? Garraty se détourna alors. Il ne voulait pas être malade. Il ne voulait pas vomir.

Une femme, à côté d'un car Volkswagen, laissa tomber sa tête dans ses mains. Des sons bizarres sortaient de sa gorge et Garraty s'aperçut qu'il voyait sous sa robe jusqu'à sa culotte. Un slip bleu. Inexplicablement, il fut de nouveau excité. Un gros homme chauve gardait les yeux fixés sur Curley en grattant frénétiquement une verrue près de son oreille. Il humecta ses grosses lèvres charnues sans cesser de regarder et de frotter sa verrue. Il regardait encore quand Garraty passa devant lui.

Ils marchaient. Garraty se retrouva à côté d'Olson, Baker et McVries. Ils avaient resserré leur groupe, comme pour se protéger. Maintenant, ils regardaient tous droit devant eux, la figure soigneusement impassible. Les échos des détonations s'attardaient dans le silence. Garraty pensait à la trace sanglante de la chaussure de Stebbins. Il se demanda si elle laissait encore des traînées rouges, il faillit tourner la tête pour le vérifier mais se dit qu'il ne fallait pas faire l'imbécile. Il se posait quand même la question. Il se demandait si Curley avait souffert. Il se demandait s'il avait senti les balles ou s'il avait simplement été vivant, puis mort l'instant suivant.

Naturellement, il avait souffert. Cela fait déjà mal, de la pire des façons, de savoir qu'on ne sera plus là mais que la terre continuera de tourner, toujours la même, intacte et tranquille.

Le bruit courut qu'ils avaient fait plus de douze kilomètres avant que Curley ait son ticket. Le commandant se disait enchanté. Garraty se demanda si quelqu'un savait où était le commandant.

Il se retourna brusquement, pour savoir ce qu'on faisait de Curley, mais la route avait tourné. Curley était hors de vue.

— Qu'est-ce que tu as dans ton sac à dos ? demanda tout à coup Baker à McVries.

Il faisait des efforts pour parler normalement mais sa voix était aiguë, une voix de fausset sur le point de se briser.

— Une chemise de rechange, répondit McVries. Et du hamburger cru.

— Du hamburger cru...

Olson fit une grimace de dégoût.

— Le hamburger cru est bourré d'énergie, dit McVries.

— T'es dingue. Tu vas dégueuler partout.

McVries se contenta de sourire.

Garraty regretta un peu de ne pas avoir apporté de hamburger. L'énergie, il ne savait pas, mais il aimait bien le hamburger cru. Ça battait les bouchées de chocolat et les concentrés. Il se rappela soudain ses biscuits mais, après Curley, il n'avait plus grand-faim. Après Curley, est-ce qu'il pouvait réellement penser à manger du hamburger cru ?

La nouvelle qu'un des marcheurs avait été « tiketé » filtra parmi les spectateurs et, bizarrement, ils se mirent à acclamer encore plus fort. Quelques applaudissements crépitaient comme du pop-corn. Garraty se demanda si c'était gênant d'être fusillé en public, puis se dit qu'on s'en fichait probablement comme de sa première chemise. Curley avait certainement eu l'air de s'en foutre. Mais avoir à se soulager, ça, ce serait moche. Garraty préféra ne pas y penser.

Les aiguilles de sa montre s'étaient réunies et marquaient midi. Ils passèrent sur un pont de fer rouillé enjambant une profonde gorge à sec et de l'autre côté il y avait une grande pancarte : vous

ENTREZ DANS LES LIMITES DE LIMESTONE — BIENVENUE À LA LONGUE MARCHE.

Plusieurs garçons poussèrent des cris de joie. Garraty économisa son souffle.

La route s'élargit et les marcheurs se déployèrent, les groupes se desserrèrent un peu. Après tout, Curley était maintenant à cinq kilomètres derrière eux.

Garraty prit ses biscuits et retourna un moment le paquet entre ses mains. Il pensa avec nostalgie à sa mère, puis il chassa ce sentiment. Il la verrait avec Jan à Freeport. C'était une promesse. Il mangea un biscuit et se sentit un peu mieux.

— Tu sais quoi ? dit McVries.

Garraty secoua la tête. Il but une gorgée d'eau de son bidon et salua de la main un couple âgé assis au bord de la route avec une petite pancarte GARRATY.

— Je ne sais pas du tout ce que je vais faire, si je gagne, reprit McVries. Dans le fond, je n'ai besoin de rien. Je n'ai pas de vieille mère malade à la maison ni de père dans un appareil de dialyse ni rien. Je n'ai même pas de petit frère qui meurt courageusement de leucémie.

Il rit et décrocha son bidon.

— Y a du vrai dans ce que tu dis, reconnut Garraty.

— Tu veux dire que tu n'as pas de raison non plus ? Tout ça, ça ne rime à rien.

— Tu causes sans savoir, dit confidentiellement Garraty.

— Si c'était à refaire...

— Ouais, ouais, je le referais, mais...

— Hé ! cria le garçon qui les précédait, Pearson, le doigt pointé. Des trottoirs !

Ils entraient enfin dans la ville proprement dite. De belles maisons en retrait de la rue les dominaient du haut de leurs pelouses en pente. Les jardins étaient pleins de badauds qui agitaient les mains et les ovationnaient. Garraty eut l'impression qu'ils étaient presque tous assis. Par terre, dans des chaises longues ou des fauteuils de jardin, comme les vieux de la station-service, à des tables de piquenique. Même assis dans des balancelles de terrasse. Il éprouva une sorte de colère envieuse.

Marchez et cassez-vous le cul. Du diable si je vais encore répondre aux saluts. Suggestion 13. « Conserver précieusement son énergie. »

Mais, finalement, il se dit qu'il était idiot. Les gens risquaient de le trouver snob. Il était, après tout, le « Champion du Maine ». Il se promit de saluer tous ceux qui avaient des pancartes GARRATY. Et toutes les jolies filles.

Les rues transversales défilaient. Sycamore Street et Clark Avenue. Exchange Street et Juniper Lane. Ils passèrent devant une épicerie de coin avec une enseigne de bière Narragansett dans la vitrine et un magasin à prix unique plein de photos du commandant.

Il y avait du monde le long des trottoirs, mais pas foule. Garraty fut déçu. Il savait que les vraies foules se trouveraient plus loin mais c'était quand même un peu comme un pétard mouillé. Et le pauvre vieux Curley avait manqué ça.

La jeep du commandant surgit tout à coup d'une rue transversale et roula à hauteur du groupe principal. L'avant-garde était encore à une certaine distance devant eux.

Une formidable acclamation s'éleva. Le commandant hocha la tête en souriant et agita la main devant la foule. Puis il tourna la tête et salua les garçons. Garraty sentit un frisson d'orgueil lui parcourir le dos. Les lunettes du commandant étincelaient au soleil de midi. Il porta à ses lèvres son mégaphone à piles.

— Je suis fier de vous, les gars. Fier !

Quelque part derrière Garraty une voix marmonna, discrètement mais clairement :

— Merde !

Garraty se retourna mais ne vit derrière lui que quatre ou cinq garçons qui observaient le commandant (l'un d'eux s'aperçut qu'il saluait et laissa vivement retomber son bras, l'air penaud), et Stebbins. Stebbins avait l'air de ne même pas voir le commandant.

La jeep accéléra. Quelques instants plus tard, le commandant disparut encore une fois.

Ils arrivèrent dans le centre de Limestone vers midi et demi. Garraty fut déçu. C'était vraiment un petit patelin. Il y avait un quartier commercial avec trois marchands de voitures d'occasion, un McDonald's, un Burger King, une pizzeria, un parking et c'était tout Limestone.

— Ce n'est pas très grand, dit Baker.

Olson s'esclaffa.

— C'est probablement un endroit agréable pour vivre, répliqua Garraty sur la défensive.

— Dieu me préserve des endroits agréables pour vivre, dit McVries mais en souriant.

— Ben alors, qu'est-ce qui te plaît ? demanda Garraty.

A 13 heures, Limestone n'était plus qu'un souvenir. Un petit garçon en jean rapiécé marcha avec eux pendant plus d'un kilomètre puis s'assit et les regarda passer.

Le terrain devint un peu plus vallonné. Garraty se sentit transpirer pour la première fois de la journée. Sa chemise lui collait au dos. Sur sa droite, des nuages d'orage arrivaient mais ils étaient encore loin. Une brise légère soufflait, qui aidait un peu.

— Quelle est la prochaine grande ville, Garraty ? demanda McVries.

— Caribou, je crois.

Il se demandait si Stebbins avait mangé son dernier sandwich. Stebbins lui trottait par la tête comme une bribe de musique pop qui vous obsède jusqu'à vous rendre fou. Il était 13 h 30. La Longue Marche avait couvert près de trente kilomètres.

— C'est à combien ?

Garraty se demandait quel était le record du nombre de kilomètres avec un seul marcheur éliminé. Trente, cela ne lui paraissait pas mal. Trente kilomètres, c'était un chiffre dont on pouvait être fier.

— Je disais..., insista patiemment McVries.

— A une cinquantaine de kilomètres d'ici, peut-être.

— Cinquante ! s'exclama Pearson. Bon Dieu !

— C'est plus grand que Limestone, dit Garraty.

Il se sentait toujours sur la défensive, sans savoir pourquoi. Peut-être parce que tant de ces garçons allaient mourir là, tous peut-être. Probablement tous. Dans toute l'histoire des Longues Marches, six seulement s'étaient terminées au-delà de la frontière d'Etat du New Hampshire et seulement une était arrivée jusqu'au Massachusetts. Les experts disaient que c'était comme si Hank Aaron réussissait sept cent trente tours complets au base-ball, ou si... n'importe quel record qui ne serait jamais battu. Il allait peut-être mourir ici, lui aussi. Peut-être. Mais c'était différent. Le sol natal. Il pensait que cela plairait au commandant. « Il est mort sur sa terre natale. »

Il secoua son bidon et le trouva vide.

— Bidon ! appela-t-il. 47 demande un bidon !

Un des soldats sauta du half-track et lui apporta un bidon plein. Quand il se retourna, Garraty toucha le fusil qu'il avait en bandoulière. Furtivement, mais McVries le vit.

— Pourquoi tu as fait ça ?

Garraty rit un peu, avec gêne.

— Je ne sais pas. Comme on touche du bois, probable.

— T'es un chouette garçon, Ray, dit McVries, puis il pressa le pas pour rattraper Olson, le laissant marcher seul, plus désorienté que jamais.

Le numéro 93 — Garraty ne connaissait pas son nom — le dépassa sur sa droite. Il regardait ses pieds et remuait un peu les lèvres en comptant ses pas. Il chancelait légèrement.

— Salut, dit Garraty.

Le 93 sursauta. Ses yeux étaient creux, vides comme ceux de Curley perdant sa bataille contre la crampe. Il est fatigué, pensa Garraty. Il le sait et il a peur. Garraty sentit son estomac se révulser.

Leur ombre marchait maintenant à côté d'eux. Il était 2 heures moins le quart. 9 heures du matin, la fraîcheur, assis dans l'herbe à l'ombre, il y avait un mois de cela.

Juste avant 14 heures, un nouveau bruit courut. Garraty prenait une leçon pratique de téléphone arabe. Dès que quelqu'un apprenait quelque chose, tout le monde était prévenu. Les rumeurs grossissaient de bouche en bouche. La pluie menaçait. Il allait sûrement pleuvoir. Il allait pleuvoir bientôt. Le type à la radio disait qu'il allait pleuvoir comme vache qui pisse. C'était drôle que la rumeur eût presque toujours raison. Et quand elle annonçait que quelqu'un ralentissait, que quelqu'un avait des ennuis, elle ne se trompait jamais.

Cette fois, le bruit courait que le numéro 9, Ewing, avait des ampoules et en était à son deuxième avertissement. Beaucoup de garçons avaient reçu des avertissements mais c'était normal. Pour Ewing, le bruit courait que ça allait mal.

Il repassa la consigne à Baker qui parut surpris.

— Le Noir ? Si noir qu'il a l'air presque bleu ?

Garraty répondit qu'il ne savait pas si Ewing était blanc ou noir.

— Ouais, il est noir, assura Pearson.

Il désigna Ewing. Garraty vit briller de petits diamants de transpiration sur sa figure. Avec une certaine horreur, il remarqua qu'Ewing était chaussé de baskets.

Suggestion 3 : « Ne portez pas de baskets. » Rien ne vous causera d'ampoules plus vite que des baskets sur une Longue Marche.

— Il est arrivé avec nous, dit Baker. Il est du Texas.

Baker força l'allure jusqu'à la hauteur d'Ewing. Il lui parla un bon moment. Puis il ralentit un peu, juste assez pour ne pas recevoir d'avertissement. Il avait la mine sombre.

— Il a commencé à avoir des ampoules au bout de trois kilomètres. Elles ont crevé à Limestone. Il marche sur le pus des ampoules crevées.

Ils écoutèrent tous en silence. Garraty pensa de nouveau à Stebbins. Stebbins avait des chaussures de tennis. Stebbins luttait peut-être maintenant contre des ampoules.

— Avertissement ! Avertissement 9 ! C'est votre troisième avertissement, 9 !

Les soldats observaient attentivement Ewing, à présent. Le dos de son tee-shirt, d'une blancheur éblouissante contrastant avec sa peau noire, était gris de sueur le long de la colonne vertébrale. Garraty voyait le jeu des muscles de son dos, alors qu'il marchait. Assez de muscles pour durer des jours et Baker disait qu'il marchait dans du pus. Ampoules et crampes. Garraty frémit. La mort subite. Tous ces muscles, tout cet entraînement ne pouvaient éviter les ampoules et les crampes. Mais quelle idée Ewing avait donc eue de mettre ces baskets ?

Barkovitch les rejoignit. Lui aussi, il observait Ewing.

— Des ampoules, dit-il comme s'il traitait la mère d'Ewing de putain. Qu'est-ce qu'on peut attendre d'un con de Nègre ? Je te demande un peu !

— Fous le camp, dit posément Baker, si tu ne veux pas mon poing sur la gueule.

— C'est contraire au règlement, répliqua Barkovitch avec un petit sourire ironique. N'oublie pas, plouc.

Mais il s'écarta. Ce fut comme s'il emportait avec lui un petit nuage de poison.

14 h 30. Leurs ombres s'allongeaient. Ils gravirent une longue côte et du sommet Garraty aperçut des montagnes basses, brumeuses et bleues, dans le lointain. A l'ouest, les gros nuages noircissaient et le vent fraîchissait, donnant la chair de poule à son corps en sueur.

Un groupe d'hommes entourant une camionnette Ford et une caravane les acclama follement. Ils étaient ivres. Tous les garçons, même Ewing, les saluèrent de la main. C'étaient les premiers spectateurs qu'ils voyaient depuis le petit garçon au jean rapiécé.

Garraty déboucha un tube de concentré sans regarder l'étiquette et y goûta. Cela avait un vague goût de porc. Il pensa au hamburger de McVries. Il pensa à un gros gâteau au chocolat avec une cerise sur le dessus. Il pensa à des crêpes. Inexplicablement, il eut une terrible envie de crêpe fourrée à la gelée de pomme. Le déjeuner froid que sa mère préparait toujours quand son père et lui partaient à la chasse en novembre.

Dix minutes plus tard, Ewing flancha.

Il était dans un groupe à ce moment. Il croyait

peut-être que les autres le protégeraient. Les soldats firent bien leur travail. C'étaient des experts. Ils écartèrent les autres garçons. Ils traînèrent Ewing sur le bas-côté. Ewing essaya de se débattre, mais pas beaucoup. Un des soldats lui maintint les bras dans le dos pendant que l'autre lui collait son fusil sur la tête et tirait. Une des jambes d'Ewing tressauta convulsivement.

— Son sang est de la même couleur que celui de n'importe qui, dit McVries.

Sa voix résonna, très fort, dans le silence qui suivit l'unique détonation. Sa pomme d'Adam dansait et quelque chose se brisait dans sa gorge.

Deux de moins, maintenant. Les chances se modifiaient insensiblement en faveur de ceux qui restaient. On parlait à voix basse et Garraty se demanda encore une fois ce qu'on faisait des cadavres.

Tu te poses bien trop de questions, crétin! se criat-il tout à coup.

Et il s'aperçut qu'il était fatigué.

DEUXIÈME PARTIE

SUR LA ROUTE

3

> « Vous avez trente secondes et vous êtes priés de ne pas oublier que votre réponse doit prendre la forme d'une question. »
>
> Art FLEMING, *Jeopardy*

Il était 15 heures quand les premières gouttes de pluie tombèrent sur la route, énormes et foncées, bien rondes. Le ciel était noir, sauvage, fascinant. Le tonnerre applaudissait, au-dessus des nuages. Un éclair bleu fourchu tomba sur la terre, assez loin devant.

Garraty avait remis son blouson peu après qu'Ewing avait reçu son ticket et à présent il en remontait la fermeture et le col. Harkness, le futur écrivain, avait prudemment rangé son cahier dans son sac. Barkovitch s'était coiffé d'un suroît jaune en vinyle. Ce chapeau donnait à sa figure un air curieux mais qu'on n'aurait su définir. Il regardait par-dessous comme un gardien de phare maussade.

Un monstrueux coup de tonnerre claqua.

— Ça y est ! cria Olson.

La pluie s'abattit à seaux. Pendant un moment, elle fut si violente que Garraty se trouva tout à fait isolé à l'intérieur d'un rideau de douche ondulant. Il fut immédiatement trempé jusqu'aux os. Ses cheveux ruisselaient. Il leva sa figure vers la pluie en riant. Il se demanda si les soldats pouvaient les voir. Il se demanda si l'on pourrait...

Il s'interrogeait encore quand la première averse se calma et qu'il put de nouveau voir autour de lui. Il se retourna vers Stebbins. Il marchait à demi courbé, les deux mains serrées contre son ventre et Garraty crut tout d'abord qu'il avait des crampes d'estomac. Il ressentit une sorte de panique, pas du tout ce qu'il avait éprouvé quand Curley et Ewing avaient été éliminés. Il ne voulait plus que Stebbins s'écroule trop tôt.

Il s'aperçut alors que Stebbins protégeait simplement la dernière moitié de son sandwich à la confiture et se retourna vers l'avant, soulagé, en pensant que Stebbins devait avoir une mère assez idiote, pour qu'elle n'ait pas pensé à lui envelopper ses sandwiches dans du papier d'argent, en cas de pluie.

Le tonnerre faisait un bruit d'enfer : des manœuvres d'artillerie lourde dans le ciel. Garraty était en proie à une exaltation soudaine et la pluie semblait le nettoyer de sa fatigue en même temps que de la sueur. Elle avait d'abord redoublé, le giflant durement, mais finalement elle se réduisait maintenant à un crachin régulier. Les nuages s'effilochaient.

Pearson se retrouva à côté de lui. Il remonta son pantalon. Il portait un jean trop grand pour lui qu'il devait souvent remonter. Il ôta ses lunettes d'écaille, aux verres épais comme des culs de bouteille pour les essuyer sur un pan de chemise. Cela lui fit cligner les yeux de cet air égaré des myopes quand ils ôtent leurs lunettes.

— Tu as apprécié ta douche, Garraty ?

Garraty hocha la tête. Devant eux, McVries urinait. Il marchait à reculons, arrosant le bas-côté à une grande distance des autres.

Garraty leva les yeux vers les soldats. Ils étaient mouillés aussi, bien sûr, mais si cela les gênait ils ne le laissaient pas voir. Leur figure était parfaitement inexpressive. Figures de bois. Je me demande l'effet que ça fait, pensa-t-il, de tuer quelqu'un comme ça. Je me demande s'ils se sentent puissants. Il se rappela la fille à la pancarte, le baiser, ses fesses. Il avait senti le slip lisse sous le pantalon corsaire. Cela lui avait donné un sentiment de puissance.

— Ce type, là-derrière, il ne dit pas grand-chose, hein ? dit tout à coup Baker en désignant Stebbins, dont le pantalon violet était presque noir, maintenant qu'il était trempé.

— Non. Non, pas grand-chose.

McVries écopa d'un avertissement pour avoir trop ralenti en remontant la fermeture de sa braguette. Ils arrivèrent à sa hauteur et Baker répéta ce qu'il venait de dire de Stebbins.

— C'est un solitaire, et alors ? répondit McVries. Je crois...

— Hé ! cria Olson et c'était le premier mot qu'il disait depuis un moment — il avait une drôle de voix. Mes jambes sont bizarres.

Garraty examina plus attentivement Olson et lut un début de panique dans ses yeux. Il ne fanfaronnait plus.

— Comment ça, bizarres ?

— Comme si les muscles devenaient... tout mous.

— Détends-toi, conseilla McVries. Ça m'est arrivé il y a deux heures. Ça passe.

Du soulagement apparut dans les yeux d'Olson.

— C'est vrai ?

— Puisque je te le dis !

Olson ne répondit pas mais ses lèvres remuèrent. Garraty crut un instant qu'il priait mais comprit qu'il comptait ses pas.

Tout à coup, deux détonations claquèrent. Puis une troisième.

Ils regardèrent et virent un garçon en pull-over bleu et pantalon blanc sale à plat ventre dans une flaque de pluie. Il avait perdu un de ses souliers. Garraty remarqua qu'il avait des chaussettes de tennis blanches. La Suggestion 12 les recommandait.

Garraty l'enjamba sans chercher à voir les trous. Le bruit courut que le garçon était mort d'avoir ralenti. Pas d'ampoules ni de crampes, il avait simplement ralenti une fois de trop et avait reçu son ticket.

Garraty ne connaissait pas son nom ni son numéro. Il pensa que la rumeur le lui apprendrait mais elle n'en dit rien. C'était peut-être quelqu'un que personne ne connaissait. Un solitaire comme Stebbins.

Ils avaient maintenant couvert quarante kilomètres de Longue Marche. Le paysage offrait une succession ininterrompue de bois et de pâturages, avec parfois une maison ou un carrefour, où des gens se massaient et agitaient les mains en criant, malgré la pluie fine. Une vieille dame grelottait sous un parapluie noir. Elle n'eut pas un mot, pas un encouragement, pas un sourire. Elle les suivit d'un regard perçant, sans donner aucun signe de vie, sans autre mouvement que celui de sa robe noire agitée par le vent. Au majeur de la main droite, elle portait une large bague avec une pierre violette. Un vieux camée terni fermait son col.

Ils traversèrent une voie de chemin de fer désaffectée depuis longtemps ; les rails étaient rouillés et de l'herbe poussait entre les traverses. Quelqu'un buta et tomba, reçut un avertissement, se releva et continua de marcher avec un genou en sang.

Il n'y avait plus que trente kilomètres jusqu'à Caribou mais la nuit tomberait avant qu'ils y arrivent. Pas de repos pour les pécheurs, pensa Garraty, et il trouva cela comique. Il rit. McVries leva vivement la tête.

— Tu fatigues ?

— Non. Y a un bon moment que je suis fatigué, dit Garraty avec une certaine animosité. Pas toi ?

— Continue de danser comme ça avec moi, Garraty, et je ne me fatiguerai jamais. Nous raclerons nos souliers sur les étoiles et nous nous suspendrons à la lune la tête en bas.

Il souffla un baiser du bout des doigts à Garraty et s'éloigna.

Garraty le suivit des yeux. Il ne savait que penser de McVries.

Vers 15 h 45, le ciel s'éclaircit et un arc-en-ciel apparut à l'ouest, où le soleil brillait sous des nuages ourlés d'or. Les rayons en diagonale de la fin du jour coloraient les champs retournés qu'ils longeaient, faisant paraître plus nets et plus noirs les sillons qui contournaient les collines.

Le bruit du half-track était étouffé, presque apaisant. Garraty laissa retomber sa tête et s'assoupit à moitié, tout en marchant. Quelque part devant eux, il y avait Freeport. Mais pas ce soir ni demain. Beaucoup de pas à faire. Un long chemin à parcourir. Il avait encore trop de questions et pas assez de réponses. Toute la Marche lui faisait l'effet d'un gigantesque point d'interrogation. Il se dit que tout ça devait avoir une signification profonde. Sûrement. Sûrement que tout ça devait apporter une réponse à toutes les questions ; il suffisait de garder le pied sur l'accélérateur. Mais si seulement il pouvait...

Il posa le pied en plein milieu d'une flaque et se réveilla en sursaut. Pearson le regarda avec curiosité et remonta ses lunettes sur son nez.

— Tu sais, le type qui est tombé et qui s'est blessé quand on a traversé les voies ?

— Ouais. C'est Zuck, n'est-ce pas ?

— Oui. Paraît qu'il saigne encore.

— C'est où, Caribou, dingue ? cria quelqu'un.

Garraty se retourna. C'était Barkovitch. Son suroît débordait de sa poche arrière, faisant une horrible tache jaune.

— Comment veux-tu que je le sache ?

— T'habites ici, pas vrai ?

— Dans les vingt-cinq, trente kilomètres, lui répondit McVries. Et maintenant, va-t'en fourguer tes journaux ailleurs, petit morveux.

Barkovitch prit un air vexé et s'écarta.

— Quel emmerdeur ! dit Garraty.

— T'énerve pas, conseilla McVries. Concentre-toi et marche pour le battre.

— D'accord, moniteur.

McVries tapota l'épaule de Garraty.

— Tu vas gagner celle-là pour le Gipper, mon garçon !

— On dirait qu'on marche depuis toujours.

— Ouais.

Garraty s'humecta les lèvres, il aurait voulu s'expliquer mais ne savait pas comment.

— T'as entendu parler de ce noyé qui voit toute sa vie repasser devant ses yeux ?

— J'ai dû lire un truc comme ça, une fois. Ou je l'ai vu dans un film.

— T'as jamais pensé que ça pourrait t'arriver ? Pendant la Marche ?

McVries fit mine de frémir.

— Dieu de Dieu, j'espère bien que non !

Garraty resta silencieux un moment puis il dit :

— Est-ce que tu crois... non, rien. Et puis merde.
— Non, non, continue. Est-ce que je crois quoi ?
— Est-ce que tu crois que nous pourrions vivre toute notre vie sur cette route ? C'est ça que je voulais dire. La part de vie que nous aurions eue si nous n'avions pas... tu sais.

McVries fouilla dans sa poche et en tira un paquet de cigarettes Mellow.
— Cigarette ?
— Je ne fume pas.
— Moi non plus.

McVries fourra quand même une cigarette dans sa bouche. Il sortit une pochette d'allumettes avec une publicité de sauce tomate. Il alluma la cigarette, aspira de la fumée et la souffla en toussant. Garraty se rappela la Suggestion 10 : « Economisez votre souffle. Si vous avez l'habitude de fumer, essayez de ne pas le faire durant la Longue Marche. »

— Je pensais que j'apprendrais ! se défendit McVries.
— C'est de la merde, hein ? dit tristement Garraty.

McVries le dévisagea, étonné, et jeta la cigarette.
— Ouais. Je crois que t'as raison.

A 16 heures, l'arc-en-ciel avait disparu. Davidson, le 8, ralentit et se trouva dans le groupe. C'était un beau garçon, s'il n'avait eu le front couvert d'acné.

— Ce type, Zuck, il souffre vraiment, annonça-t-il.

La dernière fois que Garraty l'avait vu, il avait un sac à dos mais il avait dû s'en débarrasser.

— Il saigne encore ? demanda McVries.
— Comme un cochon égorgé. C'est drôle, l'ironie des choses, hein ? On tombe n'importe quand, on se couronne le genou, pas de bobo. Il a besoin de

points de suture, dit Davidson en montrant la chaussée. Regardez ça.

Garraty regarda et vit de petites taches foncées séchant sur le goudron.

— Du sang ?

— C'est pas de la gelée de groseille !

— Il a peur ? demanda Olson d'une voix mal assurée.

— Il dit qu'il s'en fout. Mais moi j'ai peur, avoua Davidson qui avait de grands yeux gris. J'ai peur pour nous tous.

Ils continuèrent de marcher. Baker leur signala une autre pancarte GARRATY.

— Ah merde ! marmonna Garraty sans lever les yeux.

Il suivait la traînée de sang de Zuck, comme Daniel Boone traquant un Indien blessé. Elle serpentait lentement de part et d'autre de la ligne blanche.

— McVries, dit Olson.

Sa voix s'était radoucie, depuis une heure ou deux. Finalement, Garraty aimait bien Olson, malgré ses airs de bravache. Mais il n'aimait pas voir Olson effrayé, et Olson l'était, ça paraissait évident.

— Quoi ? fit McVries.

— Ça ne s'en va pas. Ce truc des muscles mous dont je te parlais. Ça ne passe pas.

McVries ne répondit pas. Sa cicatrice était très blanche, à la lumière du couchant.

— Ça me fait l'effet que mes jambes vont s'écrouler. Comme une mauvaise fondation. Mais ça ne va pas m'arriver, dis ? Hein, dis ? Ça ne va pas m'arriver ? demanda Olson d'une voix un peu trop aiguë.

McVries ne répondit toujours pas.

— Je pourrais avoir une cigarette ? demanda Olson, retrouvant une voix sourde.

— Ouais. Tu peux garder le paquet.

Olson alluma une des Mellow avec l'aisance de l'habitude, tenant l'allumette au creux de la main, et il fit un pied de nez à un des soldats qui l'observait du half-track.

— Ça fait au moins une heure qu'ils m'ont à l'œil, les fumiers. Ils ont un sixième sens, pour ça. Ça vous plaît, hein, les gars ? cria-t-il. Vous aimez ça, hein ? C'est pas vrai ?

Plusieurs marcheurs se retournèrent et puis se détournèrent vivement. Garraty aussi voulut se détourner. Il y avait un signe avant-coureur de crise de nerfs dans la voix d'Olson. Les soldats le regardaient d'un air impassible. Garraty se demanda si la rumeur allait bientôt circuler sur Olson et il ne put réprimer un frisson.

A 16 h 30, ils avaient couvert un peu plus de quarante-huit kilomètres. Le soleil était sur le point de se coucher, laissant une traînée rouge sang sur l'horizon. Les nuages d'orage s'étaient déplacés vers l'est et au-dessus de leur tête le ciel était d'un bleu plus profond. Garraty pensa de nouveau à son hypothétique noyé. Pas si hypothétique que ça. La nuit qui arrivait était comme de l'eau qui les recouvrirait tous.

Un frémissement de panique lui serra la gorge. Il fut soudain tout à fait certain qu'il voyait la lumière du jour pour la dernière fois de sa vie. Il voulait que le crépuscule dure des heures.

— Avertissement ! Avertissement 100 ! Votre troisième avertissement, 100 !

Zuck tourna la tête. Il avait une expression étonnée, égarée. La jambe droite de son pantalon était couverte de sang séché. Tout à coup, il se mit à courir. Il serpenta parmi les marcheurs comme un pilier de rugby crevé avec un ballon ovale sous le bras. Il courait avec cette même expression égarée.

Le half-track accéléra. Zuck l'entendit et courut

plus vite, d'une allure bizarre, saccadée ; il boitait un peu. Sa blessure au genou se rouvrit et quand il déboucha à découvert en avant du peloton, Garraty vit les gouttes de sang frais s'écraser sur la chaussée. Zuck gravit en courant la côte suivante et pendant un instant resta au sommet, profilé sur le ciel rouge, une silhouette noire figée un pied en l'air comme un épouvantail en pleine fuite. Puis il disparut et le half-track le suivit. Les deux soldats en avaient sauté et marchaient à côté des garçons, impassibles.

Personne ne dit un mot. Ils écoutaient tous. Pendant un long moment, il n'y eut aucun bruit. Un moment incroyablement long. Rien qu'un oiseau et les quelques premiers criquets de mai et, quelque part derrière eux, le vrombissement d'un avion.

Enfin, ils entendirent un coup de feu, un temps, une deuxième détonation.

— Le coup de grâce, souffla quelqu'un.

En arrivant en haut de la côte, ils virent le half-track arrêté sur le bas-côté, à huit cents mètres. De la fumée bleue montait de son pot d'échappement. De Zuck, pas une trace. Pas la moindre.

— Où est le commandant ? glapit quelqu'un. Je veux voir le commandant, nom de Dieu ! Où est-il ?

Sous la panique, la voix devenait stridente. C'était celle de Gribble, numéro 48. Les soldats marchant sur le bas-côté ne répondirent pas. Personne ne répondit.

— Est-ce qu'il fait un autre discours ? cria Gribble. C'est ça qu'il fait ? Eh bien, c'est un *assassin* ! Voilà ce que c'est, un *assassin* ! Je... Je vais le lui dire ! Vous croyez que j'oserai pas ? Je le lui crierai au nez ! *Au nez*, je le lui crierai !

Dans sa rage, il avait ralenti, il s'était presque arrêté et les soldats s'intéressèrent enfin à lui.

— Avertissement ! Avertissement 48 !

Gribble trébucha, s'arrêta puis repartit d'un bon

pas. Il marcha en regardant ses pieds. Bientôt, ils arrivèrent au half-track qui les attendait. Le véhicule se remit en marche, en roulant au pas à côté d'eux.

Vers 16 h 45, Garraty dîna, un tube de concentré de thon, quelques Snappy Crackers tartinés de fromage et beaucoup d'eau. Il dut faire un effort pour s'en tenir là. On pouvait demander un bidon n'importe quand mais il n'y aurait pas de nouveaux concentrés avant le lendemain 9 heures... et il pourrait avoir envie d'un en-cas à minuit. Il pourrait avoir *besoin* d'un casse-croûte à minuit !

— C'est peut-être une question de vie ou de mort, dit Baker, mais ça ne te coupe pas l'appétit.

— Peux pas me le permettre, répliqua Garraty. Je n'ai pas envie de tourner de l'œil vers 2 heures du matin.

Ça, c'était une pensée réellement désagréable. On ne saurait rien, probablement. On ne sentirait rien. On se réveillerait simplement dans l'éternité.

— Ça donne à penser, hein ? murmura Baker.

Garraty le contempla. Dans le soir tombant, la figure de Baker était douce, jeune, belle.

— Ouais. J'ai pensé à tout un tas de trucs.

— Quoi, par exemple ?

— Lui, d'abord, répondit Garraty en désignant Stebbins de la tête, qui marchait toujours au même pas qu'au départ ; son pantalon séchait sur lui ; il avait la figure dans l'ombre ; il réservait encore sa moitié de sandwich.

— Pourquoi lui ?

— Je me demande pourquoi il est là, pourquoi il ne dit rien. Et s'il va vivre ou mourir.

— Nous allons tous mourir, Garraty.

— Mais pas ce soir, espérons-le.

Garraty maîtrisait bien sa voix mais un frisson le secoua. Il ne savait pas si Baker l'avait vu. Ses reins se contractèrent. Il fit demi-tour et baissa la fermeture de sa braguette en marchant à reculons.

— Qu'est-ce que tu penses du Prix ? demanda Baker.

— Je ne vois pas à quoi ça sert d'y penser, répliqua Garraty tout en urinant.

Il finit de se soulager, referma son pantalon et refit demi-tour, heureux d'avoir accompli l'opération sans écoper d'un avertissement.

— Moi j'y pense, dit Baker d'une voix rêveuse. Pas tant au Prix qu'à l'argent. Tout cet argent.

— Les riches n'entrent pas au Royaume des Cieux, dit Garraty.

Il regarda ses pieds, les seules choses qui l'empêchaient de découvrir s'il y avait ou non un Royaume des Cieux.

— Alléluia ! dit Olson. Il y aura des rafraîchissements après le service religieux.

— Tu es croyant ? demanda Baker à Garraty.

— Non, pas particulièrement. Mais je ne cours pas après le fric.

— Tu pourrais, si tu avais été élevé à la soupe aux pommes de terre et aux blettes. De la viande seulement quand ton papa avait de quoi s'acheter des cartouches.

— Evidemment, ça changerait tout, reconnut Garraty et il prit un temps, sans savoir s'il fallait ajouter quelque chose. Mais ce n'est jamais le plus important.

Il vit que Baker le regardait sans comprendre et d'un air un peu méprisant.

— On ne l'emporte pas avec soi, c'est le verset suivant, dit McVries.

Garraty lui jeta un coup d'œil. McVries arborait encore cet exaspérant sourire en coin.

— Ben quoi, c'est vrai ! Nous n'apportons rien dans ce monde et c'est sûr que nous n'en emportons rien !

— Oui, mais entre les deux, c'est plus agréable de passer le temps dans le confort, tu ne crois pas ?

— Ah, le confort, merde, tiens. Si un de ces porte-flingue dans ce foutu half-track te tuait, pas un toubib au monde ne te rendrait la vie avec une transfusion de billets de vingt ou de cinquante.

— Je ne suis pas mort, murmura Baker.

— Ouais, mais ça pourrait t'arriver, dit Garraty en trouvant soudain que c'était très important de le lui faire comprendre. Et si tu gagnais ? Une supposition que tu passes six semaines à réfléchir à ce que tu vas faire avec tout ce fric — parlons pas du Prix, rien que le fric — et puis la première fois que tu sors pour aller acheter quelque chose, tu te fais écraser par un taxi ?

Harkness était arrivé et marchait maintenant à côté d'Olson.

— Pas moi, mon vieux ! La première chose que je ferai, je m'achèterai toute une compagnie de taxis. Si je gagne, je ne marcherai jamais plus !

— Tu ne comprends pas ! cria Garraty, exaspéré. Soupe aux patates ou filet de bœuf, château ou taudis, une fois qu'on est mort c'est fini, on vous colle sur la dalle froide comme Zuck et Ewing et c'est marre. Le mieux c'est de prendre ça au jour le jour, c'est tout ce que je veux dire. Si les gens vivaient au jour le jour, ils seraient bien plus heureux.

— Ah ! l'étincelant flot de conneries ! s'écria McVries.

— Sans blague ? cria Garraty. Qu'est-ce que tu comptes faire, toi, hein ?

— Eh bien, en ce moment j'ai plus ou moins adapté mon horizon, c'est vrai...

— Ben tiens ! grommela Garraty. La seule différence, c'est qu'en ce moment, nous sommes plongés dans une affaire de mort...

Un silence total suivit ces mots. Harkness ôta ses lunettes et les essuya vigoureusement. Olson avait un peu pâli. Garraty regretta de les avoir prononcés ; il était allé trop loin.

Derrière eux, très clairement, quelqu'un dit alors :

— Bravo ! Très bien.

Garraty se retourna, certain que c'était Stebbins, bien qu'il n'eût jamais entendu sa voix. Mais comment le savoir ? Stebbins regardait fixement la route.

— Je crois que je me suis laissé emporter, marmonna Garraty encore que ce ne fût pas lui qui se fût laissé emporter, c'était Zuck. Quelqu'un veut un biscuit ?

Il les offrit à la ronde et il fut bientôt 17 heures. Le soleil paraissait suspendu juste au-dessus de l'horizon. La terre se serait-elle arrêtée de tourner ? Les trois ou quatre « tout feu tout flamme » qui étaient encore en avance sur le peloton avaient un peu ralenti et n'étaient plus qu'à une cinquantaine de mètres devant le groupe.

Garraty avait l'impression que la route devenait une sournoise combinaison de côtes sans descentes. Il pensait que, s'il en était ainsi, ils ne tarderaient pas à avoir besoin de masques à oxygène quand son pied se posa sur une ceinture de ravitaillement abandonnée. Surpris, il releva les yeux. C'était celle d'Olson. Ses mains tâtonnaient à sa taille. Il fronçait les sourcils d'un air étonné.

— Je l'ai lâchée, expliqua-t-il. Je voulais manger quelque chose et je l'ai lâchée.

Il rit, comme pour bien montrer que c'était une stupidité. Mais le rire s'arrêta net.

— J'ai faim, dit-il.

Personne ne répondit. A ce moment, tout le monde était déjà passé et il n'était pas question de rebrousser chemin. Garraty tourna la tête et vit la ceinture à concentrés d'Olson en travers de la ligne blanche discontinue.

— J'ai faim, répéta patiemment Olson.

Le commandant ça lui fait plaisir, quelqu'un qui est plein d'enthousiasme pour la marche, c'était bien ce qu'Olson avait dit en revenant de prendre son numéro. Garraty fit l'inventaire des poches de sa ceinture. Il lui restait trois tubes de concentrés et des Snappy Crackers au fromage. Le fromage était plutôt nase.

— Tiens, dit-il à Olson et il lui donna le fromage.

Olson ne dit rien mais il le mangea.

— Mousquetaire, railla McVries avec son sourire en coin.

A 17 h 30, le crépuscule voila l'atmosphère. Quelques lucioles apparurent, voletant sans but. Une brume de terre s'amassait, laiteuse, dans les fossés et les canaux d'irrigation. Quelqu'un, devant, demanda ce qui arriverait s'il y avait tant de brouillard qu'on quittât accidentellement la chaussée.

L'inimitable voix de Barkovitch répliqua aussitôt, méchamment :

— Qu'est-ce que tu crois, Ducon ?

Quatre de moins, pensa Garraty. Huit heures et demie de route et seulement quatre disparus. Il ressentait un petit pincement au creux de l'estomac. *Jamais je ne tiendrai plus longtemps qu'eux. Plus qu'eux tous ! Mais, d'un autre côté, pourquoi pas ? Il faut bien qu'il y en ait un.*

Les conversations cessaient avec le jour. Le silence devint oppressant. La nuit proche, la brume de terre amassée en courtes nappes... tout paraissait parfaitement réel et à la fois absolument irréel. Il avait besoin de Jan ou de sa mère, d'une femme, et se demandait ce que diable il faisait là et comment il avait pu s'y engager. Il ne pouvait même pas se trouver des excuses en prétextant que tout n'avait pas été clair, parce que cela l'avait été. Et il n'était pas le seul non plus. Il y avait actuellement quatre-vingt-quinze autres imbéciles dans ce défilé.

Il se sentait de nouveau une boule dans la gorge, qui l'empêchait de bien avaler. Il s'aperçut qu'un garçon, devant lui, sanglotait doucement. Il ne l'avait pas entendu commencer et personne ne le lui avait fait remarquer ; c'était comme si ce bruit avait toujours existé.

Plus que seize kilomètres jusqu'à Caribou, et au moins là, il y aurait de la lumière. Cette pensée ranima un peu Garraty. Au fond, tout allait bien, non ? Il était en vie, et ça ne servait à rien de s'inquiéter à l'avance de ce qui serait ou ne serait pas. Comme disait McVries, il fallait adapter son horizon.

A 17 h 45, le bruit courut qu'un nommé Travin, un des meneurs du début, qui avait lentement reculé à travers le peloton, avait la diarrhée. Garraty ne put d'abord y croire mais quand il vit Travin, il comprit que c'était vrai. Le garçon marchait en tenant son pantalon. Chaque fois qu'il s'accroupissait, il écopait d'un avertissement et Garraty, écœuré, se demanda pourquoi Travin ne se laissait pas simplement aller sur ses jambes. Mieux valait être sale que mort.

Mais Travin avançait cassé en deux, comme Stebbins tout à l'heure sur son sandwich, et chaque fois qu'il frissonnait Garraty devinait qu'une nouvelle colique le tenaillait. Il était dégoûté. Pas de fascination là-dedans, pas de mystère. C'était un garçon avec un mal de ventre, pas plus, et il était impossible de ne pas éprouver du dégoût et une espèce de terreur animale. Son propre estomac gargouilla désagréablement.

Les soldats observaient très attentivement Travin. Ils le guettaient. Finalement, Travin s'accroupit, tomba à demi et fut tué culotte baissée. Il roula sur lui-même et contempla le ciel en grimaçant, laid et pitoyable. Quelqu'un vomit bruyamment et reçut un avertissement. Garraty eut l'impression que le type vomissait tout son ventre.

— Il sera le prochain, annonça tranquillement Harkness.

— Boucle-la, gronda Garraty d'une voix étranglée. Vous ne pouvez pas fermer vos gueules, non ?

Personne ne répondit. Harkness eut l'air honteux ; il se remit à astiquer ses lunettes. Le garçon qui avait vomi ne fut pas abattu.

Ils passèrent devant un groupe d'adolescents enthousiastes assis sur une couverture et qui buvaient des Coke. Ils reconnurent Garraty et se levèrent pour l'honorer d'une ovation. Il en fut gêné. Une des filles avait de très gros seins. Son copain les regardait ballotter tandis qu'elle sautait sur place. Garraty se dit qu'il était en train de devenir un obsédé sexuel.

— Regarde-moi ces roberts ! dit Pearson. Bon Dieu de bon Dieu !

Garraty se demanda si elle était vierge, comme lui était puceau.

Ils longèrent une mare paisible, presque parfaitement ronde, légèrement embrumée. Elle avait l'air d'un miroir voilé et dans la mystérieuse jungle de plantes aquatiques poussant sur les bords un crapaud coassait de sa voix rauque. Garraty se dit que cette mare était la plus belle chose qu'il eût jamais vue.

— Cet Etat est bougrement grand! cria Barkovitch à un garçon qui le précédait.

— Ce type-là me casse royalement les couilles, déclara solennellement McVries. En ce moment, mon unique but dans la vie est de durer plus longtemps que lui.

Olson récitait un *Je vous salue Marie*.

Alarmé, Garraty le regarda.

— Il a eu combien d'avertissements? demanda Pearson.

— Aucun, que je sache, répondit Baker.

— Ouais, mais il n'a pas trop bonne mine.

— Au point où nous en sommes, personne n'a bonne mine, dit McVries.

Un nouveau silence tomba. Garraty eut pour la première fois conscience d'avoir mal aux pieds. Pas simplement aux jambes — celles-ci l'inquiétaient depuis quelque temps — mais aussi aux pieds. Il remarqua qu'il marchait inconsciemment sur l'extérieur de la plante et que de temps en temps, quand il posait son pied à plat, il grimaçait. Il ferma son blouson jusqu'en haut et releva son col. L'air était encore vif et humide.

— Hé! là-bas! s'exclama gaiement McVries.

Garraty et les autres se tournèrent vers la gauche. Ils longeaient un cimetière, au sommet d'une petite éminence herbue, entouré d'un mur de pierre. Le brouillard se glissait lentement parmi les tombes. Un ange à l'aile cassée les contemplait avec des yeux vides. Un oiseau perché au sommet d'un mât de drapeau rouillé, relique d'un jour de fête patriotique, poussa son cri.

— Notre premier ossuaire, dit McVries. C'est de ton côté, Ray, tu perds tous tes points. Tu connais ce jeu?

— Tu causes trop, grommela Olson.

— Qu'est-ce que tu reproches aux cimetières,

Henry, mon vieux ? Un endroit superbe, préservé, comme disait le poète. Un bon cercueil étanche...

— Ah, ta gueule !

— Et merde ! rétorqua McVries, sa cicatrice très blanche dans le crépuscule. Ça ne t'inquiète quand même pas de mourir, pas vrai, Olson ? Comme disait aussi le poète, c'est pas tant la mort, c'est de rester si longtemps dans le tombeau. C'est ça qui te tracasse, patate ? Allons, haut les cœurs, Charlie ! Vive les lendemains qui...

— Fous-lui la paix, conseilla Baker.

— Pourquoi ? Il est très occupé à se convaincre qu'il peut se défiler quand il voudra. Que s'il se couche tranquillement et meurt, ça ne sera pas aussi grave qu'on le dit. Eh bien, je ne vais pas le laisser s'en tirer comme ça.

— S'il ne meurt pas, ce sera toi, dit Garraty.

— Ouais, je m'en souviens, rétorqua McVries en adressant à Garraty son sourire en coin... seulement cette fois il n'y avait pas mis le moindre humour et soudain McVries avait l'air furieux, presque effrayant. C'est lui qui oublie. Ce con-là.

— J'en ai assez, dit Olson d'une voix lamentable. J'en ai marre.

— Plein d'enthousiasme pour la marche, lui rappela McVries. C'est pas ce que tu disais ? Alors quoi, merde ! T'as qu'à tomber et mourir, tiens.

— Laisse-le tranquille, dit Garraty.

— Ecoute voir, Ray...

— Non, écoute, toi. Un Barkovitch, ça suffit. Laisse-le s'arranger à sa façon. Pas de mousquetaires, souviens-toi.

McVries retrouva son sourire.

— D'accord, Garraty. T'as gagné.

Olson ne dit rien. Il continua simplement de mettre un pied devant l'autre.

La nuit tomba à 18 h 30. Caribou, à neuf kilomètres maintenant, s'annonçait par un halo lumineux dans le ciel. Il y avait peu de badauds le long de la route pour les voir entrer en ville. Tout le monde devait être chez soi pour dîner. Le brouillard était froid, autour des pieds de Ray Garraty. Des lambeaux de brume planaient sur les hauteurs, comme des bannières spectrales. Les étoiles apparaissaient dans le ciel. Vénus étincelait, la Grande Ourse avait gagné sa place habituelle. Il connaissait bien les constellations. Il indiqua Cassiopée à Pearson, qui ne fit que grogner.

Il pensa à Jan, sa môme, et fut pris d'un petit remords au souvenir de la fille qu'il avait embrassée. Il ne se rappelait pas exactement comment elle était mais elle l'avait excité. Quand il lui avait pincé la fesse, surtout... et que se serait-il passé s'il lui avait mis la main entre les jambes ? Il sentit comme un ressort dans son bas-ventre qui le fit un peu grimacer tout en marchant.

Jan avait des cheveux longs jusqu'à la taille. Elle avait seize ans. Ses seins n'étaient pas aussi gros que ceux de la fille qui l'avait embrassé. Il avait beaucoup caressé ses seins. Elle le rendait fou. Elle refusait de se donner à lui et il ne savait pas comment l'y décider. Elle voulait et ne voulait pas. Garraty n'ignorait pas que certains garçons savaient persuader une fille mais il n'avait peut-être pas assez de personnalité, ou pas assez de volonté, pour la convaincre. Il se demanda combien des autres étaient puceaux. Gribble avait traité le commandant d'assassin. Il se demanda si Gribble était puceau, et jugea qu'il devait l'être.

Ils entrèrent dans la ville de Caribou. Là, il y avait la grande foule et un camion d'actualités d'une des chaînes de télévision. Une batterie de projecteurs baignait la chaussée d'une chaude lumière blanche. On avait l'impression de plonger soudain dans un doux lagon ensoleillé.

Un gros journaliste en costume trois-pièces trottina le long de la colonne, brandissant son micro sous le nez de divers marcheurs. Derrière lui, un technicien dévidait un tambour de câble électrique.

— Comment ça va ?
— O.K., je crois que je vais bien.
— Fatigué ?
— Ouais, vous savez, quoi. Ouais. Mais je vais bien, quand même.
— Qu'est-ce que vous pensez de vos chances, en ce moment ?
— Sais pas... Bonnes, je crois. Je me sens encore assez costaud.

Il demanda à un grand gaillard, Scramm, ce qu'il pensait de la Longue Marche. Scramm rit en répondant que c'était le plus gros putain de truc qu'il eût jamais vu. Le journaliste fit avec deux doigts aux techniciens le signe de couper. L'un d'eux hocha la tête d'un air blasé.

Peu après, il arriva au bout de son fil de micro et retourna vers le camion, en essayant de ne pas l'emmêler. La foule, attirée par la télévision tout autant que par les marcheurs, l'acclama bruyamment. Des posters du commandant étaient brandis et agités en cadence au bout de perches si neuves qu'elles saignaient encore de sève. Quand les caméras s'élevaient au-dessus des marcheurs, les spectateurs derrière se mettaient à crier encore plus frénétiquement en agitant la main à l'intention de la tante Betty ou de l'oncle Fred.

Ils tournèrent un coin de rue et passèrent devant une boutique dont le patron, un petit homme en veste et pantalon blancs tachés avait installé un distributeur de boissons non alcoolisées sous une banderole annonçant : TOURNÉE GRATUITE OFFERTE AUX MARCHEURS ! AVEC LES COMPLIMENTS DU SUPERMARCHÉ D'EV ! Une voiture de police était garée à côté et deux agents expliquaient patiemment à Ev, comme ils devaient le faire tous les ans, que le règlement interdisait aux spectateurs d'offrir toute espèce de concours ou de rafraîchissement aux concurrents.

Ils longèrent l'usine à papier de Caribou, une énorme bâtisse noire de suie au bord d'une rivière polluée. Les ouvriers faisaient la haie derrière le grillage, en criant des encouragements et en agitant les mains. Une sirène retentit quand passa le dernier marcheur — Stebbins — et Garraty, en se retournant, vit les hommes rentrer en rang dans l'usine.

— Il t'a demandé ? interrogea une voix stridente.

Avec un sentiment de grande lassitude, Garraty se tourna vers Gary Barkovitch.

— Qui m'a demandé quoi ?

— Le journaliste, Ducon. Est-ce qu'il t'a demandé comment ça allait ?

— Non, il n'est pas venu jusqu'à moi.

Il souhaita que Barkovitch s'en aille. Comme il souhaitait que disparaisse sa douleur aux pieds.

— Ils m'ont demandé, insista Barkovitch. Tu sais ce que je leur ai répondu ?

— Non.

— Je leur ai dit que je me sentais en pleine forme ! déclara avec agressivité Barkovitch, dont le suroît jaune battait toujours sur la fesse. Je leur ai dit que je me sentais vraiment fort. Je leur ai dit que j'étais prêt à continuer comme ça éternellement. Et tu sais ce que je leur ai encore dit ?

— Ah, ferme-la, dit Pearson.

— Qui t'a sonné, grand mochard ? riposta Barkovitch.

— Va-t'en, dit McVries. Tu me donnes mal à la tête.

De nouveau vexé, Barkovitch remonta le long de la colonne et harponna Collie Parker.

— Est-ce qu'il t'a demandé ce que...

— Fous-moi le camp avant que je t'arrache le nez et que je te le fasse bouffer.

Barkovitch battit aussitôt en retraite. Le bruit avait couru que Collie Parker n'était vraiment pas commode.

— Ce type me rend dingue en plein, dit Pearson.

— Il serait ravi de t'entendre, lui dit McVries. Il adore ça. Il a également dit à ce journaliste qu'il comptait danser sur un tas de tombes. Et il le pense, tu sais. C'est ça qui le soutient.

— La prochaine fois qu'il viendra, je crois que je lui ferai un croc-en-jambe, dit Olson dont la voix était maintenant morne et lasse.

— Tsst-tsst, gronda McVries. Règle 8 : « Pas de gestes malveillants envers vos camarades marcheurs. »

— Tu sais où tu peux te la mettre, la Règle 8 ? dit Olson avec un pâle sourire.

— Attention ! Tu commences à te ranimer.

A 19 heures l'allure, qui avait dangereusement ralenti, s'accéléra un peu. Il faisait frais et, en marchant plus vite, on se réchauffait. Ils passèrent sous un viaduc d'autoroute et plusieurs personnes les acclamèrent, la bouche pleine, de l'intérieur d'un café entièrement vitré à l'entrée de la bretelle.

— Nous rejoignons l'autoroute quelque part, n'est-ce pas ? demanda Baker.

— A Oldtown, répondit Garraty. A environ deux cents kilomètres.

Harkness sifflota entre ses dents.

Peu de temps après, ils arrivèrent dans le centre de Caribou. Ils étaient à un peu plus de soixante-dix kilomètres de leur point de départ.

4

> « L'ultime jeu serait celui où le concurrent perdant est tué. »
>
> Chuck BARRIS,
> créateur de jeux télévisés,
> animateur de *The Going Show*

Caribou déçut tout le monde.
C'était exactement comme Limestone.
La foule était plus nombreuse mais à part cela, ce n'était qu'une petite ville industrielle, avec quelques magasins et stations-service, un centre commercial qui organisait, comme le proclamaient partout des affiches : NOTRE SEMAINE ANNUELLE À PRIX COÛTANTS ! et un parc avec un monument aux morts. Une petite fanfare de lycée cacophonique joua l'hymne national et un pot-pourri de marches de Sousa, et ensuite, avec un mauvais goût presque macabre, la *Marche sur Pretoria*.

La femme qui avait créé des histoires au carrefour, si loin derrière eux, était encore là. Elle cherchait toujours Percy. Cette fois, elle réussit à franchir le cordon de police et à courir sur la chaussée. Elle passa parmi les garçons en les bousculant et en fit tomber un sans le vouloir. Elle criait à Percy de rentrer à la maison, tout de suite. Les soldats prirent leurs fusils et pendant un moment on eut bien l'impression que la maman de Percy allait s'attirer un ticket d'intervention. Enfin, un agent de la circulation lui fit une clef au bras et l'entraîna. Un petit garçon assis sur un tonneau PROPRIÉTÉ DU MAINE et qui mangeait un hot dog regarda les flics pousser la maman de Percy dans un car de police. Ce fut le grand moment de la traversée de Caribou.

— Qu'est-ce qu'il y a après Oldtown, Ray ? demanda McVries.

— Je ne suis pas une carte routière ambulante, répliqua Garraty avec mauvaise humeur. Bangor, je suppose. Et puis Augusta. Ensuite c'est Kittery et la frontière de l'Etat, à environ cinq cent trente kilomètres d'ici. Plus ou moins. Ça te va ? Je ne sais rien d'autre.

Quelqu'un sifflota.

— Cinq cent trente kilomètres !

— Pas croyable, marmonna sombrement Harkness.

— Toute cette connerie est incroyable, déclara McVries. Je me demande où est le commandant.

— Au pieu à Augusta, dit Olson.

Ils rirent tous et Garraty se dit que c'était quand même bizarre que le commandant soit passé de Dieu à Mammon en quelques heures.

Plus que 95. Mais ce n'était plus le pire. Le pire, c'était d'essayer d'imaginer McVries éliminé, ou Baker. Ou Harkness avec son idiotie de livre. Son esprit se rebellait à cette pensée.

Une fois Caribou derrière eux, la route redevint déserte. Ils franchirent un carrefour de campagne où une unique lampe à arc, très haute, les éblouit de son éclairage cru et allongea leurs ombres noires sur la chaussée. Un train siffla dans le lointain. La lune brillait d'une clarté diffuse à travers la brume de terre qui devenait nacrée et opalescente sur les champs.

Garraty but un peu d'eau.

— Avertissement ! Avertissement 12 ! C'est votre dernier avertissement, 12 !

Le 12 était un garçon nommé Fenter qui portait un tee-shirt souvenir proclamant J'AI PRIS LE FUNICULAIRE DU PONT WASHINGTON. Fenter s'humectait les lèvres. Le bruit courut qu'un de ses pieds s'était gravement raidi. Quand il fut abattu dix minutes plus tard, Garraty n'éprouva pas grand-chose. Il était trop fatigué. Il contourna Fenter. En baissant les yeux, il vit quelque chose briller dans sa main. C'était une médaille de saint Christophe.

— Si je m'en sors, annonça tout à coup McVries, vous savez ce que je vais faire ?

— Quoi ? demanda Baker.

— Forniquer jusqu'à ce que ma queue vire au bleu. Jamais je n'ai tellement bandé qu'à cette minute, à 19 h 45, le 1er mai.

— Tu parles sérieusement ? dit Garraty.

— Je te crois ! Je pourrais même bander pour toi, Ray, si tu n'avais pas besoin de te raser.

Garraty pouffa.

— Le prince Charmant, voilà qui je suis, dit McVries, en portant une main à sa cicatrice. Il ne me manque que la Belle au Bois Dormant. Je la réveillerais avec un gros bisou mouillé et nous partirions tous deux au galop dans le coucher de soleil. Au moins aussi loin que le premier Holiday Inn.

— Marcheriez, dit Olson d'une voix morne.

— Hein ?

— Vous marcheriez dans le coucher de soleil.

— D'accord, nous marcherions dans le coucher de soleil. L'amour vrai, n'importe comment. Tu crois à l'amour vrai, Hank chéri ?

— Je crois à une bonne partie de jambes en l'air, dit Olson, et Art Baker éclata de rire.

— Moi, je crois à l'amour vrai, affirma Garraty, et il le regretta aussitôt parce que c'était trop naïf.

— Tu veux savoir pourquoi je n'y crois pas ? lui demanda Olson avec un sourire sournois, effrayant. Demande à Fenter. Demande à Zuck. Ils savent.

— C'est une foutue attitude, jugea Pearson.

Il venait de surgir de l'obscurité et marchait de nouveau avec eux. Pearson boitait, pas gravement, mais il boitait visiblement.

— Mais non, pas du tout, protesta McVries et il ajouta, énigmatiquement : Personne n'aime un mort.

— Edgar Allan Poe les aimait, dit Baker. J'ai fait une rédaction sur lui en classe et ça disait qu'il avait des tendances à la né... nécro...

— Nécrophilie, dit Garraty.

— Ouais, c'est ça.

— Qu'est-ce que c'est ? demanda Pearson.

— Ça veut dire qu'on a envie de coucher avec une morte, expliqua Baker. Ou un mort, si on est une femme.

— Ou si on est pédé, plaisanta McVries.

— Comment est-ce qu'on en est venus là ? se plaignit Olson. Comment diable est-ce qu'on en vient à parler de baiser des morts ? C'est foutrement répugnant.

— Pourquoi pas ? demanda une voix grave, profonde, celle d'Abraham, numéro 2, un grand garçon dégingandé qui marchait en traînant les pieds. Je crois que nous devrions tous prendre le temps de réfléchir à la vie sexuelle que nous trouverons peut-être dans l'au-delà.

— J'aurai Marilyn Monroe, dit McVries. Je te laisse Eleanor Roosevelt, Abe, mon petit vieux.

Abraham lui fit un bras d'honneur. Devant eux, un soldat donna un avertissement.

— Une seconde, dites, une foutue seconde ! Vous vous écartez tous du sujet. Tous.

Olson parlait lentement comme s'il se débattait avec un terrible problème d'expression.

— « La Qualité transcendantale de l'amour », une conférence du célèbre philosophe Henry Olson, dit McVries. Auteur de *Une pêche n'est pas une pêche sans un noyau* et autres œuvres de...

— Attendez ! glapit Olson d'une voix stridente. Attendez ! L'amour, c'est une blague ! C'est rien ! Un gros zéro pointé ! Compris ?

Personne ne répondit. Garraty regardait devant lui, au loin, la remontée des collines noires avec le noir du ciel piqueté d'étoiles. Il se demandait si les légers picotements qu'il ressentait dans la cambrure de son pied gauche n'annonçaient pas une crampe. Je veux m'asseoir, pensa-t-il avec irritation. Merde, je veux m'asseoir.

— L'amour c'est du bidon ! tempêtait Olson. Il y a trois grandes vérités dans le monde, qui sont un bon repas, une bonne baise et une bonne chiée, et c'est tout ! Et quand on devient comme Fenter et Zuck...

— Ta gueule, fit une voix ennuyée et Garraty fut certain que c'était celle de Stebbins.

Mais quand il se retourna, Stebbins marchait simplement le long du bas-côté en regardant la chaussée.

Un avion à réaction les survola, laissant derrière lui le bruit de ses réacteurs et une ligne de craie en travers de la nuit. Il passa assez bas pour qu'ils voient ses feux de position, clignotants, jaune et vert. Baker s'était remis à siffloter. Garraty ferma presque les paupières. Ses pieds avançaient d'eux-mêmes.

Dans son demi-sommeil, son esprit lui échappa.

Des pensées vagabondes s'y pourchassaient paresseusement. Il se souvenait d'une berceuse irlandaise que sa mère lui chantait quand il était tout petit... une histoire de coques et de moules, *hé ho, hé ho*. Et son visage, si beau, celui d'une actrice de cinéma. Il voulait l'embrasser et rester éternellement amoureux d'elle. Quand il serait grand, il l'épouserait.

Elle fut remplacée par la figure polonaise souriante de Jan, avec ses cheveux foncés tombant jusqu'à la taille. Elle était en maillot de bain deux-pièces sous un paletot de plage, parce qu'ils allaient à Reid Beach. Lui-même portait un short en jean effrangé et ses zoris.

Jan disparut, ses traits devinrent ceux de Jimmy Owens, le gosse qui habitait à côté de chez eux. Jimmy avait cinq ans, et lui aussi, et la mère de Jimmy les avait surpris à jouer au docteur dans le bac à sable derrière leur maison. Ils se montraient leur friquette ; c'était comme ça qu'ils l'appelaient, leur friquette. La mère de Jimmy avait appelé sa mère et celle-ci était venue le chercher, elle l'avait fait asseoir dans sa chambre et lui avait demandé s'il serait content qu'elle l'envoie dans la rue sans vêtements. Son corps assoupi se contracta de honte et de gêne, de honte profonde. Il avait pleuré et supplié, supplié qu'elle ne le fasse pas marcher tout nu dans la rue... et de ne rien dire à son père.

Sept ans, maintenant. Jimmy Owens et lui regardaient, par la vitre poussiéreuse des bureaux de l'entreprise de bâtiment Burr les calendriers ornés de dames nues accrochés aux murs, conscients de ce qu'ils voyaient mais sans vraiment le savoir, avec une sorte de frémissement, honteux mais excitant. Il y avait une dame blonde avec un bout de soie bleue drapé en travers de ses hanches et ils l'avaient regardée pendant longtemps. Ils se disputaient en se demandant ce qu'il pouvait bien y avoir sous la soie bleue. Jimmy disait qu'il avait vu sa mère toute nue. Jimmy disait qu'il savait. Jimmy disait que c'était poilu et fendu. Il avait refusé de le croire, parce que ce que racontait Jimmy était dégoûtant.

Malgré tout, il était sûr que les dames étaient différentes des messieurs, là en bas, et ils avaient passé tout un crépuscule mauve d'été à en discuter, en tuant les moustiques et en regardant une partie de base-ball dans le terrain vague derrière l'entreprise de déménagement, en face de Burr. Il croyait sentir, il sentait réellement, dans son rêve à demi éveillé, le bord du trottoir sous ses fesses.

L'année suivante, il avait frappé Jimmy Owens sur la bouche avec le canon de son fusil à air comprimé Daisy, alors qu'ils jouaient à la guerre, et Jimmy avait dû recevoir quatre points de suture à la lèvre supérieure. Un an plus tard, ils avaient déménagé. Il n'avait pas voulu frapper Jimmy sur la bouche. C'était un accident. Il en était tout à fait certain, même si à ce moment-là il savait que Jimmy avait eu raison, parce qu'il avait vu sa propre mère toute nue (il ne l'avait pas fait exprès, c'était un accident). Elles étaient poilues, là en bas. Poilues et fendues.

Chut, ce n'est pas un tigre, mon trésor, c'est ton nounours, tu vois ?... Des coques, des moules, hé ho, hé ho... Maman aime son petit garçon... chut... Fais dodo...

— Avertissement ! Avertissement 47 !

Il reçut un grand coup de coude dans les côtes.

— C'est toi, vieux. Debout là-dedans ! s'exclama McVries en riant.

— Quelle heure il est ? demanda Garraty d'une voix pâteuse.

— 20 h 35.

— Mais j'ai...

— ... dormi des heures, trancha McVries. Je sais ce que c'est.

— Ma foi, c'est bien l'effet que ça m'a fait.

— C'est ton cerveau qui a pris la vieille voie de l'évasion. Tu ne rêves pas que tes pieds puissent en faire autant ?

Garraty se dit que les souvenirs étaient comme une ligne tracée dans la terre. Plus on revenait en arrière, plus cette ligne était brouillée et difficile à voir. Jusqu'à ce qu'il n'y ait plus rien que du sable lisse et le trou noir du néant d'où on est sorti. Les souvenirs s'étiraient en somme comme la route. Ici, elle était dure, bien réelle et tangible. Mais celle du début, celle de neuf heures du matin était loin et sans signification.

Ils avaient couvert à pied près de quatre-vingts kilomètres. Le bruit courut que le commandant les passerait en revue et ferait un bref discours quand ils arriveraient aux quatre-vingts. Mais pour Garraty, ce devait être une fausse nouvelle.

Ils gravirent une longue côte raide et Garraty fut tenté d'enlever son blouson. Il se retint, mais baissa la fermeture et marcha un moment à reculons. Les lumières de Caribou clignotaient et il pensa à la femme de Loth qui s'était retournée et transformée en statue de sel.

— Avertissement ! Avertissement 47 ! Deuxième avertissement, 47 !

Garraty mit quelques instants à comprendre qu'il s'agissait de lui. Son deuxième avertissement en dix minutes. Il recommença à avoir peur. Il pensa au garçon inconnu qui était mort parce qu'il avait ralenti une fois de trop. Etait-ce son tour maintenant ?

Il regarda autour de lui. McVries, Harkness, Baker et Olson le dévisageaient tous. Olson, particulièrement. Il distinguait son expression avide malgré l'obscurité. Olson avait survécu à six autres marcheurs. Il voulait faire de Garraty le septième, le porte-bonheur. Il voulait que Garraty meure.

— J'ai quelque chose de spécial ? demanda rageusement Garraty.

— Non, marmonna Olson en détournant les yeux. Bien sûr que non.

Garraty marcha alors avec détermination, en balançant des bras agressifs. Il était 20 h 40. A 22 h 40 — dans douze kilomètres —, il serait libéré. Il ressentit une envie presque démente de proclamer qu'il en était capable, que la rumeur ne circulerait pas sur lui, qu'ils n'allaient pas le voir recevoir son ticket... du moins pas encore.

La brume s'étalait en nappes sur la route où les silhouettes des garçons se déplaçaient comme de sombres îles flottant à la dérive. Au quatre-vingtième kilomètre de la Marche, ils passèrent devant un petit garage fermé, avec une pompe à essence rouillée. Ce n'était qu'une forme menaçante dans le brouillard. La seule clarté venait de la lumière fluorescente d'une cabine téléphonique. Le commandant ne vint pas. Personne ne vint.

La route virait et descendait en pente douce. Au bas, il y avait un grand panneau routier jaune. Le message courut de bouche en bouche, mais Garraty avait lu le panneau avant même qu'il lui parvienne :

CÔTE ABRUPTE
POIDS LOURDS PASSEZ EN PREMIÈRE

Des protestations et des gémissements. Quelque part devant, Barkovitch cria joyeusement :

— Mettez le paquet, les gars ! Qui c'est qui fait la course avec moi jusqu'en haut ?

— Ferme ta grande gueule de con, espèce de petit salopard, marmonna quelqu'un.

— Il craque, dit Baker.
— Non, répliqua McVries. Il ne fait que s'étirer. Les types comme lui ont une sacrée allonge.
— Je ne crois pas que je vais pouvoir gravir cette côte, dit très calmement Olson. Pas à six kilomètres à l'heure.

La colline se dressait devant eux. Ils étaient presque au pied. Avec le brouillard, impossible de voir le sommet. Aussi bien, pensa Garraty, ça monte comme ça sans jamais s'arrêter.

Ils commencèrent à grimper.

Ce n'était pas si dur si on regardait ses pieds en marchant et si on se penchait un peu en avant. On fixait le petit bout de chaussée entre ses pieds et on avait l'impression qu'on marchait sur un terrain plat. Naturellement, on ne pouvait pas se raconter des histoires ni prétendre qu'on n'avait pas le souffle court ou les poumons brûlants.

On ne sut comment, la rumeur arriva de l'avant; apparemment, certains avaient encore du souffle à gaspiller. Elle prétendait que cette côte était longue de quatre cents mètres. Et puis le bruit courut qu'elle était de trois kilomètres, et qu'aucun marcheur n'avait jamais reçu son ticket sur cette colline. Le bruit courut ensuite que trois garçons avaient reçu leur ticket sur cette côte l'année dernière. Et, après ça la rumeur cessa.

— Je ne peux pas, répétait Olson. Je ne peux plus.

Il haletait comme un chien. Mais il continuait de marcher; ils marchaient tous. On entendait de petits grognements, des respirations saccadées, et puis la litanie monotone d'Olson, le raclement de nombreux pieds, le grincement et le claquement du half-track à côté d'eux.

Garraty sentait grandir sa peur. Il risquait réellement de mourir là. Ce ne serait pas du tout difficile. Il avait déconné, il avait écopé de deux avertissements, déjà. Il ne devait guère être au-dessus de la limite, en ce moment. Il lui suffisait de ralentir un tout petit peu et ce serait le troisième avertissement... le dernier. Et ensuite...

— Avertissement ! Avertissement 70 !

— Ecoute, Olson, ils jouent ta chanson, avertit McVries en soufflant. Remue tes pieds. Je veux te voir danser dans cette côte comme Fred Astaire.

— Qu'est-ce que ça peut te foutre ? gronda furieusement Olson.

McVries ne répondit pas. Olson se découvrit une petite réserve et réussit à presser le pas. Garraty se demanda, d'une façon assez morbide, si ce petit peu de réserve était le bout du rouleau pour Olson. Il se demanda aussi où en était Stebbins, là-bas, en queue de peloton. Comment ça va, Stebbins ? Tu fatigues ?

Devant eux, un garçon nommé Larson, le 60, s'assit subitement sur la chaussée. Il reçut un avertissement. Les autres s'écartèrent et le contournèrent, comme la mer Rouge s'écartant pour les enfants d'Israël.

— Je m'assois juste un moment, d'accord ? dit Larson avec un bon sourire confiant. Je ne peux plus faire un pas pour l'instant.

Son sourire s'élargit encore et il se tourna vers le soldat qui avait sauté du half-track, son fusil dans une main et son chronomètre d'inox dans l'autre.

— Avertissement 60, dit le soldat. Deuxième avertissement.

— Ecoutez, je les rattraperai, se hâta d'affirmer Larson. Je ne fais que me reposer un peu. Un type ne peut pas marcher tout le temps. Pas *tout* le temps. Pas vrai, dites ?

Olson laissa échapper un petit gémissement en passant à côté de Larson, s'écartant vivement quand il essaya de lui attraper le bas du pantalon.

Garraty avait les tempes qui bourdonnaient. Larson reçut son troisième avertissement.

Maintenant il va comprendre, pensa Garraty. Maintenant il va se lever et se carapater! Et, finalement, Larson comprit. La réalité revint s'abattre sur lui.

— Non! hurla-t-il d'une voix alarmée. Non, attendez une seconde, faites pas ça! Je vais me lever. Non, non! Ne...

Le coup de feu. Ils gravirent la pente.

— Reste quatre-vingt-treize bouteilles de bière sur l'étagère, murmura McVries.

Garraty ne dit rien. Il regardait ses pieds et concentrait toute son attention sur son arrivée en haut de la côte sans troisième avertissement. Elle ne pouvait pas durer beaucoup plus longtemps, cette monstrueuse côte! Sûrement pas.

Assez loin devant eux, quelqu'un poussa un cri aigu, gargouillant, et puis les fusils tirèrent à l'unisson.

— Barkovitch! cria Baker. C'était Barkovitch! J'en suis sûr.

— Tu te goures, péquenaud! glapit Barkovitch dans l'obscurité. Tu te goures à cent pour cent!

Ils ne virent pas du tout quel garçon avait été abattu après Larson. Il était à l'avant-garde et il avait été traîné à l'écart avant qu'ils le rejoignent. Garraty leva les yeux de la chaussée et le regretta immédiatement. Il avait aperçu le sommet de la côte... mais à peine. Ils avaient encore à parcourir la longueur d'un terrain de football. Autant dire cent kilomètres. Personne ne parlait. Chacun s'était replié sur soi-même, dans son petit monde particulier de douleur et d'effort. Les secondes semblaient des heures.

Près du sommet, un chemin de terre plein d'ornières partait de la route et il y avait là un paysan avec sa famille. Ils regardèrent passer les marcheurs... un vieux avec un front profondément ridé, une femme à la figure en lame de couteau, dans un manteau noir informe, et trois adolescents qui avaient tous l'air demeuré.

— Il ne lui manque... qu'une fourche, haleta McVries, qui transpirait. Et... Grant Wood pour le peindre.

Quelqu'un cria :

— Salut, pépé !

Le fermier, sa femme et leurs enfants ne dirent rien. Ils ne souriaient pas. Ils ne fronçaient pas les sourcils. Ils ne brandissaient pas de pancartes. Ils n'agitaient pas la main. Ils regardaient, simplement. Ils rappelèrent à Garraty les westerns qu'il allait voir au cinéma tous les samedis après-midi de son enfance, où le héros était abandonné dans le désert avec les vautours qui volaient en cercles au-dessus de lui. Garraty fut heureux de laisser cette famille derrière eux. Il supposait que ce paysan, sa femme et ses trois enfants idiots seraient là vers 21 heures le 1er mai de l'année prochaine... et de la suivante... etc. Combien de garçons avaient-ils vu abattre ? Une douzaine ? Deux ? Garraty préféra ne pas y penser. Il prit une gorgée de son bidon, se rinça la bouche et recracha l'eau.

La côte montait toujours. A l'avant, Toland s'évanouit et fut tué sans même avoir entendu ses trois avertissements. Garraty avait l'impression qu'ils escaladaient cette côte depuis un mois. Oui, ça devait faire un mois, au moins, parce qu'ils marchaient depuis plus de trois ans. Il pouffa un peu, prit encore une gorgée d'eau, la garda un moment dans sa bouche et l'avala. Pas de crampes. Une crampe l'achèverait, à présent. Mais ça ne pouvait pas arriver. Ça ne pouvait pas arriver parce que quelqu'un avait plongé ses souliers dans du plomb liquide alors qu'il avait le dos tourné.

Neuf de moins et un tiers d'entre eux avaient disparu là, sur cette colline. Le commandant avait dit à Olson de leur en faire baver, et ils en bavaient. Ils en...

Ouillouillouille!

Garraty se sentit soudain la tête légère, un vertige, comme s'il allait tourner de l'œil à son tour. Il se gifla sévèrement, d'un bon aller-retour violent.

— Ça va ? demanda McVries.

— J'ai cru que j'allais tomber dans les pommes.

— Verse ton... (un halètement, une respiration sifflante), verse ton bidon... sur ta tête.

Garraty suivit le conseil. Je te baptise Raymond Davis Garraty, pax vobiscum. L'eau était très froide. Elle le ranima. Quelques gouttes ruisselèrent sous sa chemise en rigoles glaciales.

— Bidon 47 ! hurla-t-il.

L'effort de son cri le laissa de nouveau affaibli. Il regretta de ne pas avoir attendu un peu.

Un des soldats arriva en trottinant et lui tendit un bidon plein. Garraty sentit que les yeux impassibles du soldat prenaient sa mesure.

— Allez-vous-en, dit-il grossièrement en prenant le bidon. Vous êtes payé pour me fusiller, pas pour me regarder.

Le soldat s'en alla sans la moindre expression. Garraty s'obligea à marcher un peu plus vite.

Ils continuèrent de monter et personne d'autre ne fut abattu. Ils arrivèrent enfin au sommet, à 21 heures. Ils étaient sur la route depuis douze heures. Ça ne voulait rien dire. La seule chose qui importait, c'était le vent frais soufflant au sommet de la colline. Et un chant d'oiseau. Et la sensation de la chemise mouillée sur la peau. Et les souvenirs dans sa tête. Ces choses-là avaient de l'importance et Garraty s'y cramponnait avec l'énergie du désespoir. C'était à lui et c'était tout ce qui lui restait.

— Pete ?
— Ouais.
— Merde, qu'est-ce que je suis content d'être en vie !

McVries ne répondit pas. Ils descendaient, maintenant. La marche était facile.

— Je vais me donner du mal pour le rester, ajouta Garraty, presque comme s'il s'excusait.

La route tournait doucement. Ils étaient encore à cent quatre-vingt-cinq kilomètres d'Oldtown et du sol relativement plat de l'autoroute.

— C'est ce qu'il faut, non ? répondit enfin McVries.

Sa voix était cassée, pleine de toiles d'araignée, comme si elle provenait d'une cave poussiéreuse. Pendant un moment, ni l'un ni l'autre ne parla. Personne ne parlait. Baker avait toujours sa démarche nonchalante — il n'avait pas reçu un seul avertissement —, les mains dans les poches, ballottant doucement la tête au rythme de ses pas, de ses pieds plats. Olson en était revenu à *Je vous salue Marie, pleine de grâce...* Sa figure était une tache blanche dans la nuit. Harkness mangeait.

— Hé, Garraty ! dit McVries.
— Je suis là.
— Tu as déjà assisté à la fin d'une Longue Marche ?
— Non. Et toi ?
— Bon Dieu, non. Je pensais simplement... comme tu es du coin...
— Mon père en avait horreur. Il m'a emmené une fois en voir passer une, histoire de... comment on dit ? Comme une leçon de choses. Mais c'était la seule fois.

— Moi, j'en ai vu une.

Garraty sursauta au son de cette voix. C'était Stebbins. Il était presque arrivé à leur hauteur, la tête toujours penchée, ses cheveux blonds tombant autour de ses oreilles comme une minable auréole.

— Comment c'était ? demanda McVries d'une voix curieusement rajeunie, tout à coup.

— Tu veux vraiment le savoir ? répliqua Stebbins.

— J'ai demandé, pas vrai ?

Stebbins ne répondit pas. Garraty était de plus en plus intrigué par lui. Il n'avait pas flanché. Rien n'indiquait qu'il allait flancher. Il marchait sans se plaindre et, depuis celui du départ, il n'avait reçu aucun avertissement.

— Ouais, comment c'était ? demanda Garraty presque involontairement.

— J'ai vu ça il y a quatre ans. J'avais treize ans. Ça s'est terminé à environ vingt-cinq kilomètres après la frontière du New Hampshire. Il y avait la Garde nationale et seize Escouades fédérales pour renforcer la police de l'Etat. Fallait bien. Les gens étaient serrés comme des sardines de chaque côté de la route, sur quatre-vingts kilomètres. Plus de vingt personnes sont mortes étouffées ou piétinées, avant que ce soit fini. Parce que les gens essayaient de marcher avec les concurrents, ils voulaient voir la fin. J'avais une place assise au premier rang. Mon vieux me l'avait trouvée.

— Qu'est-ce qu'il fait, ton vieux ? demanda Garraty.

— Il est dans les Escouades. Et il avait très bien calculé. Je n'ai même pas eu à bouger. La Marche s'est terminée presque devant moi.

— Qu'est-ce qui s'est passé ? demanda tout bas Olson.

— Je les ai entendus venir avant de les voir. Tout le monde a entendu. C'était une grande onde sonore, qui se rapprochait. Il a fallu attendre encore une heure avant qu'ils soient assez près pour qu'on les voie. Ils ne regardaient pas la foule, aucun des deux qui restaient. C'était comme s'ils ne savaient même pas que la foule était là. Ils ne regardaient que la route. Ils boitaient, tous les deux, ils se traînaient. A croire qu'ils avaient été crucifiés et descendus de la croix et qu'ils étaient forcés de marcher avec les clous encore dans les pieds.

Ils écoutaient tous Stebbins, à présent. Un silence d'horreur s'était abattu sur eux.

— La foule leur criait après, comme s'ils pouvaient encore entendre. Il y en avait qui hurlaient le nom d'un type ou de l'autre, mais la seule chose qu'on comprenait vraiment, c'était *Go... go... go...* J'étais bousculé et pressé de tous les côtés. Le mec à côté de moi s'est pissé ou chié dessus, je ne sais pas.

« Ils sont passés juste devant moi. Il y avait un grand blond avec la chemise ouverte. Une de ses semelles de chaussures s'était décollée ou décousue ou je ne sais quoi et elle claquait. L'autre n'avait même plus de chaussures et ses chaussettes s'arrêtaient à la cheville. Le reste... eh bien il les avait usées à la marche... Il avait les pieds violets, on voyait les vaisseaux éclatés. Je crois qu'il ne les sentait même plus. On a peut-être pu faire quelque chose pour ses pieds, plus tard. Je ne sais pas. Peut-être.

— Assez. Pour l'amour de Dieu, tais-toi !

C'était McVries. Il paraissait écœuré, désemparé.

— C'est toi qui voulais savoir, lui dit presque gentiment Stebbins. C'est pas ce que tu disais ?

Pas de réponse. Le half-track pétaradait, cliquetait et grinçait sur le bas-côté et, plus haut, quelqu'un reçut un avertissement.

— C'est le grand blond qui a perdu. J'ai tout vu. Ils venaient juste de passer devant moi. Il a levé les deux bras au ciel, comme s'il était Superman. Mais au lieu de s'envoler il est tombé sur le nez et ils lui ont collé son ticket au bout de trente secondes parce qu'il avait déjà trois avertissements. Ils en avaient tous les deux trois.

« Alors la foule s'est mise à applaudir, à pousser des cris. A acclamer et à applaudir. On voyait bien que le gosse qui avait gagné essayait de dire quelque chose. Alors les gens se sont tus. Il était tombé à genoux, vous savez, comme s'il allait prier, seulement il pleurait, simplement. Et puis il s'est traîné vers l'autre garçon et il a fourré sa figure dans la chemise du grand blond. Il a commencé à parler mais nous ne pouvions pas l'entendre. Il parlait dans la chemise du mort. Il s'adressait au gosse mort. Et puis les soldats se sont précipités et lui ont dit qu'il avait remporté le Prix, et ils lui ont demandé ce qu'il voulait faire.

— Qu'est-ce qu'il a répondu ? demanda Garraty.

Il lui sembla que dans cette question, il jouait toute sa propre vie.

— Il ne leur a rien dit du tout, pas tout de suite. Il parlait au gosse mort. Il lui disait quelque chose, au mort, mais nous n'entendions pas.

— Et qu'est-ce qui s'est passé ? demanda Pearson.

— Je ne me souviens pas, répondit Stebbins d'une voix lointaine.

Personne ne fit de réflexion. Garraty ressentait une sensation de panique, d'étouffement, comme si on l'avait fourré, poussé dans une canalisation souterraine trop étroite pour qu'il s'en sorte. A l'avant, un troisième avertissement fut lancé et un garçon émit une plainte désespérée, rauque, comme un corbeau agonisant. S'il vous plaît, mon Dieu, faites qu'ils ne tuent personne en ce moment, pensa Garraty. Je vais devenir fou si j'entends les fusils maintenant. S'il vous plaît, mon Dieu, s'il vous plaît.

Quelques minutes plus tard, les fusils firent résonner dans la nuit leur bruit de mort. Cette fois c'était un garçon petit et trapu, en vaste maillot de football rouge et blanc. Garraty crut d'abord que la maman de Percy n'allait plus avoir à le chercher ni à s'en inquiéter mais ce n'était pas Percy, c'était un garçon du nom de Quincy ou Quentin ou quelque chose comme ça.

Garraty ne devint pas fou. Il se retourna pour s'adresser avec colère à Stebbins, pour lui demander, peut-être, l'effet que ça faisait d'infliger une telle horreur à un garçon qui allait mourir, mais Stebbins avait reculé à sa place habituelle et Garraty était de nouveau seul.

Et ils marchaient, tous les quatre-vingt-dix.

5

> « Vous n'avez pas dit la vérité alors vous devez subir les conséquences. »
>
> Bob Barker,
> *Truth and Consequences*

A 21 h 40, en ce 1er mai interminable, Garraty se débarrassa d'un de ses deux avertissements. Depuis le garçon au maillot de football, deux autres marcheurs s'étaient fait avoir. Garraty l'avait à peine remarqué. Il était occupé à inventorier soigneusement sa personne.

Une tête un peu confuse et branque mais fondamentalement saine. Deux yeux, globuleux. Un cou, plutôt raide. Deux bras, pas de problème de ce côté. Un torse où tout allait bien à part des tiraillements d'estomac que les concentrés ne pouvaient satisfaire. Deux jambes bougrement fatiguées. Muscles douloureux. Il se demanda jusqu'où ses jambes le porteraient d'elles-mêmes, combien de temps avant que son cerveau prenne la relève et les condamne aux travaux forcés, au-delà de toute limite raisonnable, pour empêcher qu'une balle vienne s'écraser dans sa boîte crânienne. Combien de temps avant que ses jambes protestent, que ses muscles se nouent et que finalement les crampes s'installent et l'obligent à s'arrêter ?

Ses jambes étaient fatiguées, mais jusqu'à présent, apparemment pas en trop mauvais état.

Et deux pieds. Qui souffraient. Ils étaient douloureux, pas la peine de le nier. C'était un solide gaillard. Ces pieds devaient trimbaler soixante-quinze kilos. Les plantes brûlaient. Elles étaient parcourues d'élancements subits. Son gros orteil gauche était passé par un trou de la chaussette (il pensa à l'histoire de Stebbins et fut envahi d'une horreur sournoise) et frottait désagréablement contre le soulier. Mais ses pieds travaillaient, ils n'avaient toujours pas d'ampoules et il estima que ses pieds aussi étaient O.K.

Garraty, se dit-il pour se remonter le moral, tu es en bonne forme. Douze gars sont morts, il y en a le double qui doivent souffrir salement, maintenant, mais toi tu vas bien. Tu marches bien. Tu es formidable. Tu es vivant.

La conversation, qui était plus ou moins morte de sa belle mort après le récit de Stebbins, commença à reprendre. Parler, c'était ce que faisaient les vivants. Yannick, le 98, discutait de la généalogie des soldats du half-track, d'une voix exagérément forte, avec Wyman, le 97. Tous deux étaient d'accord pour penser que leur lignée était mélangée, colorée, hirsute et abâtardie.

Pearson, pendant ce temps, demanda tout à trac à Garraty :

— T'as déjà pris un lavement ?

— Un lavement ? répéta Garraty, pris de court. Non... Je ne crois pas.

— Et vous autres ? Allez, dites la vérité !

— Moi si, dit Harkness en riant un peu. Ma mère m'en a donné un une fois, après Halloween, quand j'étais petit. J'avais mangé presque tout un cabas de bonbons.

— Ça t'a plu ? Tu as aimé ça ? insista Pearson.

— Tu rigoles ? Merde, non ! A qui veux-tu que ça plaise de recevoir un litre d'eau chaude savonneuse dans le...

— A mon petit frère, dit tristement Pearson. J'ai demandé à ce morveux s'il était triste que je prenne le départ et il a dit non parce que maman lui avait promis un lavement s'il était sage et ne pleurait pas. Il adore ça.

— C'est écœurant ! cria Harkness.

Pearson eut l'air encore plus triste.

— Oui, c'est ce que je trouve aussi.

Quelques minutes plus tard, Davidson rejoignit le groupe et raconta la fois où il s'était soûlé à la Foire de Steubenville. Il s'était traîné dans une tente et s'était fait taper sur la tête par une grosse nana obèse qui n'avait rien sur le dos qu'un cache-sexe. Quand Davidson avait protesté (qu'il disait) qu'il était bourré et croyait que c'était la tente du tatoueur, la grosse nana rouquine et chaude lapine lui avait permis de la tripoter un moment (qu'il disait). Il lui avait expliqué qu'il voulait se faire tatouer un drapeau confédéré sur le ventre.

Art Baker leur raconta un concours qu'ils avaient organisé par chez lui, à qui allumerait le plus gros pet et un gros con au cul velu appelé Davey Popham s'était brûlé tous les poils du cul et jusqu'au creux des reins. Ça sentait comme un feu de brousse, disait Baker. Cela fit rire Harkness si fort qu'il écopa d'un avertissement.

Après cela, ce fut l'escalade. Ils rivalisèrent de fanfaronnades jusqu'à ce que tout l'incroyable édifice s'écroule. Quelqu'un d'autre reçut un avertissement et peu après l'autre Baker (James) prit son ticket. La bonne humeur du groupe s'évapora.

Quelques garçons se mirent à évoquer leurs petites amies et la conversation se fit hésitante, larmoyante. Garraty ne parla pas de Jan mais alors que 22 heures arrivaient, sinistres comme un sac de charbon éclaboussé de brume laiteuse, il se dit qu'elle était ce qu'il avait connu de meilleur dans sa vie.

Ils passèrent sous une brève guirlande de lampes au mercure, en traversant un village fermé et endormi, tous calmés à présent et parlant bas. Devant un magasin Shopwell, au bout de la large place, un jeune couple dormait sur un banc, tête contre tête. Une pancarte que l'on ne pouvait pas lire était posée entre eux. La fille était très jeune — on ne lui donnait pas plus de quatorze ans — et son copain portait une chemise de sport si souvent lavée qu'elle n'avait plus rien de bien sportif. Leurs ombres sur la chaussée se confondaient en une grande tache que foulèrent discrètement les marcheurs.

Garraty jeta un coup d'œil en arrière, certain que le grondement du half-track les aurait réveillés. Mais ils dormaient encore, sans savoir que la Marche était passée. Il se demanda si la fille allait se faire sonner les cloches par son vieux. Elle avait l'air vraiment très jeune. Il se demanda si leur pancarte était pour « Garraty Champion du Maine ». Il espérait vaguement que non. Cette idée avait quelque chose d'un peu répugnant.

Il mangea le reste de ses concentrés et se sentit un peu mieux. Il n'avait plus rien qu'Olson puisse mendier. C'était marrant, le cas d'Olson. Six heures plus tôt, Garraty aurait juré qu'il était à peu près foutu. Mais il marchait encore, et sans avertissements maintenant. Garraty supposa qu'on pouvait faire beaucoup de choses, quand sa vie était en jeu. Ils avaient couvert, à présent, plus de quatre-vingt-cinq kilomètres.

Les dernières bribes de conversations s'éteignirent

avec les dernières maisons du village sans nom. Ils marchèrent en silence pendant au moins une heure et le froid recommença à pénétrer Garraty. Il mangea le dernier des biscuits de maman, roula le papier d'alu en boule et le lança dans un buisson bordant la route. Encore un semeur de papiers sales dans les belles plates-bandes de la vie.

McVries avait tiré de son petit sac à dos, à la stupeur de tous, une brosse à dents et se brossait vigoureusement les dents à sec. Tout continue, s'étonna Garraty. C'est machinal. On rote, on demande pardon. On salue les gens qui agitent la main parce que c'est poli. Personne ne se dispute plus avec personne (à part Barkovitch) parce qu'on se conduit poliment. Tout continue.

Etait-ce bien vrai ? Il pensa à McVries suppliant Stebbins de se taire. A Olson acceptant son fromage avec une humilité muette de chien battu. Tout semblait prendre une nouvelle intensité, des contrastes plus vifs de couleurs, de lumière et d'ombre.

A 23 heures, plusieurs choses se produisirent en même temps. Le bruit courut qu'un petit pont de bois, en avant, avait été emporté par un violent orage dans l'après-midi. Le pont disparu, la Marche devrait s'arrêter provisoirement. Une faible ovation monta des rangs en désordre et Olson, d'une toute petite voix, murmura : « Dieu soit loué ! »

Quelques secondes après, Barkovitch se mit à hurler un flot d'insultes à son voisin, un garçon laid et trapu du nom de Rank. Rank lui balança un coup de poing — strictement interdit par le règlement — et reçut un avertissement. Barkovitch ne ralentit même pas. Il se contenta de baisser la tête, de parer le coup et continua de hurler.

— Allez donc, bougre de salaud ! Je danserai sur ta putain de tombe ! Allez, Ducon, remue un peu les pieds. Ne me facilite pas les choses !

Rank lui décocha un nouveau coup. Barkovitch l'esquiva mais bouscula le garçon qui marchait à côté de lui. Ils furent tous deux avertis par les soldats, qui observaient maintenant les événements avec une grande attention mais sans émotion, comme on observerait deux fourmis se disputant une miette de pain, pensa amèrement Garraty.

Rank pressa le pas, sans regarder Barkovitch. Quant à Barkovitch, furieux d'avoir reçu un avertissement (le garçon qu'il avait bousculé était Gribble, celui qui avait voulu traiter le commandant d'assassin), il lui cria :

— Ta mère taille des pipes dans la 42e Rue, Rank !

Sur ce, Rank se retourna d'un bloc et fonça sur Barkovitch.

Des cris s'élevèrent : « Ça va comme ça ! » et « Arrêtez vos conneries ! » mais Rank n'y fit pas attention. Il se rua sur Barkovitch, tête baissée.

Barkovitch fit un saut de côté. Rank buta, glissa sur le sable du bas-côté, s'étala et s'assit, les jambes écartées. Il reçut un troisième avertissement.

— Allez, crétin ! glapit Barkovitch. Relève-toi !

Rank se releva. Mais il glissa encore et tomba sur le dos. Il paraissait assommé, groggy.

Le troisième événement, à 23 heures, fut la mort de Rank. Il y eut un moment de silence quand les fusils se braquèrent et la voix de Baker résonna, très forte.

— Barkovitch, tu n'es plus un emmerdeur. Maintenant tu es un assassin.

Les coups de feu claquèrent. Le corps de Rank fut soulevé par la violence des balles. Et puis il retomba sans bouger, inerte, un bras sur la chaussée.

— C'était de sa faute ! hurla Barkovitch. Vous l'avez vu, il a frappé le premier ! Règle 8 ! Règle 8 !

Personne ne répondit.

— Allez vous faire mettre ! Tous tant que vous êtes !

— Va donc danser un peu sur lui, Barkovitch, dit calmement McVries. Va donc, amuse-nous. Fais quelques pas de boogie sur lui, Barkovitch.

— Ta mère aussi fait des pipes dans la 42e Rue ! Espèce de balafré ! gronda Barkovitch.

— J'ai hâte de voir ta cervelle étalée sur la route, dit McVries en portant une main à sa cicatrice. Je battrai des mains quand ça t'arrivera, bougre de sale petit assassin.

Barkovitch marmonna quelque chose à mi-voix. Les autres s'écartaient de lui, comme s'il avait la peste, et il marchait tout seul.

Ils atteignirent les quatre-vingt-quinze kilomètres vers 23 h 10, sans avoir aperçu le moindre pont. Garraty commençait à penser que cette fois la rumeur était fausse quand ils arrivèrent au sommet d'une petite côte et virent de l'autre côté une flaque de lumière avec une petite foule d'hommes affairés.

La lumière provenait des phares de plusieurs camions, dirigés sur un pont de planches qui enjambait un torrent rapide.

— Franchement, j'adore ce pont, dit Olson en prenant une des cigarettes de McVries. Franchement.

Mais alors qu'ils s'en rapprochaient, Olson laissa échapper une vilaine plainte rauque et jeta sa cigarette dans l'herbe folle. Une des piles du pont et deux des lourdes planches du tablier avaient été emportées mais l'Escouade avait bien travaillé. Un poteau téléphonique scié était planté dans le lit du torrent, ancré dans une espèce de bloc de ciment énorme. Ils n'avaient pas encore eu le temps de rétablir les planches mais ils avaient installé à leur place le grand abattant d'un poids lourd. Un tablier de fortune, mais il ferait l'affaire.

— Le pont de San Luis Rey, dit Abraham. Peut-être que, si ceux qui sont en avant tapent assez fort des pieds, il s'écroulera de nouveau.

— Guère de chance, dit Pearson et puis il ajouta d'une voix brisée, larmoyante : Ah, merde !

L'avant-garde, réduite à trois ou quatre garçons, était maintenant sur le pont. Leurs pas résonnèrent avec un bruit creux. Ils traversèrent sans se retourner. Le half-track s'arrêta. Deux soldats en sautèrent pour accompagner les garçons. Deux autres, de l'autre côté, avaient emboîté le pas à l'avant-garde. Les planches résonnaient maintenant d'un battement régulier.

Deux hommes en veste de velours côtelé, chaussés de bottes de caoutchouc vertes, s'appuyaient contre le camion portant l'inscription RÉFECTION DES ROUTES. Ils fumaient. Ils regardèrent défiler les marcheurs. Alors que Davidson, McVries, Olson, Pearson, Harkness, Baker et Garraty passaient, en groupe désordonné, un des hommes jeta sa cigarette dans le ruisseau et annonça :

— C'est lui ! Voilà Garraty !

— Tiens le coup, petit ! cria l'autre. J'ai dix dollars sur toi à douze contre un !

Garraty remarqua quelques portions de poteaux téléphoniques couvertes de sciure, à l'arrière du camion. C'étaient ces hommes qui avaient été chargés de s'assurer que les marcheurs pourraient continuer de marcher, que ça leur plaise ou non. Il les salua de la main et franchit le pont. L'abattant qui remplaçait le tablier claquait sous ses pieds. Et puis le pont fut derrière eux. La route faisait un coude et le seul souvenir du repos qu'ils avaient espéré fut un triangle de lumière sur les arbres du bas-côté. Bientôt, il disparut aussi.

— Est-ce qu'il est arrivé qu'une Longue Marche soit arrêtée pour quelque chose ? demanda Harkness.

— Je ne crois pas, répondit Garraty. C'est pour ton livre ?

— Non, dit Harkness, qui paraissait fatigué. Simple information personnelle.

— Elle s'arrête tous les ans, dit Stebbins derrière eux. Une seule fois.

Il n'y avait rien à répondre.

Une demi-heure plus tard, McVries rattrapa Garraty et l'accompagna en silence pendant un moment. Enfin, très calmement, il murmura :

— Tu crois que tu vas gagner, Ray ?

Garraty considéra la question, très longtemps.

— Non, avoua-t-il enfin. Non, je... Non.

Cet aveu l'effraya. Il pensa alors à son ticket, à la balle qui le frapperait, à l'ultime seconde de lucidité devant les canons des fusils levés vers lui. Les jambes figées. Le ventre crispé, la terreur aux tripes. Les muscles, le cerveau, tout son corps repoussant la mort qui ne serait plus qu'à un battement de cœur.

Il avait la gorge sèche.

— Et toi ?

— Je ne pense pas, dit McVries. J'ai cessé de croire à mes chances ce soir vers 21 heures. Tu comprends, je... C'est difficile à dire mais... Je me suis engagé là-dedans les yeux ouverts, tu sais ?... Beaucoup de ces types y sont allés à l'aveuglette mais moi, j'avais calculé mes chances. Seulement, je n'avais pas tenu compte des gens. Et je crois qu'en fait, je ne réalisais pas du tout ce que c'est en réalité. Je m'imaginais, je pense, que lorsque le premier type n'en pourrait plus, ils braqueraient leurs fusils sur lui, presseraient la détente et qu'alors des petits bouts de papier avec PAN écrit dessus se... se... et que le commandant dirait « Poisson d'avril » et que nous rentrerions tous chez nous. Tu comprends ce que je veux dire ?

Garraty songea à son premier choc quand Curley s'était abattu dans un jaillissement de sang et de matière cérébrale, son cerveau étalé comme de la bouillie d'avoine sur la chaussée.

— Oui, dit-il. Je sais ce que tu veux dire.

— Il m'a fallu du temps pour comprendre, mais c'est allé plus vite une fois que j'ai eu surmonté ce blocage mental. Marche ou crève, c'est la morale de cette histoire. Pas plus compliqué. Ce n'est pas une question de force physique, et c'est là que je me suis trompé en m'engageant. Si c'était ça, nous aurions tous une bonne chance. Mais il y a des hommes faibles capables de soulever des voitures si leur femme est clouée dessous. La tête, Garraty, le cerveau... Ce n'est pas l'homme ou Dieu, c'est quelque chose... dans le cerveau.

Un engoulevent lança sa plainte dans la nuit. La brume de terre se dissipait.

— Certains de ces garçons vont continuer de marcher longtemps après que les lois de la physique et de la chimie auront déclaré forfait. Il y a un type, l'année dernière, qui a rampé sur trois kilomètres, à 6 kilomètres à l'heure, les deux pieds immobilisés par des crampes. Tu ne te souviens pas d'avoir lu ça ? Regarde Olson, il est épuisé mais il continue. Ce foutu Barkovitch est poussé par sa haine qui le fait encore cavaler, frais comme un gardon. Je ne crois pas que j'en sois capable. Je ne suis pas fatigué, pas encore vraiment. Mais je le serai. Et je crois... quand je serai assez fatigué... je crois que je m'assiérai.

Garraty garda le silence mais il se sentait inquiet. Très inquiet.

— Je durerai plus que Barkovitch, tout de même, dit McVries, parlant presque pour lui seul. Ça, je peux le faire, bon Dieu.

Garraty jeta un coup d'œil à sa montre et vit qu'il était 23 h 30. Ils traversèrent un carrefour solitaire où veillait un policier à l'air ensommeillé. La circulation éventuelle qu'il était chargé de régler était nulle. Ils passèrent devant lui et sortirent du cercle de lumière de l'unique lampe à mercure. L'obscurité les enveloppa de nouveau comme un sac de charbon.

— Nous pourrions nous glisser dans les bois, maintenant, et ils ne nous retrouveraient jamais, dit Garraty d'une voix songeuse.

— Essaie voir, rétorqua Olson. Ils ont des viseurs à infrarouge, et je ne sais quels autres instruments de surveillance, y compris des micros ultrasensibles. Ils entendent tout ce que nous disons. Ils peuvent presque entendre nos battements de cœur. Et ils y voient comme en plein jour, Ray.

Comme pour confirmer ces mots, un garçon derrière eux reçut son deuxième avertissement.

— Vous ôtez tout le sel de la vie, murmura Baker.

Son léger accent traînant du Sud résonna étrangement aux oreilles de Garraty.

McVries s'était éloigné. La nuit noire semblait envelopper chacun d'eux et Garraty se sentit terriblement seul. Chaque bruissement dans la forêt provoquait des chuchotements et de petits cris peureux et Garraty comprit, avec un certain amusement, qu'une promenade nocturne dans les forêts du Maine ne devait pas être joyeuse pour les citadins de l'équipe. Un hibou fit entendre un cri mystérieux quelque part sur leur gauche. De l'autre côté, un animal courut, s'arrêta, repartit, s'arrêta

encore et puis s'enfuit bruyamment vers des lieux moins peuplés. Il y eut un nouveau bêlement apeuré :
— Qu'est-ce que c'est que ça ?

Dans le ciel, des nuages de printemps capricieux prenaient des formes bizarres, promettant de la pluie. Garraty releva son col et écouta le bruit de ses pieds frappant la chaussée. Il y avait là un truc à prendre, une subtile mise au point mentale à effectuer, comme la vision s'améliore quand on s'est habitué au noir. Ce matin, le bruit de ses pas était perdu pour lui, perdu dans le martèlement de quatre-vingt-dix-neuf autres paires de pieds, sans parler du grondement du half-track. Mais à présent, il entendait nettement ses propres pas. Son allure particulière, le raclement de son pied gauche, de temps en temps. Il lui semblait que ce bruit devenait aussi fort à ses oreilles que celui de ses battements de cœur. Un bruit vital, de vie et de mort.

Ses yeux brûlaient, prisonniers de leurs orbites. Ses paupières étaient lourdes. Il avait l'impression que son énergie fuyait, par un puisard au centre de son corps. Les avertissements tombaient avec une régularité monotone mais personne n'avait reçu le dernier. Barkovitch s'était tu. Stebbins était redevenu un fantôme, qu'on ne distinguait même plus derrière eux.

Sa montre marquait 23 h 40.

Bientôt l'heure des sorcières, pensa-t-il. Quand les cimetières bâillent et livrent leurs morts. Quand les petits garçons sages sont au lit. Quand les amants ont renoncé à leur bataille charnelle sur l'oreiller. Quand les passagers dorment d'un sommeil malaisé dans les cars Greyhound roulant vers New York. Quand on entend Glenn Miller sans interruption à la radio et quand les barmen songent à mettre les chaises sur les tables et...

La figure de Jan lui revint. Il se souvint de leur

baiser à Noël, il y avait près de six mois, sous la boule de gui en plastique que sa mère accrochait toujours au grand globe lumineux de la cuisine. Des trucs idiots de gosses. Regarde où nous sommes. Les lèvres de Jan s'étaient laissé surprendre, douces, sans résistance. Un gentil baiser. De ceux dont on rêve. Son premier vrai baiser. Il avait recommencé en la raccompagnant. Ils étaient dans le jardin, dans l'allée, environnés par la grisaille silencieuse de la neige de Noël qui tombait doucement. Cette fois, c'était plus qu'un baiser gentil. Il lui enlaçait la taille. Elle avait les bras autour de son cou, bien noués, elle fermait les yeux (il l'avait regardée) et elle serrait son corps souple contre lui, ses seins (sous son manteau, naturellement). Il avait failli lui dire qu'il l'aimait, alors, mais non... cela aurait été trop précipité.

Ensuite, ils s'étaient appris mutuellement tout ce qu'ils savaient. Elle lui avait expliqué que les livres étaient parfois faits pour être simplement lus et rangés, pas étudiés (il était plutôt bûcheur, ce qui la faisait rire, et son amusement l'avait d'abord exaspéré avant qu'il voie aussi le côté comique). Il lui avait montré comment tricoter. Ça, c'était drôle. C'était son père, bizarrement, qui lui avait appris à tricoter... avant que les Escouades le prennent. Et son père l'avait appris de son propre père, le grand-père de Garraty. C'était en quelque sorte une tradition masculine dans le clan Garraty. Jan avait été fascinée par les augmentations et les diminutions et elle l'avait assez vite surpassé, laissant rapidement les fastidieuses écharpes pour des moufles et des chandails, des points compliqués, puis pour le crochet et même la dentelle de napperons, qu'elle trouva ridicule et abandonna dès qu'elle eut maîtrisé cet art. Il lui avait aussi enseigné la rumba et le cha-cha-cha, des pas qu'il avait appris au cours de danse de Mme Amelia Dorgens du samedi matin.

C'était sa mère qui avait tenu à ce qu'il sût danser et il avait vigoureusement protesté. Dieu merci, elle s'était entêtée.

Il évoquait à présent les motifs d'ombre et de lumière sur l'ovale presque parfait de la figure de Jan, sa façon de marcher, le son de sa voix chantante, la séduisante ondulation de ses hanches et il se demanda avec terreur ce qu'il faisait là, sur cette route obscure. Il la désirait, maintenant. Il avait envie de tout recommencer, mais différemment. A présent, quand il revoyait la figure maigre et bronzée du commandant, sa moustache poivre et sel, les miroirs de ses lunettes de soleil, il ressentait une horreur si profonde que ses jambes s'amollissaient. Qu'est-ce que je fais ici ? se demandait-il désespérément et il ne trouvait pas de réponse. Il se posa encore une fois la question : Qu'est-ce que...

Les fusils tonnèrent dans la nuit, suivis de l'affreux bruit trop familier d'un corps tombant sur la chaussée. La peur revint, brûlante, étouffante, la peur qui donnait envie de courir droit devant soi, de se jeter dans les buissons et de continuer de courir jusqu'à ce qu'il retrouve Jan et la sécurité.

McVries avait Barkovitch pour l'aiguillonner. Lui-même se concentrerait sur Jan. Il marcherait vers Jan. On réservait des places aux parents et amis intimes des marcheurs, aux premiers rangs. Il la verrait.

Il se souvint du baiser donné à l'autre fille et en eut honte.

Comment sais-tu que tu vas y arriver ? Une crampe... des ampoules... une coupure ou un saignement de nez qui ne s'arrêterait pas... une longue côte qui serait trop raide, trop longue. Comment sais-tu que tu vas y arriver ?

J'y arriverai, j'y arriverai.

— Félicitations, dit McVries à côté de lui.

Il sursauta.

— Hein ?

— Il est minuit. Nous sommes encore en vie pour attaquer un nouveau jour, Garraty.

— Et beaucoup d'autres, ajouta Abraham. Je parle pour moi, bien sûr. Notez que je ne veux pas vous priver.

— Cent soixante-dix kilomètres jusqu'à Oldtown, si ça vous intéresse, intervint Olson d'une voix lasse.

— Mais on s'en fout, d'Oldtown ! s'exclama McVries. Tu y as déjà été, Garraty ?

— Non.

— Et Augusta ? Bon Dieu, je croyais que c'était en Georgie !

— Ouais, j'ai été à Augusta. C'est la capitale de l'Etat...

— Régionale, intervint Abraham.

— Avec le palais du gouverneur juridique, deux grands carrefours circulaires, et deux cinémas...

— Vous en avez dans le Maine ? demanda McVries.

— Ben quoi, c'est la capitale de l'Etat, non ? dit Garraty en souriant.

— Attends qu'on soit à Boston !

Il y eut des lamentations.

Ils entendirent devant eux des acclamations, des cris, des coups de sifflet. Garraty sursauta en entendant crier son nom. Un peu plus loin, à huit cents mètres environ, il y avait une vieille ferme délabrée, abandonnée, mais un gros projecteur cabossé avait été branché quelque part et sur la façade de la maison une gigantesque enseigne, aux lettres formées par des branches de sapin, proclamait :

GARRATY EST NOTRE HOMME !
Association des Parents du canton d'Aroostook

— Hé, Garraty ! Où sont les parents ? lança quelqu'un.

— A la maison, à faire des petits ! répliqua Garraty, embarrassé.

Il était indéniable que le Maine était le pays de Garraty mais il trouvait un peu mortifiantes les pancartes, les ovations et les plaisanteries des autres. Depuis quinze heures il avait découvert — entre autres choses — qu'il n'aimait pas beaucoup être une vedette. L'idée que des millions de personnes, dans tout l'Etat, le soutenaient et prenaient des paris sur lui (à douze contre un, disait le terrassier... est-ce que c'était bon ou mauvais ?) était un petit peu effrayante.

— Ils auraient quand même pu laisser quelques bons gros parents juteux dans le coin, dit Davidson.

— La partouze chez les parents d'élèves ? suggéra Abraham.

Il n'y avait guère de gaieté de cœur dans la mise en boîte et elle ne dura pas longtemps. La route tuait très vite la plaisanterie. Ils passèrent un autre pont, en béton celui-là, enjambant une assez large rivière. L'eau ondulait au-dessous d'eux comme de la soie noire. Quelques criquets stridulaient prudemment et, vers 0 h 15, une pluie fine se mit à tomber.

En avant de la colonne, quelqu'un commença à jouer de l'harmonica. Pas longtemps (Suggestion 6 : Gardez votre souffle), mais c'était joli. Garraty pensa que ce devait être *Old Black Joe : Dans le champ de maïs, entendez ce triste son. Tous les nègres pleurent, Ewing est dans la terre froide, froide...*

Non, ce n'était pas *Old Black Joe*, cet air-là était un autre classique raciste de Stephen Foster. Il s'était tué à boire. Comme Poe, à ce qu'on disait. Poe le nécrophile, celui qui avait épousé sa cousine de quatorze ans. Ça en faisait aussi un pédophile. Tous des dépravés, ces mecs-là, Stephen Foster et lui. Ils auraient pu collaborer pour la première comédie musicale morbide du monde. *Missié est dans la terre froide, froide* ou *Marche, marche, négro...*

Soudain, devant eux, quelqu'un se mit à hurler et le sang de Garraty se glaça. C'était une voix très jeune. Pas de mots distincts. Ce n'était qu'un long cri. Une silhouette obscure se détacha du peloton, traversa d'un bond le bas-côté devant le half-track (Garraty ne se rappelait même pas quand le véhicule avait rejoint leur marche après le pont en réparation) et se jeta dans la forêt. Les fusils tonnèrent. Il y eut un grand craquement, celui d'un poids mort s'écrasant dans les buissons de genièvre et les fourrés. Un des soldats sauta à terre et traîna le cadavre par les bras. Garraty observait d'un air apathique en se disant que même l'horreur finit par lasser. Il y avait surabondance de mort.

Le joueur d'harmonica commença à jouer ironiquement la sonnerie *Aux Morts* et quelqu'un — Collie Parker, à la voix — lui enjoignit rageusement d'arrêter ses conneries. Stebbins rit. Garraty fut tout à coup furieux contre lui, il eut envie de se retourner et de lui demander si ça lui plairait que quelqu'un rigole à sa mort. On attendait ça d'un Barkovitch. Barkovitch qui disait qu'il danserait sur un tas de tombes et qui en avait déjà seize pour lui servir de piste.

Je doute que ses pieds seront encore en assez bon état pour danser, pensa Garraty. Une vive douleur frappa alors la cambrure de son pied gauche. Ses muscles se nouaient atrocement. Mais ils se détendirent. Garraty attendit, le cœur battant, que ça recommence. Ce serait plus fort, ça changerait son pied en un bloc de bois inutilisable. Mais la douleur ne revint pas.

— Je ne marcherai pas beaucoup plus loin, bredouilla Olson.

Sa figure formait un cercle blanc dans les ténèbres. Personne ne lui répondit.

Les ténèbres. Au diable les ténèbres. Garraty avait l'impression qu'ils y étaient enterrés vivants. Emmurés dans le noir. L'aube était à un siècle. Beaucoup d'entre eux ne verraient jamais se lever le jour. Le soleil. Ils étaient enterrés à six pieds sous les ténèbres. Il ne manquait plus que la litanie monotone du prêtre, la voix étouffée mais pas entièrement assourdie par l'épaisse obscurité au-dessus de laquelle se tenait la famille. La famille n'avait pas même conscience d'être là, d'être vivante, elle hurlait et pleurait et grattait le couvercle du cercueil de ténèbres, l'air se raréfiait. L'air se faisait toxique, l'espoir s'estompait jusqu'à devenir lui-même obscurité et au-dessus de tout cela la voix du prêtre comme un glas et les pieds remuants, impatients, de la famille pressée de ressortir sous le chaud soleil de mai, et par-dessus encore le chœur soupirant, bourdonnant des insectes et des vers arrivant pour le festin...

Je deviens fou, pensa Garraty. Je suis en train de perdre complètement la boule, putain.

Un vent léger murmura dans les sapins.

Garraty fit demi-tour et urina. Stebbins s'écarta un peu et Harkness toussa ou ronfla. Il marchait dans un demi-sommeil.

Garraty avait maintenant vivement conscience des petits bruits; quelqu'un se racla la gorge et cracha, un autre éternua, un troisième, en avant et sur la gauche, mâchait bruyamment. Un garçon demanda à mi-voix à son voisin comment il allait. La réponse ne fut qu'un murmure. Yannick chantait très bas, tout doucement et absolument faux.

La conscience. Tout était fonction de conscience. Mais... Mais pas éternellement.

— Pourquoi est-ce que je me suis engagé là-dedans ? demanda soudain Olson, sans espoir, se faisant l'écho des pensées de Garraty, quelques minutes auparavant. Qu'est-ce qui m'a pris de me fourrer là-dedans ?

Personne ne lui répondit. Il y avait longtemps que personne ne lui répondait plus. C'était comme si Olson était déjà mort.

Une nouvelle averse légère. Ils longèrent un autre vieux cimetière, avec son église à côté et un minuscule magasin et ils entrèrent dans un hameau de la Nouvelle-Angleterre aux petites maisons bien propres. La route traversait un centre commercial miniature où une douzaine de personnes s'étaient réunies pour les regarder passer. Elles les acclamèrent mais sans crier, comme si elles avaient peur de réveiller les voisins. Il n'y avait pas de jeunes, remarqua Garraty. Le spectateur le plus jeune était un homme au regard intense d'environ trente-cinq ans. Il portait des lunettes sans monture et une veste de sport élimée, qu'il serrait contre lui pour avoir plus chaud. Ses cheveux se retroussaient par-derrière et Garraty nota avec amusement que sa braguette était à moitié ouverte.

— Go ! Formidable ! Go ! Ah, épatant ! psalmodiait-il à mi-voix, en agitant sans cesse une main grasse, et ses yeux paraissaient brûler chacun d'eux au passage.

A la sortie du village, un agent aux yeux ensommeillés arrêta un camion-remorque jusqu'à ce qu'ils soient tous passés. Il y eut encore quatre lampadaires, un bâtiment croulant et abandonné avec EURÊKA GRANGE N° 81 écrit sur la haute porte à double battant, et puis plus de village.

McVries donna un coup de coude à Garraty.

— Vise un peu le mec !

« Le mec » était un grand garçon vêtu d'un ridicule trench-coat vert loden. Les pans lui battaient les genoux. Il marchait les bras enroulés autour de sa tête comme un gigantesque cataplasme et titubait à droite et à gauche, la démarche incertaine. Garraty l'observa de près, avec une sorte d'intérêt clinique. Il ne se souvenait pas d'avoir vu ce marcheur-là... mais naturellement, l'obscurité changeait les figures.

Le garçon trébucha sur un de ses propres pieds et faillit tomber. Puis il se remit à marcher. Garraty et McVries l'observèrent en silence, fascinés, pendant une dizaine de minutes, oubliant devant la lutte du gosse au trench-coat leurs souffrances et leurs douleurs. Il ne disait absolument rien, ne gémissait pas, ne soupirait pas.

Finalement, il tomba vraiment et eut un avertissement. Garraty pensa qu'il ne pourrait pas se relever, mais il se ramassa. Il marchait à présent dans le groupe de Garraty, un peu sur les bords. C'était un garçon d'une extrême laideur, avec le numéro 45 fixé à son trench.

— Qu'est-ce que t'as ? chuchota Olson.

Mais le garçon n'eut pas l'air d'entendre. Il leur arrivait à tous d'être comme ça, avait remarqué Garraty. Le retrait total de tout et de tous ceux qui les environnaient. De tout sauf de la route. Ils étaient hypnotisés par la route, comme si c'était une corde raide sur laquelle ils devaient marcher, au-dessus d'un abîme sans fond.

— Comment tu t'appelles ? demanda-t-il au garçon, mais il n'obtint aucune réponse.

Et voilà qu'il se surprit à répéter la question, à la cracher inlassablement, comme un imbécile, comme une litanie stupide qui le sauverait de ce qui le menaçait dans l'obscurité, du sort qui fonçait sur lui dans la nuit à la vitesse d'un express noir. « Comment tu t'appelles, hein ? Comment tu t'appelles ? Comment tu t'appelles ? Comment... Comment... »

— Ray.

McVries le tirait par la manche.

— Il ne veut pas me le dire, Pete, fais-le-lui dire, fais-lui dire son nom...

— Fiche-lui la paix, dit McVries. Il est en train de mourir, laisse-le tranquille.

Le garçon portant le numéro 45 sur son trench-coat tomba encore une fois, sur le nez. Quand il se releva, il avait des écorchures au front d'où le sang sourdait lentement. Il était derrière le groupe de Garraty, maintenant, mais ils entendirent son troisième avertissement.

Ils passèrent dans une flaque de noir profond, sous un viaduc de chemin de fer. De la pluie clapotait quelque part, mystérieuse, murmurant dans cette gorge de pierre. C'était très humide. Et puis ils ressortirent et Garraty vit avec soulagement qu'il y avait une longue ligne droite devant eux.

Le 45 tomba encore. Les pas s'accélérèrent comme les garçons se dispersaient. Quelques secondes après, les coups de feu claquèrent. Garraty se dit que, dans le fond, le nom du garçon n'avait plus d'importance.

6

> « Et maintenant nos concurrents sont dans les isoloirs. »
>
> Jack BARRY, *Twenty-One*

3 h 30 du matin.
Pour Ray Garraty, ce fut la plus longue minute de la plus longue nuit de sa vie. C'était la marée basse, la morte-eau, le moment où la mer reflue en découvrant des hauts-fonds luisants couverts d'algues emmêlées, des boîtes de bière rouillées, des préservatifs pourris, des bouteilles cassées, des bouées crevées et des squelettes verts de mousse en caleçon de bain déchiré. Le temps mort. Le déclin.

Sept tickets depuis le garçon au trench-coat. A un moment donné, vers deux heures du matin, trois avaient été abattus presque en même temps, comme des feuilles de maïs séchées au premier vent d'automne. Ils avaient fait cent vingt kilomètres de Marche et vingt-quatre concurrents avaient disparu.

Mais rien de cela ne comptait. L'important, c'était le jusant. Trois heures et demie et la morte-eau. Un nouvel avertissement fut donné et, peu après, les fusils entrèrent en action. Cette fois, c'était une figure familière. Le 8, Davidson, celui qui prétendait s'être glissé dans la tente de hoochie-kootch à la Foire de Steubenville.

Garraty regarda le visage blanc, éclaboussé de sang, de Davidson puis il ramena vivement ses yeux sur la chaussée. Il regardait beaucoup la route, maintenant. Parfois la ligne droite était continue, parfois elle s'interrompait et par endroits elle était double, comme des rails de tramway. Il se demanda comment des gens pouvaient rouler à longueur d'année sur cette route et ne pas reconnaître le tracé de vie et de mort qu'elle représentait. Mais est-ce qu'ils voyaient quoi que ce soit, après tout ?

Le revêtement de la chaussée l'envoûtait. Comme ce serait bon et facile de s'y asseoir ! On commencerait par s'accroupir et les genoux ankylosés craqueraient comme des pistolets d'enfant à air comprimé. Et puis on prendrait appui sur ses mains, à plat sur la surface fraîche granuleuse, et on poserait ses fesses, tout le poids de ses soixante-quinze kilos abandonnerait les pieds, et ensuite on s'allongerait, on tomberait simplement sur le dos et on resterait là, les bras en croix, à sentir sa colonne vertébrale fatiguée s'étirer... on lèverait les yeux vers les arbres, vers la majestueuse ronde des étoiles... on n'entendrait pas les avertissements, on contemplerait simplement le ciel et on attendrait... on attendrait...

Ouais.

On entendrait les pas précipités des marcheurs s'écartant de la ligne de tir, en le laissant seul, comme une victime expiatoire. Il entendait déjà les chuchotements. C'est Garraty, dis donc, c'est Garraty qu'a eu son ticket ! Il aurait peut-être le temps d'entendre Barkovitch éclater de rire en chaussant une fois de plus ses souliers de danse métaphoriques. Le mouvement des fusils qui se haussaient et puis...

Il arracha ses yeux de la route et regarda vaguement les ombres mouvantes autour de lui. Puis il contempla l'horizon, cherchant ne serait-ce qu'un soupçon d'annonce de l'aube. Il n'y en avait aucun, naturellement. La nuit était encore noire.

Ils avaient traversé deux ou trois autres bourgades, toutes fermées et obscures. Depuis minuit, ils avaient rencontré trois douzaines, peut-être, de spectateurs ensommeillés, les increvables qui guettent le Nouvel An tous les 31 décembre, qu'il neige ou qu'il vente ! Le reste des trois heures et demie ne représentait qu'un montage onirique, un cauchemar éveillé d'insomniaque.

Garraty examina plus attentivement les visages qui l'entouraient mais il n'en reconnaissait aucun. Une panique irraisonnée le saisit. Il tapa sur l'épaule du marcheur qui le précédait.

— Pete ? C'est toi, Pete ?

Le garçon lui échappa avec un grognement irrité sans se retourner. Tout à l'heure Olson était à sa gauche, Baker à sa droite mais maintenant il n'avait plus personne du tout à gauche et le garçon de droite était beaucoup plus gras qu'Art Baker.

Sans savoir comment, à un moment donné il avait quitté la route et rejoint une troupe de boy-scouts randonneurs. On allait le chercher. Le traquer. Avec des fusils et des chiens et des Escouades équipées de radars et de capteurs thermiques et...

Un immense soulagement l'envahit. C'était Abraham, là-devant. Il lui avait suffi de tourner un peu la tête. On ne pouvait se méprendre sur la haute silhouette dégingandée.

— Abraham ! appela-t-il dans un chuchotement de théâtre. Abraham ! T'es réveillé ?

Abraham marmonna quelque chose.

— Je te demandais, tu es réveillé ?
— Merde, Garraty, fous-moi la paix, connard.

Au moins, il était encore avec eux. Cette sensation de désorientation totale se dissipa.

Quelqu'un, devant, reçut un troisième avertissement et Garraty pensa : Je n'en ai eu aucun ! Je pourrais m'asseoir une minute et demie. Je pourrais...

Mais il ne se relèverait jamais.

Si, je me relèverais, se répondit-il. Bien sûr que si, je me relèverais mais simplement...

Simplement, je mourrais. Il se souvint qu'il avait promis à sa mère de la voir à Freeport, elle et Jan. Il avait fait cette promesse d'un cœur léger, presque négligemment. La veille, à 9 heures du matin, son arrivée à Freeport lui paraissait sûre et certaine. Mais ce n'était plus un jeu, c'était devenu une réalité tridimensionnelle, et la possibilité d'entrer à Freeport en marchant sur des moignons ensanglantés était devenue d'une horrible réalité.

Quelqu'un derrière lui fut abattu... derrière, cette fois. Le soldat avait mal visé et le malheureux hurla pendant un moment qui parut très long avant qu'une autre balle coupe net les cris. Sans aucune raison, Garraty pensa à du bacon ; de la bile lui monta à la gorge et il eut envie de vomir. Il se demanda si vingt-six de moins était un nombre anormalement élevé ou anormalement bas, pour cent vingt kilomètres de Longue Marche.

Lentement, sa tête retomba entre ses épaules et ses pieds le portèrent d'eux-mêmes. Il pensa à un enterrement où on l'avait emmené quand il était petit. C'était celui de Bigle d'Allessio. Non que son vrai prénom fût Bigle, il s'appelait George, mais tous les gosses du quartier l'appelaient comme ça, parce qu'il avait les yeux qui se croisaient un peu les bras...

Il se le rappelait attendant d'être choisi pour les matches de base-ball, toujours bon dernier, ses yeux décentrés pleins d'espoir allant d'un capitaine d'équipe à l'autre comme ceux d'un spectateur à un tournoi de tennis. Il jouait toujours au centre du champ, là où peu de balles arrivant il ne pouvait causer trop de dégâts ; il était presque aveugle d'un œil et n'avait pas assez le sens de la perspective pour juger les balles venant sur lui. Une fois, il avait abattu son gant dans le vide pendant que la balle le frappait au front avec un bruit de melon trop mûr recevant un coup de manche de couteau. La couture de la balle avait laissé sa trace en plein milieu du front et elle y était restée une semaine, comme une marque de fabrique.

Bigle avait été tué par une voiture sur la Route 1 près de Freeport. Un des copains de Garraty, Eddie Klipstein, avait tout vu. Il captiva tous les gosses pendant six semaines, Eddie Klipstein, en racontant comment la voiture avait heurté le vélo de Bigle et l'avait envoyé, lui, valser par-dessus le guidon, carrément soulevé hors de ses écrase-merde, ses deux jambes traînant derrière lui avec une superbe inertie alors que son corps effectuait son bref vol plané, de la selle de son Schwinn vers le mur de pierre où sa tête s'était étalée comme un paquet de colle.

Garraty était allé à l'enterrement de Bigle et avant d'y arriver avait failli rendre son déjeuner en se demandant s'il verrait la tête de Bigle étalée comme un tube écrasé de colle Elmer. Mais Bigle était bien arrangé, avec sa veste de sport, une cravate et son insigne des Louveteaux et il avait l'air tout prêt à sortir de son cercueil pour peu que quelqu'un prononce le mot de base-ball. Les yeux décentrés étaient fermés et, dans l'ensemble, Garraty avait été plutôt soulagé.

C'était le seul mort qu'il eût jamais vu, avant cette aventure, et cela avait été un mort bien net et bien propre. Rien à voir avec Ewing, ou le garçon en trench de loden, ou Davidson avec du sang sur sa figure livide.

C'est dément, pensa Garraty avec une brusque certitude désolée. Tout simplement dément.

A 3 h 45, il reçut un premier avertissement et se gifla violemment, pour se forcer à se réveiller. Il était glacé. Ses reins se rappelaient à son attention mais, en même temps, il ne ressentait pas encore le besoin d'uriner. Peut-être était-ce son imagination mais les étoiles lui paraissaient un peu plus pâles. Avec une sincère stupéfaction, il se rendit compte que la veille à cette même heure il était endormi sur la banquette arrière de la voiture et qu'ils roulaient vers la borne de pierre à la frontière. Il croyait presque se voir, étendu sur le dos, *vautré*, immobile. Il éprouva un immense regret, la nostalgie, le désir d'y être de nouveau. Simplement hier matin.

3 h 50, maintenant.

Il regarda autour de lui en éprouvant un curieux plaisir solitaire, un sentiment de supériorité, parce qu'il était un des rares pleinement éveillés et conscients. Il faisait nettement plus clair, à présent, assez pour distinguer quelques traits des ombres en marche. Art Baker était devant — il le reconnaissait au flottement de sa chemise rayée rouge et blanc —, McVries à côté de lui. Il aperçut Olson sur la gauche, marchant à l'allure du half-track et s'étonna. Il était sûr qu'Olson avait été un de ceux qui venaient de recevoir leur ticket, il avait même été soulagé de ne pas l'avoir vu tomber. Il faisait encore trop noir pour voir sa mine mais sa tête ballottait au rythme de sa marche comme celle d'une poupée de chiffon.

Percy, celui dont la mère surgissait régulièrement, était en queue avec Stebbins. Percy avait une curieuse démarche chaloupée, comme un matelot lors de sa première journée à terre. Garraty aperçut aussi Gribble, Harkness, Wyman et Collie Parker. La plupart des garçons qu'il connaissait étaient encore dans le coup.

A 4 heures, une ligne lumineuse apparut à l'horizon et le moral de Garraty remonta. Il se retourna sur le long tunnel de la nuit avec une réelle horreur et se demanda comment il y avait survécu.

Il pressa un peu le pas pour rattraper McVries qui marchait le menton sur la clavicule, les yeux mi-clos vitreux et vides, plus endormi qu'éveillé. Un filet de salive nacrée tombait du coin de sa bouche et captait les premières lueurs hésitantes de l'aube avec une délicate fidélité. Garraty fut captivé par ce singulier phénomène. Il n'avait pas envie de réveiller McVries. Pour le moment, il lui suffisait d'être à côté de quelqu'un qu'il aimait bien, qui avait aussi survécu à la nuit.

Ils longèrent une prairie rocheuse, en pente, où cinq vaches s'éloignaient gravement contre la clôture et regardaient passer les marcheurs en ruminant d'un air pensif. Un petit chien se précipita d'une cour de ferme et leur aboya après, rageusement. Les soldats du half-track levèrent leurs fusils, prêts à abattre l'animal s'il gênait l'avance des marcheurs, mais le chien se contenta de galoper d'un côté et de l'autre sur le bas-côté, en lançant courageusement son défi strident et en défendant son territoire d'une distance prudente. Quelqu'un lui cria d'une voix pâteuse de se taire nom de Dieu.

Un oiseau pépia en dormant. Ils passèrent près d'une autre ferme où un barbu posa sa brouette, pleine de houes, de bêches et de sacs de graines, pour les saluer.

Dans l'ombre d'un bois, un corbeau croassa

d'une voix rauque. La première tiédeur du jour caressa la figure de Garraty. Il rit et réclama un bidon.

McVries bougea bizarrement la tête, comme un chien interrompu dans son rêve de course contre un chat, et regarda de tous côtés avec des yeux encore glauques.

— Bon Dieu, le jour. Il fait jour, Garraty ! Quelle heure ?

Garraty regarda sa montre et fut surpris d'apprendre qu'il était 4 h 45. Il montra le cadran à McVries.

— Combien de kilomètres ? T'as une idée ?

— Dans les cent trente, par là. Et vingt-sept éliminés. Nous avons fait le quart du chemin, Pete !

— Ouais... C'est vrai, ça.

— Sûr que c'est vrai ! Ça va mieux ? demanda Garraty.

— Au moins mille pour cent de mieux.

— Moi aussi. Je crois que c'est le jour.

— Bon Dieu, je te parie que nous verrons du monde, aujourd'hui. Tu as lu cet article dans *World's Week* sur la Longue Marche ?

— Parcouru. Surtout pour voir mon nom imprimé.

— Il disait que plus de deux milliards de dollars sont misés chaque année sur la Longue Marche. Deux *milliards* !

Baker s'était réveillé de son assoupissement et les rejoignait.

— Dans le temps, on faisait des paris dans mon lycée, dit-il. Tout le monde allongeait un quart de dollar et puis nous tirions chacun un nombre de trois chiffres d'un chapeau. Et le type qui avait le nombre qui se rapprochait le plus du dernier kilomètre de la Marche empochait tout.

— Olson ! cria gaiement McVries. Pense à tout le

fric engagé sur toi, mon vieux ! Pense aux gens qui ont mis le paquet sur ton cul pointu !

Olson lui répondit d'une voix triste, fatiguée, que les gens qui avaient misé un paquet sur son cul pointu pouvaient aller se faire enculer par des Méditerranéens. McVries, Baker et Garraty s'esclaffèrent.

— Va y avoir un tas de jolies filles sur la route, aujourd'hui, dit Baker en regardant Garraty d'un air salace.

— C'est fini pour moi, ce truc-là. J'ai ma môme qui m'attend. À partir de maintenant, je vais être bien sage.

— Impeccable en pensée, en paroles et en actes, dit sentencieusement McVries.

Garraty haussa les épaules.

— Pense ce que tu veux.

— Cent contre un que tu pourras à peine agiter la main.

— Soixante-treize contre un, maintenant.

— Encore assez élevé.

Mais la bonne humeur de Garraty était solide.

— J'ai l'impression de pouvoir marcher éternellement, déclara-t-il et, près de lui, deux ou trois marcheurs firent la grimace.

Ils passèrent devant une station-service ouverte la nuit et le pompiste sortit pour les saluer. Presque tout le monde lui rendit son salut. Il encouragea en particulier Wayne, le 94.

— Garraty, murmura McVries.

— Quoi ?

— Je n'ai pas pu savoir, les gars qui se sont plantés. Et toi ?

— Non.

— Barkovitch ?

— Non. En tête. Devant Scramm. Tu le vois ?

McVries regarda.

— Ah oui. Oui, je crois.

— Stebbins est toujours en queue, aussi.
— Pas étonnant. Drôle de type, hein ?
— Ouais.

Un silence tomba entre eux. McVries poussa un profond soupir, puis fit glisser son sac de ses épaules et en retira quelques macarons. Il en offrit un à Garraty qui l'accepta.

— J'ai hâte que ça soit fini, dit-il. Dans un sens ou un autre.

Ils mangèrent leurs macarons en silence.

— Nous devons être à mi-chemin d'Oldtown, maintenant, supposa McVries. Cent trente de faits, plus que cent trente ?

— Probablement.

— Nous n'y arriverons pas avant la nuit.

Cette idée donna le frisson à Garraty.

— Non, dit-il puis, tout à trac : Comment tu as eu cette cicatrice, Pete ?

Machinalement, McVries porta la main à sa joue.

— C'est une longue histoire, dit-il simplement.

Garraty l'examina plus attentivement. Il avait les cheveux en désordre, plaqués de sueur et de poussière. Ses vêtements étaient fripés, sa figure blême et ses yeux profondément enfoncés dans leurs orbites rougies.

— T'as un air merdeux, dit-il, et il éclata de rire.

McVries rit aussi.

— Tu n'as pas tellement l'air d'une pub de désodorisant non plus, mon vieux.

Ils furent alors pris de fou rire, tous les deux et ils se cramponnèrent l'un à l'autre pour continuer de marcher tout en se tordant. C'était un bon moyen de mettre complètement fin à la nuit. Cela dura jusqu'à ce qu'ils soient bien réchauffés. Alors ils s'arrêtèrent de rire et de causer et ne s'occupèrent plus que de l'affaire du jour.

Réfléchir, pensa Garraty. Voilà l'affaire du jour.

La réflexion et l'isolement parce que peu importe que l'on cause avec l'un ou avec l'autre, on est toujours seul, à la fin. Il avait l'impression d'avoir fait autant de kilomètres avec sa tête qu'avec ses pieds. Les pensées venaient et il n'y avait pas moyen de les chasser. Cela suffisait pour que vous vous demandiez ce que Socrate avait pensé tout de suite après avoir avalé son cocktail de ciguë.

Un peu après cinq heures, ils rencontrèrent leur premier groupe de vrais spectateurs, quatre petits garçons assis en tailleur comme des Indiens devant une petite tente, dans un champ couvert de rosée. L'un d'eux était encore enveloppé dans son sac de couchage, aussi solennel qu'un grand sachem. Leurs mains s'agitaient à droite et à gauche comme des métronomes. Aucun ne souriait.

Peu après, ils atteignirent une fourche, l'embranchement d'une route plus large. Cette chaussée était lisse, à trois voies. Ils passèrent devant un restaurant de routiers et tous sifflèrent et saluèrent de la main les trois jeunes serveuses assises sur les marches, rien que pour leur montrer qu'ils étaient encore en pleine forme. Le seul qui paraissait à peu près sérieux était Collie Parker.

— Vendredi soir ! cria Collie. N'oubliez pas. Vous et moi. Vendredi soir !

Garraty pensa qu'ils se conduisaient tous comme des enfants mais il agita poliment la main et les serveuses n'eurent pas l'air de se fâcher. Les marcheurs se déployaient en travers de la route plus large, à mesure qu'ils se réveillaient tout à fait au soleil matinal de ce 2 mai. Garraty aperçut de nouveau Barkovitch et se demanda s'il n'était pas réellement un des plus malins. Sans amis, on n'avait pas de soucis.

Quelques minutes plus tard, la rumeur recommença à circuler, cette fois sous la forme d'une

blague. Bruce Pastor, le garçon qui précédait Garraty, se retourna et dit :
— Toc toc, Garraty.
— Qui est là ?
— Le commandant.
— Le commandant comment ?
— Le commandant papaoute sa mère avant le déjeuner, répondit Bruce Pastor, et il éclata de rire.

Garraty rit aussi et repassa la blague à McVries, qui la passa à Olson. Quand elle revint pour la deuxième fois, le commandant empapaoutait sa grand-mère avant le déjeuner. A la troisième fois, il empapaoutait Sheila, la chienne bedlington qui figurait avec lui sur beaucoup de ses photos de presse.

Garraty riait encore de celle-là quand il remarqua que le rire de McVries avait cessé. Il regardait avec une curieuse intensité les soldats impassibles au sommet du half-track. Ils soutenaient son regard sans broncher.

— Vous ne trouvez pas ça drôle ? cria-t-il soudain.

Son cri trancha dans les rires et les réduisit au silence. Sa figure était congestionnée. La cicatrice ressortait, en blanc, comme un point d'exclamation et, pendant un instant d'affolement, Garraty crut qu'il avait une attaque.

— Le commandant s'empapaoute lui-même, voilà ce que je pense ! glapit McVries. Vous autres, vous devez tous vous empapaouter, probablement. Assez drôle, hein ? Assez drôle, bande d'enfoirés, hein ? Assez foutrement DRÔLE, *c'est pas vrai ?*

Quelques marcheurs regardèrent McVries avec inquiétude et s'écartèrent de lui.

Tout à coup, il courut vers le half-track. Deux des trois soldats levèrent leurs armes, prêts à épauler, mais il s'arrêta, il s'arrêta tout à fait et brandit les deux poings vers eux, en les secouant au-dessus de sa tête comme un chef d'orchestre fou.

— *Descendez donc de là ! Posez vos fusils et descendez ! Je m'en vais vous montrer ce qui est drôle !*

— Avertissement, dit l'un d'eux d'une voix parfaitement neutre. Avertissement 61. Deuxième avertissement.

Ah, mon Dieu, pensa Garraty. Il va se faire buter et il est si près... si près d'eux... il va voler dans les airs comme Bigle d'Allessio.

McVries se remit à courir, rattrapa le véhicule, s'arrêta et cracha dessus. Le crachat coula en traçant une ligne propre dans la poussière, sur le flanc du half-track.

— *Allez !* hurla McVries. *Descendez ! Un à la fois ou tous en même temps ! Je m'en fous !*

— Avertissement ! Avertissement 61, dernier avertissement.

— *Allez vous faire voir !*

Sans avoir conscience de ce qu'il faisait, Garraty tourna les talons et courut vers lui, en s'attirant un avertissement. Il ne l'entendit que vaguement. Les soldats visaient maintenant McVries. Garraty l'empoigna par le bras.

— Viens donc.

— *Fous-moi le camp de là, Garraty ! Je vais leur casser la gueule !*

Garraty leva les bras et poussa violemment McVries dans le dos.

— Tu vas te faire fusiller, bougre de con !

Stebbins les dépassa.

McVries regarda Garraty, comme s'il le voyait pour la première fois. Une seconde plus tard, Garraty eut droit à son troisième avertissement et comprit que McVries n'était qu'à quelques secondes de son ticket.

— Va te faire foutre, dit McVries d'une voix morne, épuisée, et il se remit à marcher.

Garraty lui emboîta le pas.

— J'ai cru que tu allais y passer, c'est tout, quoi, dit-il.

— Mais je n'y suis pas passé, grâce au mousquetaire, répliqua McVries d'un air maussade, en touchant sa cicatrice. Merde, nous allons tous y passer.

— Quelqu'un va gagner. Ça pourrait être un de nous.

— C'est du bidon, déclara McVries, la voix tremblante. Il n'y a pas de gagnant, pas de Prix. Ils entraînent le dernier gars derrière une grange, dans un coin, et ils l'abattent aussi.

— Arrête de faire le con ! lui cria furieusement Garraty. Tu n'as pas la moindre idée de ce que tu ra...

— Tout le monde perd, insista McVries.

Ils marchaient seuls. Les autres restaient à l'écart, pour le moment du moins. McVries avait vu rouge et Garraty aussi, dans un sens, il avait agi contre son propre intérêt en retournant vers McVries. Selon toute probabilité, il l'avait empêché de devenir le numéro vingt-huit.

— Tout le monde perd, répéta McVries. Je te prie de le croire.

Ils franchirent une voie de chemin de fer, sous un pont en ciment. De l'autre côté, ils défilèrent devant un Dairy Queen aux volets fermés avec un écriteau annonçant RÉOUVERTURE POUR LA SAISON LE 5 JUIN.

Olson reçut un avertissement.

Garraty sentit une tape sur son épaule et tourna la tête. C'était Stebbins. Il n'avait l'air ni mieux ni plus mal que dans la nuit.

— Ton copain est remonté contre le commandant, dit-il.

McVries n'eut pas l'air d'avoir entendu.

— Ouais, probable, grogna Garraty. J'avoue que moi-même, j'ai passé le temps où je l'aurais invité à prendre le thé.

— Regarde derrière nous.

Garraty regarda. Un deuxième half-track était arrivé et un troisième apparaissait derrière, venant d'une route transversale.

— Le commandant arrive, et tout le monde va l'acclamer, dit Stebbins avec un curieux sourire de lézard. Ils ne le détestent pas encore vraiment. Pas encore. Ils ne font que le penser. Ils croient qu'ils ont vécu l'enfer. Mais attends ce soir. Attends *demain!*

Garraty dévisagea Stebbins avec inquiétude.

— Et s'ils le sifflent et le huent et lui lancent des bidons ou quelque chose?

— Est-ce que tu vas siffler et huer et lancer ton bidon?

— Non.

— Personne d'autre non plus. Tu verras.

— Stebbins?

Stebbins haussa les sourcils.

— Tu crois que tu vas gagner, n'est-ce pas?

— Oui, répondit calmement Stebbins. J'en suis tout à fait certain.

Puis il ralentit pour reprendre sa place habituelle.

A 5 h 25, Yannick eut son ticket. Et à 5 h 30, tout comme l'avait prédit Stebbins, le commandant arriva.

Il y eut un bruit d'accélération quand sa jeep mordit le talus derrière eux. Et puis elle les dépassa avec un vrombissement, roulant sur le bas-côté. Le commandant était debout au garde-à-vous. Comme d'habitude, il saluait, tête droite, raide. Un bizarre frémissement de fierté traversa la poitrine de Garraty.

Ils ne l'acclamèrent pas tous. Collie Parker cracha

par terre. Barkovitch fit un pied de nez. Et McVries se contenta de regarder, en remuant les lèvres en silence. Olson parut ne rien remarquer du tout quand le commandant passa ; il fixait de nouveau ses pieds.

Garraty l'acclama. Ainsi que Percy Machin-Chose et Harkness qui voulait écrire un livre, et aussi Wyman, Art Baker, Abraham et Sledge, qui venait de recevoir un deuxième avertissement.

Et le commandant fut parti, en roulant vite. Garraty eut un peu honte. Il avait gaspillé de l'énergie, dans le fond.

Peu de temps après, la route les conduisit le long d'un parking de voitures d'occasion où ils furent salués de vingt et un coups d'avertisseur. Une voix amplifiée au-dessus des doubles rangées de petits fanions de plastique claquant au vent annonça aux marcheurs — et aux spectateurs — que personne ne vendait moins cher que McLaren. Garraty trouva cela assez décourageant.

— Tu te sens mieux ? demanda-t-il en hésitant à McVries.

— Bien sûr. Au poil. Je vais simplement marcher et les regarder tomber tout autour de moi. Comme c'est amusant ! Je viens de faire tous les calculs de tête — les maths, c'était mon point fort à l'école — et j'ai trouvé que nous devrions faire au moins cinq cents kilomètres au train où nous allons. Ce n'est même pas une distance record.

— Tu ne peux pas aller ailleurs pour raconter ça, Pete ? demanda Baker et pour la première fois sa voix était tendue.

— Pardon, maman, marmonna McVries de mauvais gré, mais il se tut.

Le ciel devint plus clair. Garraty ouvrit son blouson, l'ôta et le jeta sur son épaule. La route était plate. Elle passait entre les maisons, de petits commerces, quelques fermes. Les sapins qui la bordaient pendant la nuit avaient fait place à des Dairy Queen, des stations-service, de petits ranchos de bois. Beaucoup de ranchos étaient à vendre. A deux des fenêtres Garraty vit la pancarte familière : MON FILS A DONNÉ SA VIE DANS LES ESCOUADES.

— Où est l'océan ? demanda Collie Parker. J'ai l'impression d'être de retour dans l'Illinois.

— Continue de marcher, répondit Garraty qui pensait encore une fois à Jan et à Freeport, Freeport sur l'océan. C'est par là. A environ cent soixante-quinze kilomètres au sud.

— Merde. Quel merdier, cet Etat.

Parker était un grand blond musclé en chemise de polo. Il gardait dans l'œil une lueur d'insolence que même la nuit sur la route n'avait pu éteindre.

— Des bon Dieu d'arbres partout ! Est-ce qu'il y a seulement une ville dans ce putain de pays ?

— Nous sommes bizarres, par ici, lui dit Garraty. Nous trouvons plaisant de respirer de l'air pur à la place du smog.

— Y a pas de smog à Joliet, espèce de foutu plouc, répliqua furieusement Collie Parker. Qu'est-ce que tu déconnes ?

— Pas de smog mais on y fait du vent, riposta Garraty, en colère.

— Si on était chez nous, je te tordrais les couilles pour ça !

— Allons, allons, les enfants, intervint McVries qui s'était ressaisi et retrouvait son attitude ironique. Si vous régliez la question en gentlemen ? Le premier qui se fait planter paie une bière à l'autre.

— J'ai horreur de la bière, dit machinalement Garraty.

Parker pouffa.

— Pauvre con de péquenaud, dit-il, et il s'éloigna.

— Il est branque, dit McVries. Tout le monde est

branque, ce matin. Même moi. Et il fait une magnifique journée. Pas vrai, Olson ?

Olson ne dit rien.

— Olson aussi a ses emmerdes, confia McVries à Garraty. Olson ! Hé, Hank !

— Laisse-le donc tranquille, conseilla Baker.

— Hé, *Hank !* cria McVries sans prêter attention à Baker. Tu veux faire un tour ?

— Va te faire foutre, marmonna Olson.

— Quoi ? s'exclama joyeusement McVries, une main en cornet à son oreille. Plaît-il ?

— Foutre, foutre, va te faire foutre ! glapit Olson.

— Ah, c'est ça que tu disais ?

Olson fixa de nouveau ses pieds et McVries se lassa de le harceler...

Garraty pensait à ce que Parker avait dit. Parker était un salaud. Parker était un grand cow-boy de drugstore et un dur du samedi soir. Parker était un héros en blouson de cuir. Qu'est-ce qu'il savait du Maine ? Garraty avait passé toute sa vie dans le Maine, dans une petite ville appelée Porterville, juste à l'ouest de Freeport. Neuf cent soixante-dix habitants et même pas un feu clignotant. Et d'abord, qu'est-ce que ça avait de si spécial, Joliet, Illinois ?

Le père de Garraty avait l'habitude de dire que Porterville était le seul village du coin comptant plus de tombes que d'habitants. Mais c'était propre. Il y avait beaucoup de chômage, les voitures rouillaient, on baisait beaucoup mais c'était un endroit propre. La seule distraction était le bingo du mercredi dans une grange (dernière partie quitte ou double pour une dinde de vingt livres et un billet de vingt dollars) mais c'était propre. Et c'était calme. Qu'est-ce qu'on pouvait y redire ?

Il fixa avec ressentiment le dos de Collie Parker. T'as raté le coche, crétin, c'est tout. Tu peux prendre ton Joliet et ton panier de crabes et tes usines et te les foutre au cul. En travers, si ça passe.

Il pensa à Jan. Il avait besoin d'elle. Je t'aime, Jan, pensa-t-il. Il n'était pas dupe, il savait qu'elle était devenue plus importante pour lui qu'elle ne l'était en réalité. Elle s'était transformée en symbole de vie. Un bouclier contre la mort subite venant du half-track. Il la désirait de plus en plus parce qu'elle symbolisait le moment où il aurait une paire de fesses... bien à lui.

Il était maintenant six heures moins le quart du matin. Il regarda un groupe de ménagères enthousiastes serrées les unes contre les autres à un carrefour, minuscule centre nerveux d'un village inconnu. Une d'elles portait un pantalon étroit et un pull-over encore plus serré. Elle n'était pas jolie. A son poignet droit, trois bracelets dorés tintaient quand elle agitait la main. Garraty pensa à Jan, qui était montée du Connecticut, qui paraissait si cool et sûre d'elle avec ses longs cheveux blonds et ses souliers plats. Elle portait presque toujours des talons plats, parce qu'elle était si grande. Il l'avait connue au lycée. Cela s'était passé lentement mais finalement, ça avait collé. Dieu, comme ça avait collé !

— Garraty ?
— Hein ?

C'était Harkness et il paraissait soucieux.

— J'ai une crampe au pied, mec. Je ne sais pas si je vais pouvoir marcher avec.

Les yeux de Harkness semblaient implorer Garraty de faire quelque chose.

Garraty ne sut que dire. La voix de Jan, son rire, son chandail caramel et son pantalon rouge groseille, le jour où ils avaient pris la luge de son petit frère et s'étaient retrouvés enlacés dans une congère (avant qu'elle lui fourre de la neige dans le cou de son parka)... ces choses-là, c'était la vie. Harkness était la mort. Maintenant, Garraty était capable de la sentir.

— Je ne peux pas t'aider, dit-il. Il faut que tu le fasses toi-même.

Harkness le regarda avec une panique consternée et puis il serra les dents et hocha la tête. Il s'arrêta et, un genou en terre, ôta son mocassin.

— Avertissement! Avertissement 49!

Il se massait le pied. Garraty s'était retourné et marchait à reculons. Deux petits garçons en tee-shirt de la Petite Ligue de base-ball, leur gros gant accroché au guidon de leur bicyclette, l'observaient aussi, bouche bée, sur le bas-côté.

— Avertissement! Deuxième avertissement 49!

Harkness se releva et se mit à boiter, sur son pied en chaussette, sa bonne jambe fléchissant déjà d'avoir à supporter tout son poids. Il laissa tomber sa chaussure, tenta vivement de la rattraper, la toucha de deux doigts, jongla un peu et la perdit. Il s'arrêta pour la ramasser et reçut son troisième avertissement.

La figure normalement rubiconde de Harkness était maintenant rouge comme une voiture de pompiers. Sa bouche ouverte formait un O mouillé, baveux. Garraty se surprit à l'encourager. Vas-y, pensait-il, vas-y, du nerf, remonte, Harkness, tu le peux.

Harkness boita plus vite. Les petits joueurs de base-ball commencèrent à pédaler, pour ne pas le perdre de vue. Garraty se retourna vers l'avant, ne voulant plus le regarder. Il braqua ses yeux droit devant lui en essayant de se rappeler ce que c'était d'embrasser Jan, de caresser son sein rond.

Une station Shell apparut lentement sur la droite. Une camionnette poussiéreuse, cabossée, était arrêtée devant et deux hommes en chemise de flanelle écossaise rouge et noir buvaient de la bière, assis sur le hayon ouvert. Il y avait une boîte aux lettres au bout d'un petit chemin de terre, son couvercle rabattu comme une bouche ouverte. Un chien aboyait sans arrêt, hors de vue.

Les fusils se levèrent posément et trouvèrent Harkness.

Il y eut un long et terrible moment de silence et puis les armes redescendirent, tout cela conformément au règlement, conformément au manuel. Puis elles remontèrent. Garraty entendait la respiration précipitée de Harkness.

Les fusils se haussaient, s'abaissaient, remontaient lentement au port d'armes.

Les deux petits cyclistes pédalaient.

— Tirez-vous de là, les mômes ! leur cria Baker. Vous ne voulez pas voir ça ! Allez, foutez le camp !

Ils examinèrent Baker avec une vague curiosité et continuèrent à rouler. Ils l'avaient regardé comme s'il était un drôle de poisson. L'un d'eux, un petit gosse à la tête toute ronde avec des cheveux coupés au bol et de grands yeux qui lui mangeaient la figure, corna un coup de klaxon et sourit largement. Il avait un appareil pour redresser ses dents et le soleil fit de sa bouche un étincellement de métal.

Les fusils s'étaient rabaissés. C'était un peu comme un mouvement de danse, comme un rite. Harkness marchait sur le bas-côté. Vous avez lu de bons livres, dernièrement ? pensa stupidement Garraty. Cette fois, ils vont t'abattre. Un pas trop lent...

L'éternité.

L'univers figé.

Et les fusils remontèrent en joue.

Garraty regarda sa montre. La trotteuse fit tout le tour, une fois, deux fois, trois fois. Harkness le rattrapa, le dépassa. Il serrait les dents, regardait droit devant lui. Ses pupilles étaient contractées, deux minuscules points. Ses lèvres étaient bleuâtres et son teint florissant avait pris la couleur de la crème, à présent, sauf deux taches rouges sur les pommettes. Son pied en chaussette frappait en cadence la chaussée. Il ne boitait plus, la crampe s'était dénouée. Combien de temps peut-on marcher sans souliers ? se demanda Garraty.

Il ressentit malgré tout une détente dans sa poitrine et entendit Baker laisser échapper un soupir. C'était stupide d'être soulagé. Plus tôt Harkness s'arrêterait de marcher, plus tôt il n'aurait plus à marcher. C'était une évidence. De la logique. Mais il y avait autre chose de plus profond, une autre logique plus vraie, plus effrayante. Harkness appartenait au groupe de Garraty, il était un segment de son microclan. Du cercle magique auquel il appartenait. Et si un segment de ce cercle cédait, cela pouvait arriver à n'importe quel autre.

Les petits joueurs de base-ball les accompagnèrent en pédalant sur trois kilomètres avant de se désintéresser d'eux et de rebrousser chemin. Cela valait mieux, pensa Garraty. Peu importait qu'ils aient regardé Baker comme un animal de zoo. Il valait mieux qu'ils n'assistent pas à leur mort.

Devant lui, Harkness formait à lui seul une nouvelle avant-garde. Il marchait très rapidement, courant presque. Il ne regardait ni à gauche ni à droite. Garraty se demanda à quoi il pensait.

7

> « J'aime à penser que je suis un type tout à fait sympa, vraiment. Les gens que je rencontre jugent que je suis schizophrène, simplement parce que je suis tout à fait différent à la ville de ce que je suis devant les caméras... »
>
> Nicholas PARSONS,
> *Sale of the Century* (édition anglaise)

Ce n'était pas la vive intelligence de Scramm, le 85, qui fascinait Garraty, parce qu'il n'était pas si intelligent que ça. Il n'était pas non plus fasciné par sa figure de pleine lune, ses cheveux en brosse ou sa carrure, plutôt étriquée. Garraty était fasciné parce qu'il était marié.

— Vraiment ? demanda Garraty pour la troisième fois, pas encore sûr que Scramm ne le mettait pas en boîte. Tu es vraiment marié ?

— Ouais, fit Scramm en relevant la figure vers le soleil matinal avec un réel plaisir. J'ai laissé tomber l'école à quatorze ans. Ça ne rimait à rien, du moins pour moi. Je n'étais pas chahuteur ni rien, mais je n'arrivais pas à suivre. Et notre prof d'histoire nous a lu un article comme quoi les écoles étaient surpeuplées. Alors je me suis dit pourquoi ne pas laisser ma place à quelqu'un qui peut apprendre et occupons-nous de nos affaires. Et n'importe comment, je voulais épouser Cathy.

— Quel âge t'avais ? demanda Garraty plus fasciné que jamais.

Ils traversaient encore un village et les trottoirs étaient bordés de pancartes et de spectateurs mais il les remarquait à peine. Déjà les badauds appartenaient à un autre monde, sans affinités avec lui. Ils auraient aussi bien pu être derrière une vitre épaisse.

— Quinze ans, répondit Scramm, et il se gratta le menton qui était bleu de barbe naissante.

— Personne n'a essayé de te faire changer d'idée ?

— Y avait un conseiller d'orientation, à l'école, et il m'a débité des tas de conneries, comme quoi je devais faire des études et pas creuser des fossés le long des routes, mais il avait des choses plus importantes à faire que de me garder à l'école. Et puis d'abord, faut bien qu'il y ait quelqu'un pour creuser les fossés, pas ?

Il salua avec enthousiasme un groupe de petites filles qui se livraient à des gambades de majorettes dans un envol de jupettes plissées et de genoux couronnés.

— D'ailleurs, j'ai jamais creusé de fossés. Jamais creusé un fossé de toute ma carrière. J'ai travaillé dans une fabrique de draps de lit à Phoenix, trois dollars l'heure. Cathy et moi, on est heureux, dit-il en souriant. Des fois nous regardons la télé et puis Cathy m'attrape dans ses bras et elle me dit : « Nous sommes des gens heureux, mon chéri. » Elle est épatante.

— Vous avez des gosses ? demanda Garraty qui avait de plus en plus l'impression de participer à une conversation démente.

— Eh bien, Cathy est enceinte. Elle a dit qu'on

attendrait d'avoir assez à la banque pour payer l'accouchement. Quand on a eu sept cents dollars, elle a dit on y va et on y est allé. Elle est tombée enceinte en un rien de temps ! Mon gosse ira à l'université, dit gravement Scramm. Y en a qui disent que les types idiots comme moi ne peuvent pas avoir de gosses intelligents mais Cathy est assez intelligente pour deux. Cathy a terminé le lycée. Je l'ai obligée à le terminer. Quatre cours du soir et puis le diplôme. Mon gosse ira à l'université aussi longtemps qu'il voudra.

Garraty ne dit rien. Il ne trouvait rien à dire.

McVries était d'un côté, en grande conversation avec Olson. Baker et Abraham jouaient à un jeu de mots appelé Ghost. Il se demanda où était Harkness. Loin, hors de vue, en tout cas. Et Scramm ? Hé, Scramm, je crois que tu as fait une grave erreur. Ta femme, elle est enceinte, Scramm, mais ça ne te vaut pas de faveurs spéciales par ici. Sept cents dollars en banque ? Tu n'épelles pas *enceinte* avec trois chiffres, Scramm. Et aucune compagnie d'assurances au monde ne parierait sur un Long Marcheur.

Garraty regarda, mais son regard le traversa, un homme en veste de tweed qui brandissait d'un air délirant un chapeau de paille au bord effrangé.

— Scramm, qu'est-ce qui se passera si tu te plantes ? demanda-t-il en hésitant.

Scramm sourit doucement.

— Pas moi. Je pourrais marcher éternellement. J'avais envie d'être dans la Longue Marche depuis que je suis assez grand pour avoir envie de quelque chose. Il n'y a pas quinze jours, j'ai fait cent kilomètres à pied, pas de problème.

— Mais une supposition qu'il arrive quelque chose...

Scramm ne fit qu'en rire.

— Quel âge a Cathy ?

— Un an de plus que moi. Presque dix-huit ans. Ses parents sont avec elle en ce moment, à Phoenix.

Garraty eut l'impression que les parents de Cathy Scramm avaient compris quelque chose que Scramm ignorait.

— Tu dois beaucoup l'aimer, dit-il un peu tristement.

Scramm sourit en montrant les quelques dents qui lui restaient.

— J'ai regardé personne d'autre depuis que je suis marié avec elle. Cathy est épatante.

— Et tu fais ça.

— C'est pas rigolo ? répliqua Scramm en riant.

— Pas pour Harkness, dit aigrement Garraty. Va lui demander s'il trouve ça rigolo.

— Tu n'as aucune idée des conséquences, intervint Pearson en se glissant entre Scramm et Garraty. Tu pourrais perdre, tu sais. Il faut que tu reconnaisses que tu pourrais perdre.

— Vegas a fait de moi le favori juste avant le départ de la Marche, déclara Scramm.

— Bien sûr, grommela Pearson. Et tu es en forme, c'est vrai, n'importe qui peut voir ça.

Pearson, lui, était pâle et avait les traits tirés, après la longue nuit sur la route. Il regarda avec indifférence la foule amassée dans le parking d'un supermarché qu'ils longeaient.

— Tous ceux qui n'étaient pas en forme sont morts, maintenant, ou presque morts. Mais nous sommes encore soixante-douze.

— Oui, mais...

Le front de Scramm se plissa et la réflexion assombrit ses traits. Garraty croyait presque entendre les rouages de son cerveau tourner lentement, lourdement, mais finalement aussi sûrement que la mort. C'était impressionnant.

— Je ne veux pas vous mettre en colère, dit Scramm. Vous êtes des chics types. Mais vous ne pensez pas à gagner et à décrocher le Prix. La plupart des gars ne savent pas pourquoi ils se sont engagés là-dedans. Regardez Barkovitch. Il n'est pas là-dedans pour un Prix. Il marche simplement pour regarder des gens mourir. Il en vit. Quand quelqu'un prend un ticket, il retrouve un peu plus de nerf. Ça ne suffit pas. Il se desséchera tout comme une feuille sur un arbre.

— Et moi ? demanda Garraty.

Scramm parut attristé.

— Ah, merde, quoi...

— Non, continue.

— Eh bien, comme je vois ça, tu ne sais pas non plus pourquoi tu marches. C'est la même chose. Tu marches maintenant parce que tu as peur mais... ça ne suffit pas. Ça use... Et quand ça sera usé, je pense que tu prendras ton ticket comme tous les autres, Ray.

Garraty pensa à ce qu'avait dit McVries. *Quand je serai fatigué... vraiment fatigué... eh bien je crois que je m'assiérai.*

— Faudra que tu marches longtemps pour m'user, dit-il mais le raisonnement de Scramm l'avait gravement secoué.

— Je suis prêt à marcher longtemps, répliqua Scramm.

Leurs pieds se levaient et retombaient sur l'asphalte, les poussaient en avant, dans les virages, dans une descente, en travers d'une voie de chemin de fer, des sillons de métal sur la route. Ils passèrent devant la cabane fermée d'une boutique de friture. Et puis ils se retrouvèrent en pleine campagne.

— Je comprends ce que c'est, mourir, je crois, dit brusquement Pearson. Maintenant, je comprends. Pas la mort elle-même, ça je ne le comprends toujours pas. Mais mourir. Si je m'arrête de marcher, ce sera ma fin... Tout comme un disque après le dernier sillon. C'est peut-être comme tu dis, Scramm. Ça ne suffit peut-être pas... Je ne veux pas mourir.

Scramm le toisa, presque dédaigneusement.

— Tu crois que comprendre la mort ça t'empêchera de mourir ?

Pearson sourit, d'un drôle de petit sourire maladif, comme un homme d'affaires dans un bateau secoué qui s'efforce de ne pas rendre son dîner.

— En ce moment, c'est à peu près tout ce qui me retient de partir.

Et Garraty éprouva un immense soulagement, parce qu'il n'en était pas réduit à ça. Du moins pas encore.

Devant eux, subitement, et comme pour illustrer ce qu'ils disaient, un garçon en chandail noir à col roulé fut soudain pris de convulsions. Il tomba sur la chaussée, agité de spasmes violents, se tordant et tressautant. Ses membres frappaient le sol et un drôle de gargouillis sortait de sa gorge, *aaaa-aaaa-aaa*, une espèce de bêlement complètement fou. Alors que Garraty le dépassait rapidement, une des mains rebondit contre sa chaussure et il éprouva une vague de répulsion. Les yeux du garçon étaient révulsés, blancs. De la mousse écumait sur ses lèvres et son menton. Il reçut un deuxième avertissement, qu'il ne pouvait naturellement pas entendre et, quand ses deux minutes furent écoulées, on l'abattit comme un chien.

Peu de temps après, ils arrivèrent au sommet d'une pente douce et contemplèrent la campagne verdoyante et déserte. Garraty fut reconnaissant du vent frais du matin sur son corps en sueur.

— Ça, c'est un sacré panorama, dit Scramm.

On voyait la route s'étirer sur vingt kilomètres au

moins. Elle descendait le long versant, courait en zigzag à travers bois, un trait de fusain sur une grande étendue de papier crépon vert. Très loin, elle recommençait à monter et se perdait dans la brume rosée du petit jour.

— C'est peut-être ce qu'on appelle les bois de Hainesville, dit Garraty sans en être très sûr. Le cimetière des routiers. En hiver, c'est l'enfer.

— Je n'ai jamais rien vu de pareil, dit respectueusement Scramm. Il n'y a pas autant de vert dans tout l'Etat de l'Arizona.

— Profites-en tant que tu peux, dit Baker en se joignant au groupe. Ça va cogner. Il fait déjà chaud et il n'est que 6 h 30.

— Tu devrais y être habitué, vu d'où tu viens, dit Pearson sur un ton presque accusateur.

— On ne s'y habitue pas, répondit Baker en ôtant sa veste légère pour la porter sur le bras. On apprend à vivre avec, c'est tout.

— J'aimerais construire une maison, ici sur la hauteur, déclara Scramm, puis il éternua violemment, deux fois de suite, avec un bruit de taureau en rut. Je construirais ma maison ici, avec mes deux mains, et je regarderais cette vue tous les matins. Avec Cathy. Je la bâtirai peut-être un jour, quand tout ça sera fini.

Personne ne fit de réflexion.

A 6 h 45, la hauteur était derrière eux, les abritant du vent, et la chaleur les écrasa. Garraty ôta son blouson, l'enroula et l'attacha autour de sa taille. Sous les arbres, la route s'était peuplée. Çà et là, des spectateurs matinaux avaient garé leurs voitures sur le bas-côté et s'étaient réunis par groupes, assis ou debout, pour applaudir et brandir des pancartes.

Tout en bas de la pente, deux filles se tenaient à côté d'une vieille MG, vêtues d'un mini-short serré, d'une marinière et de sandales. Elles attirèrent des cris et des sifflements admiratifs. Ces filles avaient la figure brûlante, congestionnée par une excitation vieille comme le monde, sournoise et, pour Garraty, érotique jusqu'à l'indécence. Il sentit monter une concupiscence animale, une agressivité manifeste qui secouait tout son corps d'une fièvre insolite.

Mais ce fut Gribble, l'extrémiste, qui se précipita tout à coup vers elles, ses pieds soulevant des nuages de poussière sur le bas-côté. Une des deux se renversa sur le capot de la MG, les cuisses écartées, en soulevant son bassin vers lui. Gribble mit les mains sur ses seins. Elle ne fit rien pour l'en empêcher. Il reçut un avertissement, hésita et puis se jeta sur elle en donnant de furieux coups de reins... un garçon en rage, aux abois, frustré, en chemise blanche trempée de sueur et pantalon de velours côtelé. La fille croisa les chevilles autour de ses mollets et lui noua les bras autour du cou. Ils s'embrassèrent.

Gribble reçut un deuxième avertissement, puis un troisième et alors, n'ayant plus que quinze secondes de grâce, il se dégagea en chancelant et se mit péniblement à courir. Il tomba, se releva, serrant les mains sur son bas-ventre, et retourna sur la route. Sa maigre figure était rouge.

— Pas pu, sanglotait-il. Pas le temps et elle le voulait et je ne pouvais pas... Je...

Il titubait en pleurant, les mains pressées contre lui. Ses paroles n'étaient plus que des gémissements indistincts.

— Alors tu leur as donné une petite secousse? dit Barkovitch. De quoi parler demain avec les copines.

— *Ta gueule!* glapit Gribble en se serrant les parties génitales. Ça fait mal. J'ai une crampe...

— Une crampe, voilà ce qu'il a, dit Pearson.

Gribble le regarda, à travers les mèches noires qui étaient tombées sur ses yeux. Il avait l'air d'une belette égarée.

— Ça fait mal, répéta-t-il.

Lentement, il tomba à genoux, les mains toujours crispées sur son bas-ventre, la tête basse, le dos rond. Il geignait en grelottant et Garraty vit des gouttes de sueur sur son cou, entre les petits cheveux de sa nuque.

Quelques instants plus tard, il était mort.

Garraty se retourna vers les filles mais elles s'étaient retirées dans la MG. Ce n'étaient plus que des ombres.

Il fit un effort pour les chasser de sa mémoire mais elles y revenaient sans cesse. Quel effet cela faisait-il de sauter en vain, à sec, cette chair tiède, consentante ? Elle avait frémi, bon Dieu, ses cuisses avaient *frémi*, dans une espèce de spasme, d'orgasme, Dieu de Dieu, le désir incontrôlable de serrer, de caresser... et par-dessus tout cette chaleur, cette sensation de chaleur !

Il sentit qu'il s'abandonnait... à cet échauffement des sens, ce flot de sensations. Qui le mouillait. Mon Dieu, est-ce que ça allait imprégner son pantalon, est-ce qu'on allait le remarquer ? On le remarquerait et on le montrerait du doigt, on lui demanderait si ça lui plaisait de se promener dans le quartier sans vêtements, de marcher tout nu, de marcher... marcher... marcher...

Ah Jan, je t'aime, je t'aime vraiment, pensa-t-il, mais ses idées étaient confuses, indistinctes.

Il rattacha son blouson autour de sa taille et reprit sa cadence habituelle ; le souvenir s'estompa et devint rapidement flou, comme un négatif de Polaroïd laissé au soleil.

L'allure s'accéléra. Ils descendaient maintenant une pente raide et il était difficile de marcher lentement. Les muscles travaillaient comme des pistons en frottant les uns contre les autres. La sueur ruisselait. Chose incroyable, Garraty regretta la nuit. Il regarda Olson, avec curiosité, en se demandant comment il résistait.

Olson était encore en contemplation devant ses pieds. Les muscles de son cou étaient gonflés, tendus, ses lèvres retroussées en un sourire figé.

— Il y est presque, murmura McVries à côté de Garraty qui sursauta. Quand ils commencent à espérer, presque, qu'on va les fusiller pour qu'ils puissent reposer leurs pieds, ils ne sont pas loin de la fin.

— Ah oui ? répliqua Garraty avec irritation. Comment ça se fait que par ici tout le monde en sache tellement plus que moi ?

— C'est parce que tu es trop mignon, dit tendrement McVries et il pressa le pas, en se laissant entraîner par la pente.

Stebbins. Il y avait longtemps que Garraty n'avait pas pensé à Stebbins. Il tourna la tête pour le chercher. Stebbins était là. Le peloton s'était déployé en descendant de la colline et Stebbins était à environ quatre cents mètres en arrière mais bien reconnaissable avec son pantalon violet et sa chemise d'ouvrier en chambray. Stebbins suivait toujours comme un vautour, attendant simplement qu'ils tombent...

Garraty fut pris de rage. Il eut soudain une terrible envie de rebrousser chemin pour étrangler Stebbins. Cela n'avait ni rime ni raison mais il dut lutter pour vaincre cette impulsion.

Quand ils arrivèrent au bas de la pente, Garraty avait les jambes flageolantes, comme en caoutchouc. L'espèce d'engourdissement insensible de son corps était traversé d'élancements douloureux et inattendus qui transperçaient comme des aiguilles ses pieds et ses mollets, menaçant ses muscles de crampes. Et après tout, bon Dieu, pourquoi pas ? se dit-il. Ils étaient sur la route depuis vingt-deux heures. Vingt-deux heures de marche ininterrompue, c'était incroyable.

— Comment tu te sens ? demanda-t-il à Scramm comme s'il y avait douze heures qu'il ne l'avait pas demandé.

— Au poil et en pleine forme, répliqua Scramm qui s'essuya le nez d'un revers de main, renifla et cracha. Aussi en forme que je peux l'être.

— T'as l'air d'avoir attrapé un rhume.

— Penses-tu, c'est le pollen. C'est comme ça tous les printemps. Le rhume des foins. Ça m'arrive même en Arizona. Mais je ne m'enrhume jamais.

Garraty ouvrait la bouche pour répondre quand un bruit sec se répercuta, loin à l'avant. Des coups de fusil. Le bruit courut que Harkness s'était fait avoir.

Garraty éprouva une curieuse sensation au creux de l'estomac, une espèce de vide, en transmettant la rumeur. Le cercle magique était rompu. Jamais Harkness n'écrirait son livre sur la Longue Marche. Quelque part à l'avant, il était traîné à l'écart de la route, comme un sac de blé, ou il était jeté dans un camion, bien enveloppé dans une toile. Pour Harkness, la Longue Marche était finie.

— Harkness, dit McVries. Ce vieux Harkness a acheté son ticket pour l'au-delà.

— Qu'est-ce que t'attends pour lui écrire un poème ? lança Barkovitch.

— Ta gueule, tueur, répondit distraitement McVries et il secoua la tête. Ce vieux Harkness, pauvre con.

— Je ne suis pas un tueur ! hurla Barkovitch. Je danserai sur ta tombe, balafré ! Je...

Un chœur de cris rageurs le fit taire. Il foudroya

McVries du regard, tout en marmonnant. Puis il accéléra, sans se retourner.

— Vous savez ce que faisait mon oncle ? demanda soudain Baker.

Ils passaient sous un tunnel de feuillage et Garraty s'efforçait d'oublier Harkness et Gribble pour ne penser qu'à la fraîcheur.

— Quoi ? questionna Abraham.

— Il était croque-mort, répondit Baker.

— Bon métier, fit Abraham avec indifférence.

— Quand j'étais petit, je me posais la question, continua vaguement Baker.

Il parut perdre le fil de sa pensée, puis il regarda Garraty et sourit. C'était un drôle de sourire.

— Je veux dire que je me demandais qui l'embaumerait. Comme on se demande qui coupe les cheveux du coiffeur et qui opère le chirurgien de ses calculs. Tu vois ?

— Faut avoir un sacré cran pour être docteur, remarqua gravement McVries.

— Tu sais ce que je veux dire.

— Alors qui s'est tapé la corvée, le moment venu ? demanda Abraham.

— Ouais, dit Scramm. Qui ça ?

Baker leva les yeux vers les branches lourdes sous lesquelles ils passaient et Garraty remarqua que, maintenant, il paraissait épuisé. Mais nous devons tous avoir le même air, se dit-il.

— Allez ! l'encouragea McVries. Ne nous laisse pas en suspens. Qui l'a enterré ?

— C'est la plus vieille plaisanterie du monde, intervint Abraham. Baker, dis, qu'est-ce qui te fait penser qu'il est mort ?

— Mais il l'est, dit Baker. Cancer du poumon. Il y a six ans.

— Il fumait ? demanda Abraham en agitant la

main vers une famille de quatre personnes et un chat.

Le chat était en laisse. C'était un persan. Il avait l'air méchant et fâché.

— Non, pas même la pipe. Il avait peur que ça lui donne le cancer.

— Ah, pour l'amour du ciel ! s'écria McVries. Qui l'a enterré ? Dis-le-nous, que nous puissions nous intéresser aux problèmes mondiaux, au base-ball, au contrôle des naissances ou n'importe quoi.

— Je pense que le contrôle des naissances est un problème mondial, déclara sérieusement Garraty. Ma petite amie est catholique et...

— *Allez !* rugit McVries. Qui a enterré ton grand-père, Baker, nom de Dieu ?

— Mon oncle. C'était mon oncle. Mon grand-père était avocat à Shreveport. Il...

— Je m'en fous ! Je me fous que ce vieux monsieur ait eu trois queues. Je veux simplement savoir qui l'a enterré, qu'on en finisse, quoi !

— A vrai dire, personne ne l'a enterré. Il voulait être incinéré.

— Ah, mes tristes joyeuses ! gémit Abraham et il rit un peu.

— Ma tante garde ses cendres dans une urne en céramique. Dans sa maison à Baton Rouge. Elle a essayé de reprendre l'affaire — l'entreprise de pompes funèbres — mais personne n'a l'air d'accorder sa confiance à une dame croque-mort.

— Je doute que ce soit ça, dit McVries.

— Non ?

— Non. Je crois que ton oncle lui a jeté un sort.

— Un sort ? Comment ça, un sort ?

— Eh bien tu dois avouer qu'il n'a pas fait une bonne réclame à l'affaire.

— Quoi, en mourant ?

— Non. En se faisant incinérer.

Scramm, le nez bouché, laissa échapper un rire étouffé.

— Il t'a eu, là, mon petit vieux.

— Ma foi, c'est bien possible, reconnut Baker, et McVries leur sourit largement.

— Ton oncle, bougonna Abraham, me casse les bonbons. Et je pourrais même ajouter que...

A ce moment, Olson commença à supplier un des soldats de le laisser se reposer.

Il ne s'arrêta pas de marcher, il ne ralentit pas assez longtemps pour recevoir un avertissement, mais il continua de supplier, d'implorer d'une voix monotone, obsédante et lâche, si lâche que Garraty en fut gêné pour lui. La conversation s'arrêta. Des spectateurs observaient Olson avec une fascination horrifiée. Garraty espéra qu'il allait se taire avant de donner à tous le mauvais œil. Il ne voulait pas mourir non plus mais si cela devait lui arriver, il voulait disparaître sans que les gens le prennent pour un lâche. Les soldats examinaient froidement Olson, visages de bois, sourds et muets. Ils donnaient pourtant un avertissement de temps en temps, donc ils ne pouvaient pas être muets, pensa Garraty.

A 7 h 45, le bruit courut qu'ils n'étaient plus qu'à neuf kilomètres et demi des cent soixante kilomètres. Garraty se souvint d'avoir lu que le groupe le plus important à avoir terminé les premiers cent soixante kilomètres était de 63 marcheurs. Ce record serait certainement battu ; ils étaient encore 69. Comme si cela avait de l'importance !

Les supplications d'Olson prirent la forme d'une litanie constante, incohérente, sur la gauche de Garraty, et rendirent la journée en quelque sorte encore plus chaude et pénible qu'elle ne l'était. Plusieurs garçons lui crièrent de se taire mais il ne sembla pas entendre, ou alors il s'en moquait.

Ils passèrent sur un pont de bois couvert dont les planches claquaient et grinçaient sous leurs pas. Garraty entendit le bruit discret des hirondelles qui avaient fait leurs nids sous le toit. L'ombre était reposante et le soleil parut plus brûlant quand ils arrivèrent de l'autre côté. Si tu trouves qu'il fait chaud maintenant, se dit-il, attends un peu cet après-midi. Attends d'être à découvert en pleine campagne. Alors là, salut.

Il réclama un bidon et un soldat trottina vers lui, le lui donna sans un mot et repartit au trot. L'estomac de Garraty grondait aussi de faim. A 9 heures, pensa-t-il. Tu dois continuer de marcher jusque-là. Pas question de mourir le ventre vide.

Baker le doubla brusquement, chercha des yeux des spectateurs et, n'en voyant aucun, baissa son pantalon et s'accroupit. Il reçut un avertissement. Garraty le dépassa mais il entendit les soldats lui donner un deuxième avertissement. Vingt secondes plus tard, hors d'haleine, Baker les rattrapa, McVries et lui. Il rattachait son pantalon.

— La chiée la plus rapide de ma vie, annonça-t-il.

— Tu aurais dû prendre de la lecture, lui dit McVries.

— Je n'ai jamais pu rester très longtemps sans chier. Y a des gars, quoi, ils chient une fois par semaine. Moi, je suis un type de tous les jours. Si je ne pose pas ma pêche un jour, je prends un laxatif.

— Ces laxatifs vont te démolir les intestins, dit Pearson.

— Ah merde ! railla Baker.

McVries éclata de rire. Abraham tourna la tête pour participer à la conversation.

— Mon grand-père n'a jamais pris un laxatif de sa vie et il a vécu jusqu'à...

— Tu tiens un journal, je suppose, dit Pearson.

— Tu ne vas pas douter de la parole de mon grand-père, j'espère ?

Pearson leva les yeux au ciel.

— Dieu m'en garde !

— Bon. Mon grand-père...

— Regardez, murmura Garraty.

Aucun des deux aspects de la conversation sur les laxatifs ne l'intéressait, il observait distraitement Percy Comment-c'est-son-nom. Mais maintenant, il le regardait avec plus d'attention, en croyant à peine ses yeux. Percy s'était de plus en plus rapproché du bas-côté. Il marchait sur le sable à côté de la chaussée. De temps en temps, il jetait un coup d'œil furtif, effrayé, vers les soldats sur le half-track, sur sa droite, et sur l'écran dense des arbres à moins de deux mètres cinquante de lui.

— Je crois qu'il va tenter de s'enfuir, dit Garraty.

— Ils vont l'abattre, ça ne fait pas un pli, prédit Baker dans un souffle.

— Je n'ai pas l'impression qu'on le regarde, répondit Pearson.

— Alors, nom de Dieu, ne les alertez pas, bande de cons ! gronda McVries avec colère.

Pendant les dix minutes suivantes, plus personne ne dit quoi que ce soit de sensé. Ils mimaient une conversation tout en observant Percy qui observait les soldats, observait et calculait la courte distance jusqu'au bois touffu.

— Il n'en a pas le courage, marmonna finalement Pearson.

Avant qu'un des autres ait eu le temps de répondre, Percy se mit à marcher sans se presser vers les arbres.

Deux pas, trois. Un de plus, deux au maximum et il y serait. Ses jambes en jean bougeaient lentement. Ses cheveux blonds décolorés par le soleil furent soulevés par une légère bouffée de vent. Il avait l'air d'un scout allant observer les oiseaux.

Il n'y eut pas d'avertissements. Percy avait perdu ce droit quand son pied avait franchi le bord de la chaussée. Il avait quitté la route et les soldats le savaient depuis le début. Le vieux Percy Comment-c'est-son-nom n'avait trompé personne. Il y eut une seule détonation sèche et Garraty détourna ses yeux de Percy vers le soldat debout à l'arrière du half-track. Il paraissait une statue, les contours nets, anguleux, la crosse du fusil au creux de son épaule, la tête un peu penchée contre le canon.

Garraty se retourna vers Percy. C'était là qu'était le véritable spectacle, non ? Percy était debout, les deux pieds dans les herbes folles à l'orée de la forêt. Il était tout aussi pétrifié que l'homme qui lui avait tiré dessus. Tous deux auraient pu être des modèles de Michel-Ange, pensa Garraty. Percy était absolument immobile sous le ciel bleu printanier. Il plaquait une main sur son cœur, comme un poète sur le point de déclamer. Ses yeux étaient immenses, curieusement extasiés.

Un filet de sang brillant filtra entre ses doigts, luisant au soleil. Ce vieux Percy Comment-c'est-son-nom. Dis donc, Percy, ta mère t'appelle. Hé, Percy, est-ce que ta mère sait que t'es dehors ? Hé, Percy, qu'est-ce que c'est que ce prénom à la con, Percy, Percy, t'es trop mignon. Percy transformé en bel Adonis ensoleillé, en contrepoint du sombre chasseur sauvage. Et une, deux, trois grosses gouttes de sang s'écrasèrent sur les souliers de marche poussiéreux de Percy et tout se passa en l'espace de trois secondes seulement. Garraty n'avait même pas fait deux pas, il n'avait pas reçu d'avertissement et... ah, Percy, qu'est-ce que ta mère va dire ? Est-ce que vraiment, dis-moi, est-ce que vraiment tu as eu le culot de mourir ?

Oui. Percy s'abattit, heurta un petit sapin rabougri, tourna sur lui-même et finit par tomber sur le dos, la figure vers le ciel. La grâce, la symétrie figée, tout avait disparu. Percy était simplement mort.

— Que cette terre se couvre de sel, récita précipitamment McVries, afin qu'aucun épi de maïs, aucun épi de blé n'y pousse jamais. Maudits seront les enfants de cette terre et maudits seront leurs reins. Maudits aussi soient leurs jarrets et leurs fesses. Je vous salue Marie pleine de grâce, tirons-nous d'ici.

Il se mit à rire et Abraham grommela :

— Boucle-la. Arrête de parler comme ça.

— Le monde entier est Dieu, dit McVries en pouffant. Nous *marchons* sur le Seigneur et là-bas derrière les mouches s'abattent sur le Seigneur, d'ailleurs les mouches sont aussi le Seigneur, alors béni soit le fruit de tes entrailles, Percy. Amen, alléluia, trempe ton cul dans la soupière. Notre Père, notre Père, qui êtes au coin...

— Je vais te frapper ! menaça Abraham qui était devenu très pâle. Je vais le faire, Pete.

— Un *dévooooooot* ! cria McVries en riant de plus en plus fort. Ah, mes saintes cliques ! Ah, mon sacré chapeau !

— Je vais te casser la gueule si tu ne la fermes pas ! rugit Abraham.

— Non, implora Garraty, soudain effrayé. Je vous en prie, ne vous battez pas. Soyons... gentils.

— Tu veux une petite douceur ? demanda bêtement Baker.

— Qui t'a sonné, foutu plouc de mes deux ?

— Il était affreusement jeune, pour faire cette randonnée, dit tristement Baker. Il devait avoir à peine quatorze ans.

— Sa maman l'a trop gâté. Ça se voyait, dit

Abraham d'une voix chevrotante et il jeta un regard suppliant vers Garraty et Pearson. Vous l'avez bien vu, pas vrai ?

— Maman ne le gâtera plus, dit McVries.

Tout à coup, Olson se remit à parler aux soldats, en bafouillant. Celui qui avait tué Percy s'était assis et mangeait un sandwich.

Il fut bientôt plus de 8 heures. Ils passèrent devant une petite station-service ensoleillée où un mécano en combinaison graisseuse arrosait le trottoir à la lance.

— J'aimerais bien qu'il nous arrose avec ça, dit Scramm. Il fait chaud comme dans un four.

— Nous avons tous chaud, répliqua Garraty.

— Je croyais qu'il ne faisait jamais chaud dans le Maine, dit Pearson d'une voix plus lasse que jamais. Je croyais que le Maine, c'était frais.

— Oui, eh bien, maintenant tu sais le contraire, lui rétorqua sèchement Garraty.

— Tu es vraiment très marrant, Garraty. Tu sais ça ? Tu es tout ce qu'il y a de marrant. Je suis content de te connaître.

McVries rit.

— Tu veux savoir ? demanda Garraty.

— Quoi ?

— T'as des traces de dérapage sur ton caleçon.

C'était ce qu'il avait pu trouver de plus spirituel à rétorquer sur-le-champ.

Ils passèrent devant un parking de routiers. Deux ou trois énormes poids lourds y étaient garés, sans aucun doute pour laisser place à la Longue Marche. Un des chauffeurs était debout, l'air anxieux, près de son dix tonnes, un camion frigorifique, et lui tâtait le flanc. Il sentait le froid qui suintait à l'extérieur au soleil matinal. Plusieurs serveuses acclamèrent les marcheurs et le routier soucieux se retourna vers eux et leur fit un bras d'honneur.

C'était un colosse avec un cou rouge brique sortant de son tee-shirt crasseux.

— Qu'est-ce qui lui a pris de nous faire ça ? s'écria Scramm. Le vieux pourri !

McVries rit encore.

— C'est le premier citoyen franc et honnête que nous voyons depuis le début de ce pique-nique, Scramm. Je l'adore !

— Il est probablement chargé de denrées périssables pour Montréal, estima Garraty. Tout ce chemin depuis Boston. Nous le forçons à attendre. Il doit avoir peur de perdre son emploi, ou son camion s'il est indépendant.

— C'est bien dommage ! cria Collie Parker. C'est-y pas malheureux ? Ça fait seulement deux mois qu'ils répètent à tout le monde que cette route va être coupée. C'est rien qu'un foutu con de péquenaud, voilà tout.

— Tu as l'air d'en savoir long, dit Abraham à Garraty.

— Un peu, avoua Garraty en regardant fixement Parker. Mon père conduisait un camion avant qu'il soit... avant qu'il s'en aille. C'est un dur métier et ça ne paie pas des masses. Probable que ce type-là pensait avoir le temps d'arriver au prochain embranchement. Il ne serait pas passé par ici, s'il existait un chemin plus court.

— Il n'avait pas besoin de nous faire un bras d'honneur, insista Scramm. Il n'avait pas à faire ça. Bon Dieu, ses foutues tomates pourries, c'est pas la vie et la mort, cette marche, si.

— Ton père a laissé tomber ta mère ? demanda McVries à Garraty.

— Papa a été escouadé, répondit laconiquement Garraty.

En silence il défia Parker — ou n'importe qui — d'ouvrir la bouche, mais personne ne dit mot.

Stebbins marchait toujours en dernier. A peine avait-il dépassé l'aire des camions que le gros routier sauta dans sa cabine. Sur l'avant, les fusils tonnèrent leur mot unique. Un garçon pivota, tomba et ne bougea plus. Deux soldats le traînèrent sur le bord de la route. Un troisième leur lança un sac à cadavre, du half-track.

— J'avais un oncle qui a été escouadé, hasarda timidement Wyman.

Garraty remarqua que la languette du soulier gauche de Wyman avait glissé de sous les lacets et ballottait hideusement.

— Y a que les foutus cons qui se font escouader, déclara très clairement Collie Parker.

Garraty le regarda avec l'intention de se fâcher, mais il baissa la tête et contempla la chaussée. Son père avait été un foutu con, pas de doute. Un foutu poivrot incapable de mettre deux ronds de côté ou de conserver un emploi, quoi qu'il fît, un homme qui n'avait même pas le bon sens de garder ses opinions politiques pour lui. Garraty se sentit vieux et malade.

— Ferme ta sale gueule, dit froidement McVries.

— Tu veux essayer de me faire fer...

— Non, je ne veux pas essayer. Ta gueule, c'est tout, bougre de salaud.

Collie Parker se laissa distancer par Garraty et McVries. Pearson et Abraham s'écartèrent un peu. Même les soldats se mirent sur le qui-vive, s'attendant à de la bagarre. Parker examina Garraty pendant un long moment. Il avait une large figure luisante de sueur, des yeux encore arrogants. Enfin, il se rapprocha et donna une tape sur le bras de Garraty.

— Je sais que j'ai une grande gueule, des fois. Pas d'offense. D'accord ?

Garraty hocha la tête avec lassitude et Parker se tourna vers McVries.

— Je te pisse à la raie, mec, dit-il, et il pressa le pas pour retourner à l'avant-garde.

— Quel incroyable fumier ! marmonna McVries.

— Pas pire que Barkovitch, dit Abraham. Peut-être même un peu meilleur.

— Et d'abord, ajouta Pearson, qu'est-ce que ça a de grave, d'être escouadé ? Ça vaut drôlement mieux qu'être mort, cette blague.

— Qu'est-ce que tu en sais ? riposta Garraty. Qu'est-ce que nous pouvons en savoir ?

Son père avait été un géant blond à la voix tonnante et au grand rire qui frappait les petites oreilles de Garraty comme l'éruption d'un volcan. Après avoir perdu son propre camion, il avait gagné sa vie en conduisant des camions du gouvernement à partir de Brunswick. Ç'aurait été un bon emploi si Jim Garraty avait pu garder ses idées politiques pour lui. Mais quand on travaillait pour le gouvernement, le gouvernement vous avait deux fois plus à l'œil, le gouvernement était deux fois plus empressé à envoyer une Escouade au moindre soupçon. Et Jim Garraty n'avait pas été précisément un enthousiaste de la Longue Marche. Alors, un jour, il avait reçu un télégramme et le lendemain deux soldats étaient venus, et Jim Garraty était parti avec eux, en tempêtant, en fanfaronnant, et sa femme avait fermé la porte, les joues aussi blanches que du lait, et quand Garraty avait demandé à sa mère où papa allait avec les messieurs soldats, elle l'avait giflé, si fort qu'il avait saigné de la bouche, en lui criant de se taire, de se taire. Garraty n'avait jamais revu son père. Il y avait onze ans de cela. La suppression avait été nette. Inodore, aseptisée, nette et sans trace.

— J'avais un frère qui a eu des ennuis avec la

police, dit Baker. Pas avec le gouvernement, rien qu'avec la police. Il avait volé une voiture et avait conduit tout le long du chemin de chez nous à Hattiesburg, dans le Mississippi. Il a eu deux ans avec sursis. Il est mort, maintenant.

— Mort ?

La voix était creuse, sourde ; Olson les avait rejoints. Sa figure hagarde avait l'air de prendre un kilomètre d'avance sur son corps.

— Il a eu une crise cardiaque. Il n'avait que trois ans de plus que moi. Maman disait qu'il était sa croix, mais c'est la seule fois où il a eu des ennuis. J'ai fait pire. J'ai été motard de nuit pendant trois ans.

Garraty regarda Baker. Il y avait de la honte sur son visage fatigué mais aussi de la dignité, révélée par un rayon de soleil filtrant entre les arbres.

— C'est un délit d'Escouade, ça, mais ça m'était égal. Je n'avais que douze ans. Y a plus que des mômes qui font ça maintenant, vous savez. Les plus grands sont plus sages, les vieux. Ils nous disaient d'y aller et nous donnaient de petites tapes sur la tête mais ils n'allaient pas risquer de se faire escouader, pensez-vous. Je me suis tiré après que nous eûmes brûlé une croix sur la pelouse d'un Noir. J'étais vert de peur. Et honteux, aussi. Pourquoi est-ce qu'on voudrait aller brûler une croix sur la pelouse d'un Noir ? Dieu de Dieu, ce truc-là, c'est de l'histoire ancienne, pas vrai ? Bien sûr, tiens. Ce n'était pas bien.

A ce moment, les fusils tirèrent encore.

— Un de moins, dit Scramm d'une voix enrouée, et il s'essuya le nez sur le dos de sa main.

— Trente-quatre, dit Pearson, en prenant dans une poche une petite pièce de monnaie pour la mettre dans l'autre. J'ai apporté quatre-vingt-dix-neuf pièces. Chaque fois que quelqu'un prend un ticket, j'en mets une dans l'autre poche. Et quand...

— C'est macabre ! protesta Olson en le regardant avec horreur. Où sont tes poupées vaudou ?

Pearson ne dit rien. Il examina le champ en jachère qu'ils longeaient, avec une anxiété gênée. Finalement, il marmonna :

— Je ne pensais pas à mal. C'était comme porte-bonheur, c'est tout.

— C'est sale, graillonna Olson. C'est dégueulasse, c'est...

— Ah, ça va ! cria Abraham. Arrêtez de m'énerver !

Garraty consulta sa montre. 8 h 20. Quarante minutes avant de manger. Il se dit que ce serait plaisant d'entrer dans un de ces petits bistrots de routiers qui bordaient la route, de poser ses fesses sur le rembourrage d'un tabouret de comptoir, de mettre ses pieds sur la barre de cuivre (rien que ça, Dieu ! quel soulagement !) et de commander un steak aux oignons, avec des frites et une grande portion de glace à la vanille couverte de sirop de fraise, au dessert. Ou peut-être une assiette géante de spaghettis et de boulettes de viande, avec du pain italien et des petits pois nageant dans le beurre, à côté. Et du lait. Un grand cruchon de lait. Au diable les tubes et les bidons et l'eau distillée. Du lait, un repas solide et un endroit pour le manger assis. Qu'est-ce que ce serait bien !

Tout près, une famille de cinq personnes — père, mère, garçon, fille et grand-mère aux cheveux blancs — était installée sous un grand orme et prenait un petit déjeuner-pique-nique de sandwiches et de chocolat chaud. Ils agitèrent joyeusement la main vers les marcheurs.

— Monstres, marmonna Garraty.

— Qu'est-ce que tu dis ? demanda McVries.

— Je dis que je voudrais m'asseoir et manger quelque chose. Regarde ces gens. Foutue bande de cochons.

— Tu ferais comme eux, à leur place, dit McVries.

Il salua de la main et sourit, réservant son plus grand sourire à la grand-mère qui agitait la main en mâchant — avec ses gencives — ce qui ressemblait à un sandwich aux œufs durs.

— Tu rigoles ! M'asseoir là et bâfrer pendant qu'une file de gosses affamés...

— Pas vraiment affamés, Ray. C'est seulement une impression.

— J'ai faim, quoi !

— L'esprit plus fort que la matière, entonna McVries. L'esprit plus fort que la matière, mon jeune ami.

La citation avait été prononcée à la manière de W.C. Fields.

— Va te faire foutre. Tu ne veux pas l'avouer, c'est tout. Ces gens, c'est des animaux. Ils veulent voir la cervelle de quelqu'un sur la route, c'est pour ça qu'ils sont venus. Ils verraient aussi bien la tienne.

— Là n'est pas la question, répliqua calmement McVries. Tu ne m'as pas dit que tu es venu voir la Longue Marche, quand tu étais petit ?

— Ouais, mais je ne savais pas ce que c'était !

— Alors comme ça, c'était bien, sans savoir ? Bien sûr, c'est des animaux. Tu crois que tu viens de découvrir un nouveau principe ? Des fois je me demande si tu es vraiment aussi naïf que ça. Les seigneurs et les dames français, ils baisaient après avoir vu guillotiner des gens. Les Romains se gavaient pendant les combats de gladiateurs. C'est une distraction, Garraty. Ça n'a rien de nouveau.

Il rit encore et Garraty le dévisagea, fasciné.

— Continue, dit quelqu'un. T'as touché la seconde base, McVries. Tu veux tenter la troisième ?

Garraty n'eut pas besoin de se retourner. C'était

Stebbins, naturellement. Stebbins, le Bouddha maigre.

Les pieds de Garraty le portaient automatiquement mais il avait vaguement conscience qu'ils étaient enflés et mous, comme s'ils se remplissaient de pus.

— La mort ouvre l'appétit, déclara McVries. Et ces deux filles avec Gribble ? Elles voulaient savoir quel effet ça faisait d'être baisées par un mort. Mais passons à quelque chose d'entièrement Nouveau et Différent. Je ne sais pas si Gribble a pu prendre son pied mais les filles, c'est sûr. C'est pareil pour tout le monde. Peu importe qu'ils mangent ou boivent ou soient assis sur le pot. Ils préfèrent ça, ça fait plus de bien, ça a meilleur goût parce qu'ils regardent passer des morts.

« Mais même ça, ce n'est pas le but véritable de cette petite expédition, Garraty. La vérité, c'est que les malins, c'est *eux*. Ils ne vont pas être jetés aux lions, eux. Ils ne vont pas chanceler et tituber et se traîner en espérant qu'ils n'auront pas besoin de chier avec deux avertissements contre eux. Tu es con, Garraty. Toi et moi, Pearson et Barkovitch, Stebbins et les autres, nous sommes tous cons. Scramm est con parce qu'il croit comprendre et qu'il ne pige rien. Olson est con parce qu'il a trop compris trop tard. Des animaux, d'accord. Mais pourquoi est-ce que tu es tellement sûr que ça fait de nous des êtres humains ?

Il s'interrompit, hors d'haleine.

— Et voilà, dit-il. Tu m'as remonté. Sermon n° 342 dans une série de six mille, etc. Ça m'a probablement supprimé cinq heures de longévité.

— Alors pourquoi est-ce que tu fais ça ? Si tu

en sais si long, si tu es tellement sûr, pourquoi est-ce que tu t'es engagé ?

— Pour la même raison que nous tous, intervint Stebbins.

Il sourit gentiment, presque tendrement. Ses lèvres étaient un peu craquelées par le soleil, sèches ; autrement, il avait toujours la figure aussi lisse et apparemment invincible.

— Nous voulons tous mourir, déclara-t-il. C'est pour ça que nous faisons ça. Sinon pourquoi, Garraty ? Pourquoi ?

8

> « Trois-six-neuf, l'oie a bu du vin
> Le singe chique dans le tramway
> Le tramway déraille
> Le singe s'étouffe
> Et ils sont tous allés au ciel dans un bateau à rames. »
>
> *Comptine enfantine*

Ray Garraty serra bien la ceinture de concentrés autour de sa taille et s'ordonna fermement de ne rien manger du tout avant au moins 9 h 30. Il devinait que ce serait une résolution dure à respecter. Son estomac ne faisait que gargouiller. Tout autour de lui, les marcheurs fêtaient les premières vingt-quatre heures de route.

Scramm lui adressa un grand sourire d'une bouche pleine de fromage et dit quelque chose d'aimable mais d'incompréhensible. Baker avait un bocal d'olives — de vraies olives — et il les jetait dans sa bouche avec une régularité de mitrailleuse. Pearson fourrait dans la sienne des biscuits salés couverts d'une épaisse couche de concentré de thon et McVries mangeait lentement du concentré de poulet. Il avait les yeux mi-clos et on aurait pu le croire au pinacle du plaisir ou au sommet de la douleur.

Deux autres avaient été éliminés entre 8 h 30 et 9 heures, dont ce Wayne que le pompiste avait acclamé. Mais ils avaient atteint cent cinquante-neuf kilomètres avec seulement 39 garçons en moins. C'est pas épatant, ça ? pensa Garraty tandis que l'eau lui venait à la bouche en regardant McVries presser tout ce qui restait de concentré de poulet dans le tube et le jeter une fois vide. Epatant, j'espère qu'ils vont tous tomber raides, tout de suite.

Un adolescent en jean fit la course avec une ménagère d'un certain âge pour le tube de McVries, qui avait cessé d'être un objet utile et entamait sa nouvelle carrière de souvenir. La ménagère était plus près mais le gosse plus rapide et il la battit d'une demi-longueur.

— Merci ! cria-t-il à McVries en brandissant le tube pressé et tordu.

Il retourna en courant auprès de ses camarades, en le brandissant toujours. La ménagère lui jeta un sale œil.

— Tu ne manges rien ? demanda McVries.
— Je m'oblige à attendre.
— A attendre quoi ?
— 9 h 30.

McVries le considéra d'un air réfléchi.

— Le vieux truc de l'autodiscipline ?

Garraty haussa les épaules, prêt au retour du sarcasme, mais McVries continua simplement de le regarder.

— Tu veux savoir ? dit-il enfin.
— Quoi ?
— Si j'avais un dollar... rien qu'un dollar, attention... je crois que je le miserais sur toi, Garraty. Je crois que tu as une chance de gagner ce truc.

Garraty rit d'un air embarrassé.

— Tu veux me flanquer la poisse ?
— La poisse ?
— Ouais, comme quand on dit à un lanceur que sa balle sera perdue.
— C'est possible, murmura McVries et il leva ses mains devant lui ; elles tremblaient très légèrement et il fronça les sourcils d'un air de concentration distraite. J'espère que Barkovitch y passera bientôt.
— Pete... ?
— Ouais.
— Si tu pouvais tout recommencer... si tu savais que tu arriverais aussi loin que ça et marcherais encore... est-ce que tu le ferais ?

McVries laissa tomber ses mains et dévisagea Garraty.

— Tu rigoles ? C'est pas possible, tu rigoles !
— Non, je parle très sérieusement.
— Ray, je ne crois pas que je recommencerais même si le commandant me collait son pistolet contre les joyeuses. C'est ce qui se rapproche le plus du suicide, cette connerie, sauf que le vrai suicide, c'est plus rapide.
— C'est vrai, dit Olson. Très vrai.

Il souriait, d'un sourire de camp de concentration qui donna la chair de poule à Garraty.

Dix minutes plus tard, ils passèrent sous une immense banderole rouge et blanc proclamant :

100 MILES ! FÉLICITATIONS DE
LA CHAMBRE DE COMMERCE
DE JEFFERSON PLANTATION !
FÉLICITATIONS AUX
MARCHEURS DU « CENTURY CLUB »
DE CETTE ANNÉE !

— J'ai un endroit où ils peuvent fourrer leur Century Club, dit Collie Parker. C'est long, c'est marron et le soleil n'y brille jamais.

Tout à coup, les quelques bouquets de sapins et de mélèzes qui bordaient la route disparurent, cachés par la première véritable foule qu'ils rencontraient. Une formidable ovation s'éleva, suivie d'une autre, et d'une autre encore. On croyait entendre de grosses vagues s'écraser sur des rochers. Des flashes crépitèrent, éblouissants. La police de l'Etat formait un cordon pour contenir les spectateurs et des rubans de nylon orangé fluorescent étaient tendus sur les bas-côtés. Un agent se débattait avec un petit garçon hurlant. Le gosse avait la figure sale et le nez morveux. Il agitait d'une main un jouet et de l'autre un carnet d'autographes.

— Ah mince ! cria Baker. Mince alors, regardez-les, regardez-les tous !

Collie Parker agitait la main et souriait mais en s'approchant de lui, Garraty l'entendit crier avec son accent nasillard du Middle West :

— Heureux de vous voir, bande d'enfoirés ! Ça va, la mémé, vieille salope ? Ta gueule et mon cul, c'est du pareil au même ! Salut, les connards !

Garraty plaqua sa main sur sa bouche et fut pris de fou rire. Un homme au premier rang, qui agitait une pancarte mal écrite portant le nom de Scramm, avait sa braguette ouverte, la fermeture à glissière cassée. Derrière lui une grosse femme en tenue de plage jaune ridicule était serrée entre trois étudiants qui buvaient de la bière.

Tu vas piquer une crise de rire, mon Dieu, non, ne te laisse pas emporter, pense à Gribble... et ne... ne... te... maîtrise-toi !

Mais il n'y avait rien à faire. Le fou rire le gagnait et le secouait, l'étouffait, lui donnait des crampes et il marchait en fléchissant les genoux. Quelqu'un lui hurlait après, criait après lui, couvrant le rugissement de la foule. C'était McVries.

— Ray ! Ray ! Qu'est-ce que tu as ? Ça ne va pas ?
— Ils sont marrants, répondit-il en pleurant de rire. Pete, Pete, ils sont si marrants, c'est simplement... simple... ils sont si *drôles* !

Une petite fille au visage fermé, en robe d'été sale, était assise par terre, la lèvre boudeuse et les sourcils froncés. Elle leur fit une horrible grimace quand ils passèrent. Garraty faillit s'écrouler de rire et eut droit à un avertissement. C'était bizarre ; malgré tout ce vacarme, il entendait encore nettement les avertissements.

Je pourrais mourir, se dit-il. Mourir de rire, c'est ça qui serait marrant !

Collie continuait de sourire gaiement et agitait aimablement la main mais en injuriant copieusement les spectateurs et les journalistes et c'était ça que Garraty trouvait plus comique que tout. Il tomba à genoux et reçut encore un avertissement. Il riait toujours, en petits aboiements saccadés, avec des hoquets, tout ce que lui permettaient ses poumons surmenés.

— Il va dégueuler ! cria quelqu'un dans un paroxysme de ravissement. Regarde-le, Alice, il va dégueuler !

— Garraty ! Garraty ! nom de Dieu ! glapissait McVries.

Il enlaça les épaules de Garraty et lui accrocha sa main sous l'aisselle. Tant bien que mal, il parvint à le remettre sur ses pieds et Garraty fit quelques pas chancelants.

— Seigneur ! Ah, bon Dieu de bon Dieu ! hoqueta Garraty. Ils me tuent, je... je ne peux pas...

Et il se remit à rire. Ses genoux plièrent. McVries le remit debout d'une secousse. Le col de Garraty se déchira. Ils reçurent tous les deux un avertissement. C'est mon dernier, songea vaguement Garraty. Me voilà en route vers les pissenlits par la racine. Pardon, Jan...

— Allez, bougre de con, remue-toi ! Je ne peux pas te traîner ! gronda McVries.

— Je ne peux pas... peux plus respirer... peux plus...

McVries le gifla à toute volée, un rapide aller-retour. Puis il s'éloigna en pressant le pas, sans se retourner.

Le fou rire de Garraty s'était calmé, mais il avait le ventre en gélatine, les poumons vides et il n'arrivait pas à reprendre son souffle. Il titubait comme un ivrogne en haletant. Des taches noires dansaient devant ses yeux et une partie de son cerveau comprenait que la syncope n'était pas loin. Il s'emmêla les pieds, trébucha, faillit tomber mais réussit à garder son équilibre.

Si je tombe, je meurs. Jamais je ne pourrai me relever.

Tout le monde le regardait. La foule l'observait. L'ovation s'était calmée et transformée en murmure étouffé, presque sensuel. Ils attendaient tous de le voir tomber.

Il marchait, cependant, en concentrant toute son attention sur la nécessité de poser un pied devant l'autre. Une fois, quand il était en cinquième, il avait lu une nouvelle d'un type qui s'appelait Ray Bradbury, une histoire à propos des badauds qui s'amassent autour du lieu d'accidents mortels et il disait que ces foules avaient toutes le même visage, l'expression de gens qui ont l'air de savoir si les blessés vont vivre ou mourir. Je vais vivre encore un peu, leur dit Garraty. Je vais vivre. Je vais vivre un peu plus longtemps.

Il força ses pieds à se lever et à se poser, à un

rythme régulier dans sa tête. Il effaça tout le reste de sa pensée, même Jan. Il n'avait plus conscience de la chaleur, ni de Collie Parker, ni de Bigle d'Allessio. Il n'avait même plus conscience de la douleur sourde dans ses pieds ni de la raideur de ses jarrets. Une seule pensée résonnait dans sa tête comme un gros tambour. Comme un battement de cœur. *Vis un peu plus longtemps. Vis un peu plus longtemps. Un peu plus longtemps.* Jusqu'à ce que les mots ne signifient plus rien.

Ce fut le bruit des fusils qui le ranima.

Dans le silence de la foule, le bruit fut assourdissant et il entendit quelqu'un crier. Maintenant tu sais, se dit-il, tu vis assez longtemps pour entendre les fusils, assez longtemps pour t'entendre hurler...

Mais un de ses pieds fit rouler un caillou et il sentit une douleur, ce n'était pas lui qui avait été abattu, c'était le 64, un gentil garçon souriant appelé Frank Morgan. Ils tiraient Frank Morgan sur le côté de la route. Ses lunettes traînaient et rebondissaient sur la chaussée, encore accrochées à une oreille. Le verre gauche était brisé.

— Je ne suis pas mort, dit-il et le choc fut comme une chaude vague bleue menaçant de retransformer ses jambes en coton.

— Ouais, mais tu devrais l'être, dit McVries.

— Tu l'as sauvé, gronda Olson comme une injure. Pourquoi est-ce que tu as fait ça ? *Pourquoi est-ce que tu as fait ça ?* Je te tuerais si je pouvais. Je te déteste. Tu vas mourir, McVries. Tu vas voir. Dieu va te frapper pour ce que tu as fait et tu vas mourir. Dieu va t'écraser comme une crotte de chien.

Sa voix était vide, morne. Garraty croyait presque sentir sur lui l'odeur du linceul. Il plaqua ses mains sur sa bouche et gémit. La vérité, c'était que l'odeur du linceul était sur eux tous.

— Va te faire foutre, dit calmement McVries. Je

paie mes dettes, c'est tout, déclara-t-il en regardant Garraty. Nous sommes quittes, mon vieux.

Il s'éloigna, sans se presser, et ne fut bientôt plus qu'une autre chemise de couleur, plusieurs mètres devant.

Garraty retrouva son souffle mais très lentement et, pendant longtemps, il sentit venir un point de côté... mais cela aussi passa. McVries lui avait sauvé la vie. Il avait piqué une crise de nerfs, il avait été pris de fou rire et McVries l'avait sauvé. Nous sommes quittes, mon vieux. D'accord.

— Dieu le punira, répéta Hank Olson avec une mortelle certitude. Dieu le frappera.

— Ta gueule ou je vais te frapper moi-même, dit Abraham.

La chaleur augmenta et de petites disputes éclatèrent comme des feux de brousse. L'énorme foule s'était un peu dispersée comme ils sortaient du champ des caméras et des micros de la télévision mais elle était toujours là, toujours agglutinée. La foule était venue, maintenant, et elle avait l'intention de rester. Ceux qui la composaient se fondaient en une masse anonyme, un seul visage de foule qui se reproduisait kilomètre après kilomètre. Il peuplait les pas-de-porte, les pelouses, les allées, les aires de pique-nique, les trottoirs des stations-service (dont les propriétaires entreprenants faisaient payer un droit d'entrée) et dans la prochaine ville qu'ils traversèrent, il envahissait les deux côtés de la route et le parking du supermarché. Le visage de foule criait, acclamait mais restait fondamentalement identique. La foule vorace regarda avidement Wyman s'accroupir et se soulager. Hommes, femmes et enfants, la foule était toujours la même et Garraty s'en lassa vite.

Il voulait remercier McVries mais doutait qu'il veuille être remercié. Il le voyait devant lui, marchant derrière Barkovitch. McVries regardait fixement la nuque de Barkovitch.

9 h 30 arrivèrent et passèrent. La foule semblait intensifier la chaleur et Garraty déboutonna sa chemise jusqu'à la ceinture. Il se demandait si Bigle d'Allessio avait su qu'il allait prendre son ticket. Il supposa que même s'il l'avait su, cela n'aurait rien changé pour lui.

La route descendit en pente raide et la foule se clairsema quelque peu alors qu'ils franchissaient quatre voies de chemin de fer est-ouest dont les rails brûlants scintillaient au soleil sur leur lit de scories. Quand ils remontèrent et passèrent sur un pont de bois, Garraty aperçut une autre forêt devant eux.

Le vent frais sur sa peau en sueur le fit frissonner. Scramm éternua trois fois, bruyamment.

— Je crois bien que j'ai attrapé un rhume! s'exclama-t-il.

— Ça va te ratatiner, dit Pearson. Je crois que si je m'enrhumais, je me coucherais tranquillement pour mourir. Voilà toute l'énergie qui me reste.

— Couche-toi et meurs tout de suite! cria Barkovitch. Economise de l'énergie!

— Ta gueule et marche, tueur, dit immédiatement McVries.

Barkovitch se retourna vers lui.

— Tu vas me foutre la paix, McVries? Va marcher ailleurs.

— La route est à tout le monde. Je marche où ça me plaît.

Barkovitch se racla la gorge, cracha et se désintéressa de lui.

Garraty ouvrit une de ses poches et commença enfin à manger, du fromage blanc sur des biscuits salés. A la première bouchée, son estomac gronda aigrement et il dut faire un effort de volonté pour ne pas tout dévorer. Il pressa dans sa bouche un tube de concentré de rosbif et avala posément. Il l'arrosa d'un peu d'eau et s'en tint là.

Ils longèrent une scierie dont les ouvriers étaient juchés sur des piles de planches, se profilant sur le ciel comme des Indiens, et les saluaient de la main. Et puis ils se retrouvèrent sous bois et le silence parut les écraser. Ce n'était pas un silence total, naturellement ; les marcheurs parlaient, le half-track grondait, quelqu'un lâcha un pet, quelqu'un rit, quelqu'un, derrière Garraty, poussa un petit gémissement désespéré. Les bas-côtés étaient encore pleins de spectateurs mais la grande foule du « Century Club » avait disparu et, par contraste, tout paraissait silencieux. Des oiseaux chantaient, de temps en temps une brise vagabonde faisait oublier la chaleur en soupirant dans les arbres comme une âme en peine. Un écureuil se figea sur une haute branche, la queue en panache, les yeux brillants et attentifs, une noix serrée entre ses pattes de devant. Il leur adressa un petit cri puis monta encore plus haut et disparut. Un avion bourdonnait au loin comme une mouche géante.

Garraty avait l'impression que personne ne voulait lui parler, qu'on le mettait en quarantaine. McVries marchait toujours sur les talons de Barkovitch. Pearson et Baker parlaient d'échecs. Abraham mangeait bruyamment, s'essuyant les mains sur sa chemise. Parker échangeait des filles avec Wyman. Et Olson... mais il ne voulait même pas regarder Olson qui semblait accuser tout le monde de sa mort imminente.

Alors il laissa le groupe le distancer un peu, très prudemment, petit à petit (en prenant garde d'oublier ses trois avertissements), jusqu'à ce qu'il soit à la hauteur de Stebbins. Le pantalon violet était maintenant couvert de poussière. Il y avait de grands demi-cercles de sueur sous les bras de la chemise bleue. Stebbins était tout ce qu'on voulait, mais pas Superman. Il leva un moment les yeux vers Garraty, un point d'interrogation sur sa figure maigre, puis il contempla de nouveau la route. Ses vertèbres cervicales étaient très proéminentes.

— Comment ça se fait qu'il n'y a pas plus de monde ? demanda Garraty en hésitant. Pour nous voir, je veux dire ?

Il crut un instant que Stebbins n'allait pas lui répondre. Mais finalement il redressa la tête, releva ses cheveux sur son front et dit :

— Il y en aura. Attends un peu. Ils seront assis sur les toits, sur trois rangs, pour te regarder.

— Mais il paraît qu'il y a des milliards misés là-dessus. Il me semble qu'ils devraient être alignés sur trois rangs tout le long du chemin. Et qu'il y aurait la télé...

— C'est déconseillé.

— Pourquoi ?

— Pourquoi me le demander, à moi ?

— Parce que tu le *sais* ! s'exclama Garraty, exaspéré.

— Comment je le sais ?

— Bon Dieu, des fois tu me rappelles le mille-pattes d'*Alice au pays des merveilles*. Ça ne t'arrive jamais de parler, simplement ?

— Combien de temps est-ce que tu durerais avec des gens qui crient après toi des deux côtés ? Rien que l'odeur corporelle suffirait à te rendre fou au bout d'un moment. Ce serait comme si on marchait sur cinq cents kilomètres dans Times Square, à New York, la nuit du premier de l'an !

— Mais on leur permet quand même de regarder, non ? Y en a qui disent qu'il y a une foule énorme à partir d'Oldtown.

— Et d'abord, je ne suis pas le mille-pattes, dit Stebbins avec un petit sourire secret. Je suis plutôt du genre du lapin blanc, tu ne crois pas ? Sauf que j'ai laissé ma montre en or à la maison et que personne ne m'a invité à prendre le thé. Du moins personne à ma connaissance. C'est peut-être ce que je vais demander, si je gagne. Quand ils me demanderont ce que je veux, comme Prix, je dirai : « Eh bien, j'aimerais être invité à prendre le thé. »

— Ah merde !

Stebbins sourit plus largement mais ce n'était encore qu'une gymnastique des lèvres.

— Ouais, à partir d'Oldtown ou des environs, les restrictions sont levées. Arrivé là, plus personne ne pense à des choses aussi terre à terre que les odeurs corporelles. Et puis il y a la couverture constante, depuis Augusta. La Longue Marche est le sport national, après tout.

— Pourquoi pas ici, alors ?

— Trop tôt, dit Stebbins. Trop tôt.

De nouvelles détonations claquèrent au-delà du virage suivant, effrayant un faisan qui prit son vol d'un fourré dans un jaillissement de plumes dorées battantes. Garraty et Stebbins passèrent le virage mais le sac à cadavre était déjà refermé. Du travail rapide. Ils ne surent pas qui c'était.

— On arrive à un certain point, dit Stebbins, où la foule n'a plus d'importance, qu'elle représente un encouragement ou un inconvénient. Elle cesse d'exister. Comme un homme sur l'échafaud, je crois. On se dissocie de la foule.

— Je crois que je comprends ça, murmura Garraty, un peu intimidé.

— Si tu le comprenais, tu n'aurais pas piqué ta crise de fou rire, là-bas, et tu n'aurais pas eu besoin de ton copain pour te sauver le cul. Mais tu finiras bien par comprendre.

— Jusqu'où il faut aller pour se dissocier ?

— Ça, c'est un truc que tu dois découvrir toi-même. Sonder les profondeurs insondables de Garraty. On dirait presque une affiche de voyage, non ? Tu t'enfonces jusqu'à ce que tu trouves le fond. Et puis tu creuses dans le lit de l'abîme. Et finalement, tu arrives au fond du fond. Et tu crèves. C'est mon idée, quoi. Voyons un peu la tienne ?

Garraty ne dit rien. Pour le moment, il n'avait pas d'idées.

La Marche continuait. La chaleur continuait. Le soleil était suspendu juste au-dessus de la cime des arbres entre lesquels passait la route. Leurs ombres ressemblaient à des nains trapus. Vers 10 heures, un des soldats disparut par la trappe du half-track et reparut avec une longue perche. Les deux tiers supérieurs étaient enveloppés d'une étoffe. Il ferma la trappe et planta le pied de la perche dans une fente du métal. Puis il glissa une main sous le tissu et fit quelque chose... tâtonna sur quelque chose, probablement un bouton. Et un grand parasol beige se déploya. Il couvrit de son ombre presque tout le véhicule. Les deux autres soldats actuellement de service et lui s'assirent en tailleur dans l'ombre du parasol.

— Bande de pourris ! cria quelqu'un. Mon Prix, ça va être votre castration publique !

Les soldats ne parurent pas précisément frappés de terreur par cette suggestion. Ils continuèrent d'observer les marcheurs de leurs yeux mornes, en consultant de temps en temps leur pupitre informatique.

— Ils doivent probablement passer ça sur leur femme, dit Garraty. Quand c'est fini.

— Oh, j'en suis sûr, affirma Stebbins, et il rit.

Garraty n'avait plus envie de marcher avec Stebbins, pas pour le moment. Stebbins le mettait mal à l'aise. Il ne le supportait qu'à petites doses. Il pressa le pas, laissant Stebbins de nouveau seul. 10 h 02.

Dans vingt-trois minutes, il se débarrasserait d'un avertissement mais pour l'instant il marchait encore avec trois. Cela lui faisait moins peur qu'il ne l'aurait cru. Il y avait toujours l'inébranlable certitude aveugle que cet organisme Ray Garraty ne pouvait pas mourir. Les autres, oui, ils étaient des figurants dans le film de sa vie, mais pas Ray Garraty, la vedette de ce film-fleuve. *The Ray Garraty Story*. Il finirait peut-être par en comprendre la non-vérité, émotionnellement et intellectuellement... c'était peut-être cela, le fond du fond dont parlait Stebbins. Et ça faisait froid dans le dos.

Sans s'en apercevoir, il venait de traverser les trois quarts du peloton. Il se retrouvait derrière McVries. Ils étaient trois, en file, recrus de fatigue : Barkovitch en tête, l'air toujours fanfaron mais s'écaillant un peu sur les bords ; McVries, tête basse, poings à demi crispés, boitant un peu du pied gauche ; et, à l'arrière-garde, la vedette de la *Ray Garraty Story* en personne. Et quelle tête est-ce que j'ai ? se demanda-t-il.

Il se passa une main sur la joue et écouta crisser sa barbe naissante. Il ne devait pas avoir l'air tellement gaillard non plus.

Il marcha encore un peu plus vite jusqu'à être à côté de McVries qui lui jeta un coup d'œil et se remit à fixer Barkovitch. Il avait les yeux sombres, une expression difficile à interpréter.

Ils gravirent une petite côte abrupte et vaguement ensoleillée et franchirent un autre pont. Un quart d'heure s'écoula, vingt minutes. McVries ne disait rien. Garraty s'éclaircit la gorge deux fois mais sans parler. Il se dit que plus on restait longtemps sans parler, plus il était difficile de rompre le silence. McVries était peut-être vexé de l'avoir sauvé, maintenant. McVries s'en repentait peut-être. Cette idée crispa l'estomac vide de Garraty. Tout ça, c'était

sans espoir, stupide et sans utilité, surtout, tellement inutile que c'en était pitoyable. Il ouvrit la bouche pour le dire mais avant qu'il en ait le temps, McVries parla :
— Tout va bien.
Au son de sa voix, Barkovitch sursauta et McVries ajouta :
— Pas pour toi, tueur. Rien n'ira jamais bien pour toi. Continue de marcher.
— Mange ma viande, gronda Barkovitch.
— Probable que je t'ai causé des ennuis, chuchota Garraty.
— Je te l'ai dit, nous sommes quittes. Je ne recommencerai pas. Je tiens à ce que tu le saches.
— Je comprends. Je voulais simplement...
— Ne me faites pas de mal ! hurla un garçon. Je vous en prie, ne me faites pas de mal !
C'était un rouquin avec sa chemise écossaise nouée autour de la taille. Il s'était arrêté au milieu de la route, et il pleurait. Il reçut un premier avertissement. Sur ce, il s'élança en courant vers le half-track, ses larmes creusant des rigoles dans la poussière collée par la sueur sur sa figure, ses cheveux roux flamboyant au soleil.
— Non... je ne peux pas... s'il vous plaît... ma mère... je ne peux pas... non... plus... fini... mes pieds...
Il essaya d'escalader le véhicule et un des soldats abattit sur ses mains la crosse de son fusil. Le gosse poussa un cri et tomba.
Il poussa un nouveau hurlement, sur une note incroyablement aiguë qui semblait assez forte pour briser du verre, et ce qu'il criait c'était :
— *Mes piéééééééééééééééé...*
— Dieu de Dieu, murmura Garraty. Pourquoi est-ce qu'il n'arrête pas ?
Les cris ne cessaient pas.

— Je ne crois pas qu'il le puisse, dit posément McVries. La chenille lui est passée sur les jambes.

Garraty regarda et sentit son estomac se révulser et lui sauter à la gorge. C'était vrai. Pas étonnant que le petit rouquin hurle à propos de ses pieds. Ils avaient disparu.

— Avertissement! Avertissement 38!

— ... *iéééééééééééééééééééééééé*...

— Je veux rentrer à la maison, dit tout bas quelqu'un derrière Garraty. Ah, mon Dieu, qu'est-ce que je voudrais rentrer à la maison!

Une minute plus tard, la tête du rouquin fut emportée.

— Je vais voir ma petite amie à Freeport, dit très rapidement Garraty. Et je n'aurai plus d'avertissements et je vais l'embrasser. Dieu, qu'elle me manque! Dieu, *Jésus*, t'as vu ses *jambes*? Ils lui donnaient encore des avertissements, Pete, comme s'ils pensaient qu'il allait se lever et *marcher*...

— *Un aut' ga'çon s'en est allé à cette Cité d'A'gent, Seigneu', Seigneu'*, entonna Barkovitch.

— Ta gueule, tueur, dit distraitement McVries. Elle est jolie, Ray? Ta môme?

— Elle est belle. Je l'aime.

McVries sourit.

— Tu vas l'épouser?

— Ouais, et nous serons M. et Mme Toutlemonde, quatre gosses et un colley, ses *jambes*, il n'avait plus de jambes, ils lui sont passés dessus, ils ne peuvent pas écraser un type, c'est pas dans le règlement, quelqu'un devrait signaler ça, quelqu'un...

— Deux garçons et deux filles, c'est ça que vous aurez?

— Oui, oui, elle est belle. Ah, ce que je regrette d'avoir...

— Et le premier gosse s'appellera Ray Junior et le chien aura une écuelle avec son nom, hein ?

Garraty releva lentement la tête, comme un boxeur sonné.

— Est-ce que tu te fous de moi ? Ou quoi ?

— Non ! s'exclama Barkovitch. Il te chie dessus ! Et tâche de ne pas l'oublier. Mais je danserai pour toi sur sa tombe, t'en fais pas.

— Ta gueule, tueur, dit McVries. Non, je ne me moque pas de toi, Ray. Viens, écartons-nous de ce tueur.

— Dans le cul ! glapit Barkovitch.

— Elle t'aime, ta môme ? Jan ?

— Ouais. Je crois.

McVries secoua lentement la tête.

— Toutes ces conneries romantiques... c'est vrai, tu sais. Du moins pour certaines personnes, pendant un petit moment. Ça l'a été pour moi. J'étais comme toi... Tu veux toujours savoir l'histoire de ma cicatrice ?

Ils débouchèrent d'un virage et toute une caravane d'enfants poussa des cris en agitant les bras.

— Oui, répondit Garraty.

— Pourquoi ?

— Je veux t'aider.

McVries baissa les yeux sur son pied gauche.

— Il me fait mal. Je ne peux plus remuer les orteils. J'ai le cou raide et mal dans les reins. Ma souris était une garce, Garraty. Je me suis engagé dans ce merdier de Longue Marche comme, dans le temps, les types s'engageaient dans la Légion étrangère. Comme disait le grand poète du rock 'n roll, je lui ai donné mon cœur, elle l'a déchiré et tout le monde s'en est foutu comme d'un pet de lapin.

Garraty ne dit rien. Il était 10 h 30. Freeport était encore loin.

— Elle s'appelait Priscilla, reprit McVries. Tu te

crois fleur bleue ? Mon vieux, moi j'étais myosotis et clair de lune soi-même. Je lui baisais le bout des doigts, je te jure, même que je me suis mis à lui lire du Keats derrière chez elle, quand le vent soufflait du bon côté. Son vieux avait des vaches et l'odeur des bouses se marie d'une manière plutôt bizarre, pour parler le plus délicatement possible, avec les poèmes de John Keats. J'aurais peut-être dû lui lire du Swinburne, quand le vent soufflait du mauvais côté, dit-il en riant.

— Tu fais injure à tes sentiments, dit Garraty.

— Allez, ah, c'est toi qui te fais des illusions, Ray. Note que ça n'a pas d'importance. Tout ce qu'on se rappelle c'est le Grand Amour, pas tous les soirs où on est rentré chez soi se secouer la viande après avoir susurré de tendres petits riens dans le rose coquillage de son oreille.

— Arrange-toi avec tes souvenirs ; je m'arrange avec les miens.

McVries fit mine de ne pas entendre.

— Ces trucs-là, ça ne supporte même pas le poids de la conversation... J. D. Salinger, John Knowles... tiens, même James Kirkwood et ce mec, Don Bredes... ils ont détruit ce que c'est que d'être un adolescent, Garraty. Si tu es un garçon de seize ans, tu ne peux plus confier les souffrances de l'amour adolescent à personne. T'as juste l'air d'un connard de Ron Howard avec sa pine sous le bras.

McVries rit, un peu nerveusement. Garraty ne comprenait rien à ce qu'il racontait. Il était en sécurité dans son amour pour Jan, il n'en avait pas du tout honte. Leurs pieds traînaient sur la chaussée. Garraty sentait branler son talon droit. Bientôt, les clous se détacheraient et il abandonnerait son talon comme une peau morte. Derrière eux, Scramm eut une quinte de toux. C'était la

Marche, le souci de Garraty, pas tous ces discours sur l'amour romantique.

— Mais ça n'a rien à voir avec l'histoire, dit McVries comme s'il lisait dans sa pensée. La cicatrice. C'était l'été dernier. Nous voulions tous les deux fiche le camp de chez nous, de chez nos parents, quitter l'odeur de toute cette bouse de vache, pour que le Grand Amour fleurisse et s'épanouisse. Et nous nous sommes bientôt retrouvés en train de travailler dans une fabrique de pyjamas du New Jersey. Qu'est-ce que tu dis de ça, Garraty ? Une fabrique de pige-moi-ça dans le New Jersey ?

« Nous avions des appartements séparés, à Newark. Une ville épatante, Newark. N'importe quel jour, on peut y sentir toute la bouse de vache de New York. Nos parents ont râlé un moment mais avec deux appartements séparés et un bon emploi, ils ne l'ont pas trop ramenée. Moi j'étais avec deux copains et il y avait trois filles avec Priss. Nous étions partis le 3 juin dans ma bagnole et nous nous étions arrêtés en chemin dans un motel, pour nous débarrasser du problème de virginité. Je me faisais l'effet d'un violeur. Elle n'avait pas vraiment envie de baiser mais elle voulait me faire plaisir. C'était le Shady Nook Motel. Quand nous avons eu fini, j'ai flanqué cette Trojan dans les chiottes du Shady Nook et je me suis rincé la bouche avec un gobelet en carton Shady Nook. C'était tout très romantique, très éthéré.

« Et puis ç'a été Newark, où on respirait la bouse de vache mais c'était bien, vu que c'était de la bouse différente. Je l'ai déposée à son appartement et puis je suis allé au mien. Le lundi suivant, nous avons débuté à l'usine Plymouth Sleepwear. Ça n'était pas comme au cinéma, Garraty. Ça sentait le tissu neuf et mon contremaître était une ordure. Pendant la pause déjeuner nous chassions les rats sous les sacs.

Mais ça m'était égal parce que c'était l'amour. Tu piges ? C'était l'amour.

Il cracha dans la poussière, but à son bidon, en réclama un autre. Ils grimpaient maintenant le long d'une côte en lacet et son récit se poursuivait par bribes saccadées, hors d'haleine.

— Priss était au rez-de-chaussée, la vitrine pour les imbéciles de touristes qui n'avaient rien de mieux à faire que de suivre la visite guidée de la boîte qui fabriquait leurs pyjes. C'était chouette, là où était Priss. De jolis murs pastel, de la belle machinerie moderne, l'air conditionné. Priss cousait des boutons de 7 à 3 heures. Tu te rends compte, y a des types dans tout le pays qui portent des pyjes aux boutons cousus par Priscilla. Y a de quoi réchauffer le cœur le plus froid.

« J'étais au quatrième. J'étais ensacheur. En bas au sous-sol on teignait le textile brut, tu vois, et on l'envoyait au quatrième par des tubes à air chaud. Il y avait une sonnerie, quand tout un tas était fini, et moi j'ouvrais ma cuve et je trouvais toute cette chiée de textile en vrac, de toutes les couleurs de l'arc-en-ciel. Je sortais ça à la fourche, je le fourrais dans des sacs de cent kilos et je les accrochais à une chaîne de transmission qui les mettait en grande pile pour la machine à trier. On séparait tout ça, les machines à tisser tissaient, d'autres types coupaient le tissu et cousaient les pyjamas et puis en bas dans le joli rez-de-chaussée pastel Priss mettait les boutons pendant que les cons de touristes la regardaient, elle et les autres filles, à travers la vitre, comme les gens nous regardent maintenant. Est-ce que tu comprends ce que je te dis, Garraty ?

— La cicatrice, rappela Garraty.

— Je m'en écarte toujours, hein ?

McVries s'épongea le front et déboutonna sa chemise alors qu'ils atteignaient le haut de la côte.

Une forêt moutonnait devant eux jusqu'à l'horizon hérissé de montagnes. Elles rencontraient le ciel comme des pièces de puzzle s'y emboîtant. A une quinzaine de kilomètres, presque perdue dans la brume de chaleur, une tour d'incendie dépassait de la verdure. La route s'y détachait comme un long serpent gris.

— Au début, la joie et la béatitude, c'était Keatsville du matin au soir. Je l'ai baisée encore trois fois, tout ça dans un drive-in, avec l'odeur de bouse de vache du pâturage voisin. Et je n'arrivais jamais à faire tomber de mes cheveux tous ces fils de textile qui s'y emmêlaient, malgré tous les shampooings. Mais le pis, c'était qu'elle s'éloignait de moi, qu'elle me dépassait. Je l'aimais, je l'aimais vraiment ; je le savais et y avait plus moyen qu'elle comprenne. Je ne pouvais même plus le lui prouver en baisant. Il y avait toujours cette odeur de bouse.

« Parce que tu comprends, Garraty, le hic c'était qu'à l'usine on travaillait aux pièces. Ça veut dire qu'on avait un salaire de misère mais un pourcentage sur tout ce que nous faisions au-delà d'un certain minimum. Je n'étais pas un très bon ensacheur. Je me faisais dans les vingt-trois sacs par jour, mais la moyenne c'était trente. Et les copains ne m'avaient pas à la bonne parce que je leur sabotais le boulot. Harlan, à la teinture, ne pouvait pas faire de primes parce que j'embouteillais son tuyau pneumatique avec mes cuves pleines. Ralph au tri n'arrivait pas à faire assez de boulot parce que je ne lui balançais pas les sacs assez vite. C'était moche. Et ils s'arrangeaient bien pour que ce soit moche. Tu comprends ?

— Ouais, fit Garraty.

Il s'essuya le cou d'un revers de main et puis il frotta sa main sur son pantalon. Elle laissa une traînée foncée.

— Pendant ce temps, en bas aux boutons, Priss boulonnait dur. Y avait des nuits, elle ne parlait que de ses copines et c'était toujours la même chanson. Combien celle-ci gagnait. Combien celle-là gagnait. Et, plus que tout, combien elle gagnait, elle. Et elle se faisait un paquet. Et c'est comme ça que j'ai découvert comme c'est amusant d'être en concurrence avec la fille que tu veux épouser. A la fin de la semaine, je rentrais chez moi avec un chèque de 64,40 dollars et je me collais de la lotion Cornhusker sur mes ampoules. Elle se faisait dans les 90 par semaine, et elle les planquait aussi vite qu'elle pouvait courir à la banque. Et quand je suggérais qu'on aille dans une boîte ou quelque part en payant chacun sa part, on aurait cru que je suggérais un crime rituel.

« Au bout d'un moment, j'ai arrêté de la baiser. J'aimerais dire que j'ai arrêté de coucher avec elle, ce serait plus plaisant, mais nous n'avons jamais eu un lit à nous. Je ne pouvais pas l'emmener chez moi, y avait toujours au moins seize gars qui éclusaient de la bière, chez elle il y avait aussi toujours du monde — du moins c'est ce qu'elle disait —, je n'avais pas les moyens de payer encore une chambre de motel et je n'allais certainement pas proposer qu'on partage les frais pour *ça*, alors ça se résumait à baisoter à l'arrière de la bagnole. Et je voyais bien qu'elle s'en dégoûtait. Et comme je le savais, et comme j'avais commencé à la détester tout en l'aimant encore, je lui ai demandé de m'épouser. Là, sur-le-champ. Elle s'est mise à se tortiller, à demander à réfléchir, à traîner, mais je l'ai obligée à répondre, oui ou non.

— Et c'était non.

— Bien sûr, c'était non. Pete, nous n'en avons pas les moyens... Que dirait maman, Pete, nous devons attendre et patati et patata, Pete ceci, Pete cela, et bien sûr la véritable raison c'était son argent, l'argent qu'elle gagnait en cousant des boutons.

— Ma foi, t'étais bougrement gonflé de la demander.

— Bien sûr, j'étais gonflé ! cria rageusement McVries. Je le sais bien. Je voulais qu'elle se rende bien compte qu'elle était une petite salope cupide et égoïste parce qu'elle me faisait bien sentir que j'étais un raté.

Sa main se glissa vers la cicatrice.

— Seulement elle n'avait pas besoin de me faire sentir que j'étais un raté, parce que j'étais un raté. Je n'avais rien de particulier à mon actif, à part une bite pour lui rentrer dedans et ça ne l'intéressait même pas !

Des coups de feu claquèrent derrière eux.

— Olson ? demanda McVries.
— Non. Il est toujours là.
— Ah...
— La cicatrice, rappela Garraty.
— Ah, qu'est-ce que tu peux être casse-couilles !
— Tu m'as sauvé la vie.
— Merde !
— La cicatrice.
— Je me suis bagarré, dit finalement McVries après un long silence. Avec Ralph, le gars du tri. Il m'a poché les deux yeux et m'a dit que je ferais mieux de me barrer sans quoi il me casserait aussi les bras. Je suis passé chercher ma paie et j'ai dit ce soir-là à Priss que j'avais laissé tomber. Elle voyait bien la gueule que j'avais. Elle comprenait. Elle a dit que c'était probablement le mieux. Je lui ai dit que je rentrais à la maison et je lui ai demandé de venir. Elle a dit qu'elle ne pouvait pas. Je lui ai dit qu'elle n'était rien qu'une esclave de ses foutus boutons et que j'aurais mieux aimé ne jamais la connaître. Il y avait tout ce poison en moi, Garraty.

Je lui ai dit qu'elle était une conne et une garce sans cœur qui ne voyait pas plus loin que ce putain de carnet de chèques qu'elle trimbalait partout dans son sac. Rien de ce que je disais n'était juste, mais... il y avait quand même du vrai, probable. Nous étions chez elle. C'était la première fois que j'y allais et où toutes ses copines étaient sorties, elles étaient au cinéma. J'ai essayé de l'entraîner au lit mais elle m'a ouvert la figure avec un coupe-papier. C'était un coupe-papier gag, souvenir, qu'un copain lui avait envoyé d'Angleterre. Il y avait l'ours de Paddington dessus. Elle m'a poignardé comme si je voulais la violer. Comme si j'étais un microbe qui allait la contaminer. Est-ce que je me fais bien comprendre, Ray ?

— Oui, oui, je comprends.

Un peu plus haut, un grand break blanc avec les mots WHIGH NEWSMOBILE inscrits sur les flancs était garé sur le bas-côté. Alors qu'ils approchaient, un chauve en costume luisant se mit à les filmer avec une grosse caméra d'actualités. Pearson, Abraham et Jensen se serrèrent aussitôt le bas-ventre de la main gauche et firent un pied de nez de la droite. Ce petit numéro avait une telle précision de Rockettes Girls que Garraty en fut estomaqué.

— J'ai pleuré, dit McVries. J'ai pleuré comme un bébé. Je suis tombé à genoux et je me suis cramponné à sa jupe et je l'ai suppliée de me pardonner, et mon sang dégoulinait, c'était vraiment une scène dégoûtante, Garraty. Elle a eu un haut-le-cœur, elle a couru à la salle de bains et elle a dégueulé. Je l'entendais dégueuler. Quand elle est revenue elle ramenait une serviette pour ma figure. Elle m'a dit qu'elle ne voulait plus jamais me revoir. Elle pleurait. Elle m'a demandé pourquoi je lui avais fait ça, pourquoi je lui avais fait mal comme ça. Elle disait que je n'avais pas le droit. J'étais là, Ray, avec ma figure coupée en deux, et c'est elle qui me demandait pourquoi je lui faisais mal, moi !

— Ouais.

— Je suis parti avec la serviette sur la figure. On m'a fait douze points de suture et voilà toute l'histoire de la fabuleuse cicatrice, alors est-ce que tu es content ?

— Tu ne l'as plus revue ?

— Non. Et je n'en ai pas tellement envie. Elle me paraît très petite, maintenant, très loin. Priss, à ce moment de ma vie, n'est qu'un vague point à l'horizon. Elle est réellement dingue, Ray, pas bien dans sa tête. Quelque chose... sa mère, peut-être, sa mère buvait... quelque chose l'avait bloquée sur l'argent. Une avare intégrale, elle était. Il paraît que la distance donne de la perspective. Hier matin, Priss était encore très importante pour moi. Maintenant, elle n'est plus rien. Cette histoire que je viens de te raconter, je croyais que ça me ferait mal. Ça ne m'a pas fait mal. Et d'abord, je doute que tout ce merdier ait quelque chose à voir avec ma raison d'être ici. C'était un prétexte commode que je me suis inventé.

— Qu'est-ce que tu veux dire ?

— Pourquoi est-ce que tu es ici, Garraty ?

— Je ne sais pas.

Sa voix était mécanique, celle d'une poupée. Bigle d'Allesio n'avait pas vu venir la balle de base-ball, ses yeux n'étaient pas d'aplomb, il ne percevait pas bien la profondeur, elle l'avait frappé en plein front et l'avait marqué de sa couture. Et plus tard (ou avant... tout son passé, devenu comme fluide, se mélangeait) il avait flanqué un coup du canon de son fusil à air comprimé sur la bouche de son meilleur ami. Il avait peut-être une cicatrice comme McVries, Jimmy. Jimmy et lui avaient joué au docteur.

— Tu ne sais pas, dit McVries. Tu meurs et tu ne sais pas pourquoi.

— Ça n'a pas d'importance une fois qu'on est mort.

— Ouais, ça se peut, mais y a une chose que tu devrais savoir, Ray, pour que tout ça ne soit pas aussi futile.

— Quoi donc ?

— Eh bien, que tu t'es fait avoir. Comment, tu ne le savais pas, Ray ? Tu ne le savais vraiment pas ?

9

> « Très bien, Northwestern, maintenant voici votre question pile ou face à dix points. »
>
> Allen Ludden, *College Bowl*

A 13 heures, Garraty refit l'inventaire.

Deux cents kilomètres de faits. Ils étaient à deux cents kilomètres au nord d'Augusta, la capitale de l'Etat, à deux cent quarante de Freeport (ou plus... il avait terriblement peur qu'il y ait plus de quarante kilomètres entre Augusta et Freeport), probablement trois cent soixante de la frontière du New Hampshire. Et le bruit courait que cette Marche arriverait certainement aussi loin.

Depuis un long moment, au moins quatre-vingt-dix minutes, personne n'avait reçu son ticket. Ils marchaient, écoutant vaguement les acclamations des deux côtés, et ils contemplaient, kilomètre après kilomètre, la monotonie de la forêt de sapins. Garraty se découvrait de nouveaux élancements dans le mollet gauche, pour accompagner la sourde trépidation dans ses deux jambes et la souffrance continue de ses pieds.

Enfin, vers midi, alors que la chaleur atteignait

son comble, les fusils se firent entendre. Un garçon nommé Tressler, le 92, avait eu une insolation et il avait été fusillé alors qu'il était sans connaissance. Un autre garçon fut pris de convulsions et reçut son ticket alors qu'il se tordait par terre en gargouillant affreusement parce qu'il avait avalé sa langue. Aaronson, le numéro 1, souffrit de crampes aux deux pieds et fut tué sur la ligne blanche, debout comme une statue, la figure levée vers le soleil et le cou tordu. Et à 12 h 55, un autre garçon, que Garraty ne connaissait pas, subit aussi une insolation.

Je suis arrivé jusque-là, se dit Garraty en contournant le corps tressautant sur la chaussée, que visaient les fusils, en voyant les diamants de sueur dans les cheveux du garçon épuisé et bientôt mort. Je suis arrivé jusque-là, est-ce que je ne peux pas partir maintenant ?

Les fusils tonnèrent et une bande d'écoliers, assis dans l'ombre maigre d'une caravane de scouts, applaudirent brièvement.

— J'aimerais bien que le commandant passe, grommela Baker. Je veux voir le commandant.

— Quoi ? demanda machinalement Abraham.

Il avait encore maigri dans les dernières heures. Ses yeux étaient encore plus profondément enfoncés dans leurs orbites. L'ombre bleue de sa barbe naissante lui marbrait la figure.

— Pour que je puisse lui pisser dessus, dit Baker.

— Détends-toi, lui dit Garraty. Détends-toi donc.

Il avait perdu ses trois avertissements.

— Détends-toi toi-même, répliqua Baker. Tu verras à quoi ça t'avancera.

— T'as pas le droit de détester le commandant. Il ne t'a pas *forcé*.

— Pas *forcé* ? Pas FORCÉ ? Il me TUE, c'est tout !

— Quand même, il n'est pas...

— Ta gueule, dit sèchement Baker, et Garraty se tut.

Il se massa un peu la nuque et leva les yeux vers le ciel blanc-bleu. Son ombre n'était qu'une petite tache informe sous ses pieds. Il souleva son troisième bidon de la journée et le vida.

— Pardon, dit Baker. Je ne voulais pas gueuler. Mes pieds...

— Bien sûr.

— Nous sommes tous pareils. J'ai l'impression, des fois, que c'est ça le pire.

Garraty ferma les yeux. Il avait grand sommeil.

— Vous savez ce que j'aimerais faire ? dit Pearson, qui marchait entre Garraty et Baker.

— Pisser sur le commandant, marmonna Garraty. Tout le monde veut pisser sur le commandant. Quand il repassera nous lui sauterons tous dessus et nous le traînerons par terre et nous ouvrirons notre braguette et nous le noierons dans...

— Ce n'est pas ce que je veux faire.

Pearson marchait comme un homme au dernier stade de l'ivresse consciente. Sa tête ballottait, formant des plis sur son cou. Ses paupières montaient et descendaient comme des stores déglingués.

— Ça n'a rien à voir avec le commandant. Je veux simplement aller dans un pré, m'allonger et fermer les yeux. Rester simplement là couché dans les blés...

— On ne cultive pas de blé dans le Maine, dit Garraty. C'est du foin.

— Dans le foin, alors. Et me composer un poème. Tout en m'endormant.

Garraty fouilla dans sa nouvelle ceinture de ravitaillement mais la plupart des poches étaient vides. Finalement, il découvrit un sachet de Saltines dans du papier paraffiné et l'arrosa de son eau.

— Je me fais l'effet d'une passoire, dit-il. Je bois et ça ressort de ma peau deux minutes plus tard.

Les fusils claquèrent encore et un nouveau garçon s'écroula sans grâce, comme un diable en boîte fatigué.

— Quarante-cinq, annonça Scramm d'une voix enrhumée, en les rejoignant. Je ne crois pas que nous arriverons jamais à Portland à ce train-là.

— Tu n'as pas l'air d'aller trop bien, lui dit Pearson, et il y avait comme de l'optimisme prudent dans sa voix.

— Une chance pour moi que j'aie une bonne constitution, assura gaiement Scramm. Je crois que je couve de la fièvre, en ce moment.

— Dieu, comment est-ce que tu tiens le coup? demanda Abraham avec une espèce de respect religieux.

— Moi? Tu parles de moi? répliqua Scramm. Regarde-le, lui! Comment est-ce qu'il tient le coup? Voilà ce que j'aimerais savoir.

Et il désigna Olson du pouce.

Depuis deux heures, Olson ne disait rien. Il n'avait pas touché à son dernier bidon. Des regards gourmands se tournaient vers sa ceinture presque intacte. Ses yeux, noirs comme de l'obsidienne, étaient fixés devant lui. Sa figure était assombrie par une barbe de deux jours et il avait une mine de loup malade. Ses lèvres étaient sèches et craquelées. Sa langue pendait sur la lèvre inférieure comme un serpent mort au bord d'une caverne. Son teint avait perdu le rose de la santé. Il avait la figure d'un gris sale. La poussière de la route s'y collait.

Il y est, pensa Garraty, bien sûr. Où Stebbins disait que nous irions tous, si nous tenions assez longtemps? Quelle profondeur a-t-il atteinte, à l'intérieur de lui-même ? Des brasses ? Des kilomètres ? Des années-lumière ? Quelle profondeur et quelle obscurité ? Et la réponse lui vint : Trop profond pour voir dehors. Il se cache là dans le fond, dans les ténèbres et c'est trop profond pour voir dehors.

— Olson ? murmura-t-il. Olson ?

Olson ne répondit pas. Rien ne bougeait que ses pieds.

— J'aimerais bien qu'il rentre au moins sa langue, chuchota nerveusement Pearson.

La Marche continuait.

Les arbres se clairsemèrent et ils traversèrent encore une fois une large esplanade. Les trottoirs étaient pleins de spectateurs enthousiastes. Les pancartes au nom de Garraty prédominaient. Et puis la forêt se referma. Mais même les arbres ne pouvaient repousser les spectateurs, maintenant. Ils commençaient à envahir les bas-côtés. De jolies filles en short et corsage bain de soleil. Des garçons en short et débardeur.

Joyeuses vacances, pensa Garraty.

Il ne pouvait plus souhaiter de ne pas être là ; il était trop fatigué et trop engourdi pour la rétrospection. Ce qui est fait est fait. Rien au monde n'y changerait rien. Bientôt, supposa-t-il, l'effort serait trop grand pour seulement parler aux autres. Il aurait voulu se replier sur lui-même et s'y cacher comme un petit garçon enroulé dans un tapis, sans autres soucis. Alors tout serait bien plus simple.

Il avait beaucoup réfléchi à ce que McVries lui avait dit. Qu'ils s'étaient tous fait avoir, qu'ils avaient été escroqués. Mais ça ne pouvait pas être vrai, se répéta-t-il obstinément. L'un d'eux n'avait pas été volé. L'un d'eux allait voler tout le monde...

Il s'humecta les lèvres et but un peu d'eau.

Ils passèrent devant un petit panneau vert les

informant que l'autoroute du Maine était à soixante-dix kilomètres.

— Ça y est, dit-il sans s'adresser à personne en particulier. Soixante-dix kilomètres jusqu'à Oldtown.

Personne ne répondit et Garraty envisageait de rebrousser chemin vers McVries quand ils arrivèrent à un croisement où une femme se mit à hurler. La circulation était arrêtée par des barrières et la foule s'y pressait, contenue par des flics. Les gens agitaient les bras, brandissaient des pancartes, des flacons de lotion solaire.

La femme qui hurlait était grosse, avec une figure rouge. Elle se jeta contre une des barrières, la renversa, entraînant avec elle des mètres de cordon jaune. Et puis elle se débattit en griffant les policiers qui la retenaient, sans cesser de crier. Les flics grognaient sous l'effort.

Je la connais, pensa Garraty. Je la connais.

Le foulard bleu. Les yeux brillants, belliqueux. Même la robe bleu marine à l'ourlet irrégulier. Les hurlements de la femme devenaient incohérents. Ses ongles tracèrent des sillons de sang sur la figure d'un des flics qui la maintenaient, qui essayaient de la maintenir.

Garraty passa à trois mètres d'elle. Et il se rappela où il l'avait déjà vue. C'était la mère de Percy, naturellement. Percy qui avait essayé de s'enfuir dans les bois et qui ainsi s'était jeté dans l'au-delà.

— Je veux mon garçon ! Je veux mon garçon ! glapissait-elle.

La foule poussa des cris enthousiastes. Derrière elle, un petit garçon lui cracha sur la jambe et partit en courant.

Jan, pensa Garraty. Je marche vers toi, Jan, au diable tout ce merdier, je te jure que j'arrive. Mais

McVries avait raison. Jan n'avait pas voulu qu'il s'engage. Elle avait pleuré. Elle l'avait supplié de changer d'idée. Ils pouvaient attendre, elle ne voulait pas le perdre, je t'en supplie, Ray, ne fais pas l'imbécile, la Longue Marche n'est qu'un assassinat...

Ils étaient assis sur un banc près du kiosque à musique. Il y avait un mois, en avril, et il avait passé un bras autour d'elle. Elle avait mis le parfum qu'il lui avait offert pour son anniversaire. Le parfum semblait faire ressortir son odeur secrète de fille, sombre, charnelle, enivrante. Il faut que j'y aille, lui avait-il dit. Il le faut, tu ne comprends donc pas ? Il faut que j'y aille.

Ray, tu ne sais pas ce que tu fais. Ray, je t'en supplie, n'y va pas. Je t'aime.

Ma foi, pensait-il à présent tout en marchant, pour ça elle avait raison. Je ne comprenais vraiment pas ce que je faisais.

Mais je ne le comprends toujours pas. C'est ça, le diable. L'enfer pur et simple de la chose.

— Garraty ?

Il redressa vivement la tête. Il s'était encore à moitié endormi. C'était McVries, qui marchait à côté de lui.

— Comment tu te sens ?

— Comment je me sens ? marmonna Garraty en hésitant. Pas trop mal, je pense. Oui, je crois que ça va.

— Barkovitch est en train de craquer, annonça McVries avec une joie paisible. J'en suis sûr. Il parle tout seul. Et il boite.

— Toi aussi, tu boites. Pearson aussi. Et moi.

— J'ai mal au pied, c'est tout. Mais Barkovitch... il n'arrête pas de se frotter la jambe. Je crois qu'il a une élongation.

— Pourquoi est-ce que tu le détestes tant ? Pour-

quoi pas Collie Parker ? Ou Olson ? Ou nous tous ?
— Parce que Barkovitch sait ce qu'il fait.
— Il joue pour gagner, c'est ça que tu veux dire ?
— Tu ne comprends pas ce que je veux dire, Ray.
— Je me demande si tu le comprends toi-même !
D'accord, c'est un fumier. Faut peut-être en être un, pour gagner.
— Les bons finissent derniers ?
— Comment veux-tu que je le sache, merde !

Ils passèrent devant une minuscule école en bois. Des enfants, dans la cour de récréation, leur firent signe. Plusieurs garçons étaient juchés sur le portique de gym, comme des sentinelles, et Garraty se rappela les hommes de la scierie, quelques dizaines de kilomètres avant.

— Garraty ! cria un des gosses. Ray Garraty ! Garra-tiiiiii !

Un petit gamin aux cheveux ébouriffés sauta sur place, tout en haut du portique, en agitant les deux bras. Garraty lui répondit pour la forme. Le gosse fit une cabriole, se suspendit la tête en bas par les genoux et continua de lui faire signe. Garraty fut un peu soulagé de laisser cette école derrière lui.

Pearson les rejoignit.

— J'ai réfléchi, dit-il.
— Te fatigue pas, conseilla McVries.
— Faible, mec. C'est de la faiblesse, ça.
— A quoi t'as réfléchi ? demanda Garraty.
— Qu'est-ce que ça doit être dur d'être l'avant-dernier à tenir.
— Pourquoi si dur ? demanda McVries.

Pearson bredouilla, se frotta les yeux et regarda un sapin qui avait été foudroyé.

— Ben quoi, tu sais, tenir plus longtemps que tout le monde, absolument tout le monde à part ce dernier type. Il devrait y avoir un Prix placé, voilà ce que je me dis.

— Mais quoi ?
— J'en sais rien.
— Pourquoi pas sa vie ? hasarda Garraty.
— Qui marcherait pour ça ?
— Personne, pas avant que la Marche commence, peut-être. Mais en ce moment, je m'en contenterais bien, au diable le Prix, au diable mon plus grand souhait exaucé. Et toi ?

Pearson réfléchit un long moment.

— Je n'en vois pas la raison, avoua-t-il enfin.
— Dis-lui, Pete, dit Garraty.
— Qu'est-ce que tu veux que je lui dise ? Il a raison. Toute la bite ou pas de bite du tout.
— T'es dingue, dit Garraty mais sans grande conviction.

Il avait affreusement chaud, il était très fatigué et il sentait un petit soupçon de début de mal de tête. C'est peut-être comme ça que l'insolation commence, pensa-t-il. Et ce serait peut-être le mieux. Sombrer tout simplement dans une demi-inconscience au ralenti et se réveiller mort.

— C'est sûr, répondit aimablement McVries. Nous sommes tous dingues, sinon nous ne serions pas ici. Je croyais qu'on avait épuisé ce sujet depuis longtemps. Nous voulons mourir, Ray. T'as pas encore fait entrer ça dans ta petite tête malade de plouc ? Regarde Olson. Un crâne en haut d'un bâton. Dis-moi qu'il ne veut pas mourir. Tu ne peux pas. La seconde place ? C'est assez moche déjà qu'un seul d'entre nous soit frustré de ce qu'il veut vraiment.

— Je ne pige rien à toute cette psycho-histoire à la con, déclara Pearson. Je pense simplement que personne ne devrait avoir à se faire choper second.

Garraty éclata de rire.

— Complètement cinglé !

McVries rit aussi.

— Maintenant tu commences à voir les choses à ma façon. Prends un peu plus de soleil, fais encore mijoter ton cerveau et on fera de toi un vrai croyant.

La Marche se poursuivit.

Le soleil semblait gentiment posé sur le toit du monde. Le mercure atteignit les vingt-sept degrés (un des garçons avait un thermomètre de poche) et oscilla pendant plusieurs minutes brûlantes sur les vingt-huit. Vingt-huit, se dit Garraty. Pas si chaud que ça. En juillet, ça montait jusqu'à trente-trois. Vingt-huit. Juste la bonne température pour s'asseoir au jardin sous un orme et manger de la salade de poulet sur de la laitue. Vingt-huit. Juste ce qu'il fallait pour aller piquer une tête ou faire un plat dans la Royal et, bon Dieu, qu'est-ce que ça ferait du bien ! L'eau était tiède à la surface mais en bas, autour des pieds, elle était fraîche et on sentait le courant vous entraîner un peu ; il y avait des tourbillons près des rochers mais on pouvait les éviter si on n'était pas trop con. Toute cette eau, rafraîchissant la peau, les cheveux, l'entrejambe. Sa peau brûlante en tremblait, rien que d'y penser. Juste bien pour se mettre en caleçon de bain et passer des heures dans le hamac de toile du jardin, avec un bon livre. Et s'assoupir, peut-être. Une fois, il avait tiré Jan dans le hamac avec lui et ils y étaient restés allongés ensemble, en se balançant jusqu'à ce que sa bite lui fasse l'effet d'un long caillou brûlant contre son bas-ventre. Elle n'avait pas eu l'air de s'en fâcher. Vingt-huit. Le bon Dieu dans une Chevrolet, vingt-huit degrés.

Vingt-huit. Vingt et huit et vingt et huit, v'là que ça fuit, v'là qu'on est cuit.

— J'ai jabais eu si chaud de ba vie, dit Scramm, le nez bouché.

Sa large figure était rouge et trempée de sueur. Il

s'était mis torse nu. La transpiration lui coulait dessus comme de petits ruisseaux au printemps.

— Tu ferais mieux de remettre ta chemise, conseilla Baker. Tu vas attraper froid quand le soleil commencera à se coucher. Et alors là, ça sera la vraie poisse.

— Ce foutu rhube. Je suis brûlant.

— Il va pleuvoir, promit Baker en interrogeant le ciel vide. Faut qu'il pleuve, forcément.

— Y a rien de forcé, foutre, intervint Collie Parker. J'ai jamais vu un Etat aussi merdeux.

— Si ça ne te plaît pas, t'as qu'à rentrer chez toi, dit Garraty, et il pouffa bêtement.

— Dans le cul.

Garraty s'obligea à ne boire qu'une gorgée de son bidon. Il ne voulait pas que l'eau lui donne des crampes. Ce serait une sacrée façon d'y passer. Il en avait eu une fois, et c'était une fois de trop. Il aidait leurs voisins d'à côté, les Elwell, à rentrer leur foin. Il faisait une chaleur explosive dans le fenil des Elwell et ils se balançaient les balles de trente kilos à la chaîne à la manière des pompiers. Garraty avait commis l'erreur tactique d'avaler d'un coup trois louches de l'eau glacée apportée par Mrs. Elwell. Il avait soudainement ressenti une douleur atroce dans la poitrine, le ventre et la tête, il avait glissé sur du foin épars et il était tombé du fenil dans le camion. Mr. Elwell l'avait soutenu par la taille, avec ses grosses mains calleuses, pendant qu'il vomissait par-dessus le rebord, tout pénétré de douleur et de honte. On l'avait renvoyé chez lui, un gamin qui avait raté une de ses premières épreuves d'adulte, les bras couverts d'urticaire des foins et de l'herbe plein les cheveux. Il était rentré sous le soleil qui tapait à coups de marteau sur sa nuque courbée.

Il frissonna convulsivement, le corps un instant envahi par la chair de poule. Le mal de tête lui vrillait le crâne, derrière les tempes... Comme ce serait facile de lâcher la rampe !

Il regarda Olson. Olson était toujours là. Sa langue virait au noirâtre. Sa figure était dégoûtante, ses yeux fixes. Je ne suis pas comme lui. Mon Dieu, faites que je ne sois pas comme lui. S'il vous plaît. Je ne veux pas finir comme Olson.

— Ça va nous saper, dit sombrement Baker. Nous n'arriverons pas jusqu'au New Hampshire, je vous parie.

— Y a deux ans, ils ont eu du grésil, révéla Abraham. Ils sont arrivés à la frontière. Quatre d'entre eux, en tout cas.

— Ouais, mais la chaleur c'est différent, dit Jensen. Quand il fait froid, tu peux marcher plus vite et te réchauffer. Quand t'as trop chaud, tu peux marcher plus lentement... et t'es refroidi.

— Y a pas de justice ! s'écria rageusement Collie Parker. Pourquoi est-ce qu'ils font pas cette bon Dieu de putain de Longue Marche dans l'Illinois, là où c'est plat ?

— J'aime bien le Baine, dit Scramm. Pourquoi est-ce que tu dis tant de gros bots, Parker ?

— Pourquoi est-ce que t'as tant de morve qui coule de ton blair ? rétorqua Parker. Parce que je suis comme ça, voilà. Ça te gêne ?

Garraty regarda sa montre. Elle était arrêtée à dix heures seize. Il avait oublié de la remonter.

— Quelqu'un a l'heure ? demanda-t-il.

— Attends voir, dit Pearson, se penchant sur sa montre. Il est trouduc et demi, Garraty.

Tout le monde rit.

— Allez ! Ma montre est arrêtée.

Pearson regarda encore.

— Quatorze heures deux, dit-il, et il leva les yeux vers le ciel. Ce soleil ne va pas se coucher avant bien longtemps.

Le soleil était agressivement suspendu au-dessus des cimes des arbres. Pas encore assez bas pour qu'il y ait de l'ombre sur la route, et il n'y en aurait pas avant une heure ou deux. Au loin vers le sud, Garraty crut distinguer des traînées violacées qui pouvaient être des nuages de pluie, à moins qu'il prenne ses désirs pour des réalités.

Abraham et Collie Parker discutaient distraitement des mérites des carabines à quatre canons. Personne d'autre n'étant enclin à la conversation, Garraty s'écarta un peu vers le bas-côté, tout seul, pour agiter de temps en temps la main vers un spectateur mais sans le faire systématiquement.

L'ensemble des Marcheurs n'était plus aussi étiré. L'avant-garde était en vue : deux grands garçons bronzés avec leur blouson de cuir noir attaché autour de la taille. Le bruit courait qu'ils étaient pédés, qu'ils étaient ensemble, mais Garraty y croyait comme au fait que les poules ont des dents. Ils n'étaient pas du tout efféminés et ils avaient l'air d'assez chics types... encore que rien de tout ça n'eût de rapport avec le fait d'être pédé ou non, supposait-il. Et puis d'abord, ça ne le regardait pas. Mais...

Derrière eux se trouvait Barkovitch, suivi de McVries, les yeux fixés sur son dos. Le suroît jaune débordait toujours de la poche arrière de Barkovitch et Garraty ne lui voyait aucun signe de faiblesse. Même, se dit-il avec un petit pincement au cœur, c'est McVries qui a l'air vanné.

Derrière McVries et Barkovitch venait un petit groupe anarchique de sept ou huit garçons, le genre d'alliance assez relâchée qui se formait et se déformait au hasard le long de la Marche, avec de constantes allées et venues de nouveaux et d'anciens membres. Derrière eux, marchait un groupe plus restreint et, encore derrière, Scramm, Pearson, Baker, Abraham, Parker et Jensen. Son groupe.

D'autres y avaient appartenu, au départ, mais il se rappelait à peine leurs noms.

Derrière suivaient encore deux petits pelotons. Enfin, dispersés le long de la colonne, les solitaires. Quelques-uns, comme Olson, repliés sur eux-mêmes, étaient léthargiques. D'autres, comme Stebbins, préféraient sincèrement leur propre compagnie à celle des autres. Et presque tous avaient cette expression tendue, craintive, que Garraty ne connaissait que trop, à présent.

Les fusils se braquèrent sur un des solitaires qu'il regardait, un garçon petit et rond en vieux gilet de soie verte. Garraty croyait se souvenir qu'il avait récolté un troisième avertissement, il y avait environ une demi-heure. Le garçon jeta un bref coup d'œil terrifié aux fusils et força l'allure. Les armes se désintéressèrent de lui, du moins pour le moment.

Garraty éprouva une subite et incompréhensible bouffée d'optimisme. Ils ne devaient plus être qu'à soixante, soixante-cinq kilomètres d'Oldtown et de la civilisation, maintenant — si l'on pouvait parler de civilisation à propos d'un patelin comme ça. Ils y arriveraient dans la nuit et prendraient l'autoroute. A partir de là, ce serait du gâteau. Sur l'autoroute, on pouvait marcher dans l'herbe du terre-plein médian, et ôter ses souliers si on voulait. Sentir la fraîcheur de la rosée. Dieu de Dieu, ce que ce serait bon ! Il s'épongea le front avec le bras. Les choses allaient peut-être bien s'arranger, après tout. Les traînées violacées s'étaient rapprochées, c'était indiscutablement de gros nuages d'orage.

Les détonations claquèrent et il ne sursauta même pas. Le garçon au gilet de soie verte avait pris son ticket, la figure tournée vers le soleil. La mort n'était pas si mauvaise, peut-être. Tout le monde, même le commandant, devait l'affronter un jour ou l'autre. Alors qui volait qui, tout bien considéré ? Il se promit de dire ça à McVries, la prochaine fois qu'ils causeraient.

Il pressa le pas et prit la résolution d'agiter la main la prochaine fois qu'il verrait une jolie fille. Mais avant la jolie fille, il y eut le petit homme italien.

C'était une caricature d'Italien, avec un feutre mou cabossé et une moustache noire en guidon de vélo. Il se tenait à côté d'un long break au hayon ouvert, en agitant les bras et en exhibant dans un sourire des dents incroyablement blanches, incroyablement carrées.

Un tapis isolant avait été posé dans le fond du compartiment à bagages du break et de la glace pilée y avait été tassée, d'où ressortaient, en des dizaines d'endroits, les larges sourires rose et vert de tranches de pastèque.

Garraty sentit son estomac faire deux cabrioles, comme un plongeur. Un écriteau sur le toit du véhicule proclamait : DOM L'ANTIO VOUS AIME TOUS, MARCHEURS — PASTÈQUE GRATUITE !!!

Plusieurs, dont Abraham et Collie Parker, se précipitèrent vers le bas-côté. Tous eurent un avertissement. Ils faisaient plus de six kilomètres cinq cents à l'heure mais dans la mauvaise direction. Dom L'Antio les voyant arriver éclata de rire, un grand rire joyeux, simple, cristallin. Il applaudit, fourragea dans la glace et se redressa les mains pleines de tranches de pastèque rose. Garraty en eut l'eau à la bouche. Mais ils ne vont pas le laisser faire, pensa-t-il. Ils n'ont pas permis à l'épicier de donner les sodas. Mais, ah mon Dieu, ce serait bon. Est-ce que, pour une fois, ils ne pourraient pas fermer un peu les yeux ? Et d'abord, où est-ce qu'il avait bien pu trouver des pastèques en cette saison ?

Les Marcheurs se pressèrent contre les cordons du bas-côté, délirant de bonheur, des deuxièmes avertissements furent lancés et puis les agents de police de l'Etat surgirent miraculeusement pour retenir Dom, dont la voix s'éleva, forte et claire :

— Qu'est-ce que ça veut dire ? Comment ça, je ne peux pas ? C'est mes pastèques à moi, crétin de flic ! Je veux les donner, j'ai le droit de donner, non ? Qu'est-ce que vous croyez ? Foutez-moi la paix, sales bougres !

Un des policiers voulut saisir les tranches qu'il avait à la main. Un autre l'évita et alla claquer le hayon du break.

— Salauds ! hurla Garraty à pleins poumons.

Son cri fila dans la journée ensoleillée comme une lance de verre et un des policiers tourna la tête, l'air surpris et... eh bien, presque penaud.

— Bande de fumiers puants ! glapit Garraty. Fausses couches et fils de pute !

— Leur envoie pas dire, Garraty ! cria quelqu'un et c'était Barkovitch, avec un large sourire plein de crocs, qui brandissait les deux poings vers les agents. Dis-leur...

Mais tout le monde criait, à présent. Ces policiers n'étaient pas des soldats de la Longue Marche triés sur le volet, frais émoulus des Escouades nationales. Ils étaient rouges et embarrassés mais, malgré tout, ils écartaient rapidement Dom et ses poignées de sourires roses du bas-côté.

Dom oublia son anglais ou y renonça. Il se mit à glapir des injures italiennes imagées. La foule hua les policiers. Une femme coiffée d'un chapeau de paille à large bord lança un transistor à l'un d'eux. La petite radio le frappa à la tête et fit tomber sa casquette. Garraty eut pitié de lui mais continua de lui lancer ses imprécations. Il ne pouvait se retenir. Cette expression, fils de pute, il croyait que plus personne ne disait ça, qu'on ne trouvait ces mots que dans les livres.

Alors qu'il semblait que Dom L'Antio, le petit Italien, allait être escamoté pour de bon, il se dégagea et revint en courant vers eux ; la foule s'écarta pour le laisser passer et se referma, ou tenta de le faire, devant la police. Un des agents se plaqua au sol, le saisit aux genoux et le fit tomber à plat ventre. Juste avant de perdre l'équilibre, Dom lança de toutes ses forces ses magnifiques sourires roses.

— DOM L'ANTIO VOUS AIME TOUS ! hurla-t-il.

La foule l'acclama follement. Dom atterrit la tête la première dans la poussière et se retrouva les mains attachées dans le dos par des menottes, en un clin d'œil. Les tranches de pastèque tournoyèrent au soleil et Garraty éclata de rire et leva les deux bras au ciel pour brandir triomphalement les poings quand il vit Abraham en attraper une au vol avec une adresse nonchalante.

D'autres reçurent des troisièmes avertissements pour s'être baissés et avoir ramassé des morceaux mais, chose extraordinaire, personne ne fut abattu alors que cinq, non six, des garçons avaient réussi à saisir des tranches. Les autres les encourageaient ou injuriaient copieusement les soldats au visage de marbre, dont l'expression révélait, espérait-on, une déconvenue subtile.

— J'aime tout le monde ! rugit Abraham, hilare et la figure maculée de jus rose, et il cracha en l'air trois pépins noirs.

— Nom de Dieu ! s'exclama joyeusement Collie Parker. Bon Dieu de bon Dieu, moi aussi, merde alors !

Il fourra son nez dans sa tranche, mangea goulûment, puis la cassa en deux et en lança une moitié à Garraty qui fut tellement surpris qu'il faillit ne pas l'attraper.

— Pour toi, plouc ! cria Collie. Ne dis pas que je ne t'ai jamais rien donné, bougre de pedzouille !

Garraty rit.

— Va te faire voir !

La pastèque était fraîche, froide, glacée. Du jus lui remonta dans le nez, il en coula sur son menton et, ah, délices ! dans sa gorge. Il ne s'en permit que la moitié.

— Pete ! cria-t-il en lui lançant le dernier bout.

McVries l'attrapa d'un revers élégant, démontrant l'adresse qui fait les bons joueurs de base-ball. Il sourit à Garraty et mangea le reste.

Garraty regarda autour de lui avec une joie insensée qui lui faisait battre le cœur, qui lui donnait envie de faire des cabrioles, de marcher sur les mains. Presque tout le monde avait eu un morceau de la pastèque, ne serait-ce qu'un bout de chair rose encore accroché à une graine.

Stebbins, comme d'habitude, faisait exception. Il regardait la chaussée. Il n'avait rien dans les mains, aucun sourire sur la figure.

Qu'il aille au diable, pensa Garraty. Mais néanmoins, un peu de sa joie le quitta. Ses pieds redevinrent lourds. Il savait que ce n'était pas parce que Stebbins n'en avait pas eu. Ni parce que Stebbins n'en voulait pas. Stebbins n'en avait pas besoin.

14 h 30. Ils avaient couvert cent quatre-vingt-dix kilomètres. Les nuages noirs se rapprochaient. Un vent frais se leva, souffla lentement vers eux et la température baissa subitement ; on se serait cru en automne. Garraty reboutonna rapidement sa chemise.

— Voilà que ça revient, dit-il à Scramm. Tu ferais bien de remettre ta chemise.

— Tu rigoles ? Jabais je ne me suis senti bieux de la jourdée !

— Ça va faire boum ! prédit gaiement Parker.

Ils étaient au sommet d'un plateau en pente et

voyaient le rideau de pluie battre la forêt à leur rencontre, au-dessous des gros nuages plombés. Directement au-dessus d'eux, le ciel était d'un jaune maladif. Un ciel de tornade, se dit Garraty. Ce serait le bouquet ! Que feraient-ils si une tornade balayait la route et les emportait tous au pays d'Oz dans un tourbillon de poussière et de graines de pastèque ?

Il rit. Le vent lui arracha son rire de la bouche.

— McVries !

McVries bifurqua pour le rejoindre. Il était courbé contre le vent, ses vêtements plaqués au corps et claquant derrière lui. Ses cheveux noirs et la cicatrice sur sa figure hâlée lui donnaient l'air d'un loup de mer buriné un peu fou, debout sur le pont de son bateau.

— Quoi ? hurla-t-il.

— Est-ce qu'il y a une clause dans le règlement sur les actes de Dieu ?

McVries réfléchit.

— Non, je ne crois pas.

— Qu'est-ce qui arrivera si nous sommes frappés par la foudre ?

McVries, qui boutonnait son blouson, rejeta la tête en arrière et s'esclaffa.

— Nous serons morts !

Garraty renifla et s'écarta. Quelques marcheurs interrogeaient anxieusement le ciel. Ce ne serait pas une petite averse, comme celle qui les avait rafraîchis dans la chaleur de la veille. Ça ferait boum, comme disait Parker. Oui, sûrement un grand boum.

Une casquette de base-ball arriva en tournoyant entre ses jambes et, en se retournant, il vit un petit garçon qui la suivait des yeux avec un air attristé. Scramm l'attrapa et voulut la lui relancer mais le vent l'emporta en dessinant un grand arc de cercle et elle alla se percher dans un arbre aux branches follement secouées.

Un coup de tonnerre claqua. Un éclair fourchu zébra le ciel et la foudre tomba sur l'horizon. Les soupirs rassurants du vent dans les sapins s'étaient changés en hurlements de fantômes furieux, en sifflements tragiques.

Les fusils tirèrent et le bruit se perdit dans le fracas du tonnerre et du vent. Garraty tourna la tête, certain qu'Olson avait pris la balle. Mais Olson était toujours là, ses vêtements flottants révélant la rapidité avec laquelle il avait perdu du poids. Olson avait aussi perdu sa veste, en chemin ; les bras sortant des manches courtes de sa chemisette étaient osseux et minces comme des crayons.

C'était quelqu'un d'autre qu'on traînait sur le bas-côté. La figure était petite, épuisée et tout à fait morte sous la crinière de ses cheveux.

— Si c'était un vent arrière, nous serions à Oldtown à quatre heures et demie, s'écria joyeusement Barkovitch.

Son suroît était tiré sur ses oreilles et sa figure pointue était rayonnante, délirante. Garraty comprit tout à coup. Il se promit de le dire à McVries. Barkovitch n'avait pas toute sa raison.

Quelques minutes plus tard, le vent tomba subitement. Le tonnerre se réduisit à un sourd grondement. La chaleur revint les accabler, moite et presque insupportable après la brève fraîcheur du vent.

— Qu'est-ce qui lui est arrivé ? rugit Collie Parker. Garraty ! Est-ce que ton foutu Etat déconne aussi avec ses orages ?

— Je crois que tu vas avoir ce que tu veux, répliqua Garraty. Mais je ne sais pas si tu en voudras quand tu l'auras.

— Ou-ouh ! Raymond ! Raymond Garraty !

Il sursauta et se retourna. Pendant une seconde d'horreur il crut que c'était sa mère et des visions de Percy dansèrent dans sa tête. Mais ce n'était qu'une dame d'un certain âge au doux sourire, qui le regardait de sous le magazine *Vogue* qui la protégeait de la pluie.

— Vieille peau, marmonna Art Baker à côté de lui.

— Elle m'a l'air assez gentille. Tu la connais ?

— Je connais le genre, grogna Baker. Elle ressemble à ma tante Hattie. Elle aimait aller aux enterrements, écouter les gens pleurer et gémir et faire des histoires, avec ce même sourire. Comme un chat qui a trouvé une jatte de crème.

— Ça doit être la mère du commandant, dit Garraty.

Il voulait être drôle mais la plaisanterie tomba à plat. La figure de Baker était crispée et pâle dans le faux jour orageux.

— Ma tante Hattie avait neuf gosses. Neuf, Garraty. Elle en a enterré quatre avec toujours le même sourire. Ses propres enfants. Y a des gens qui aiment voir mourir les autres. Je ne comprends pas ça, et toi ?

— Non, dit Garraty que Baker mettait mal à l'aise.

Le tonnerre revenait rouler en grondant dans le ciel.

— Ta tante Hattie, elle est morte, à présent ?

— Non. Elle est chez nous. Probablement sur la terrasse dans son fauteuil à bascule. Elle ne peut plus beaucoup marcher. Elle reste assise là à se balancer, à écouter des conneries à la radio. En souriant chaque fois qu'elle entend de nouvelles statistiques. T'as déjà vu une chatte manger ses petits, Garraty ?

Garraty ne répondit pas. Il y avait de l'électricité

dans l'air, maintenant, en partie à cause de l'orage en suspens au-dessus d'eux, en partie pour autre chose. Il ne savait quoi. Quand il fermait les yeux, il lui semblait voir les yeux décentrés de Bigle d'Allessio qui le regardaient dans les ténèbres. Finalement, il dit à Baker :

— Est-ce que dans ta famille tout le monde s'occupe de la mort ?

Baker sourit faiblement.

— Ma foi, j'ai bien songé à aller dans une école d'embaumeurs, après le lycée, dans quelques années. Un bon métier. Les croque-morts mangent à leur faim, même pendant les crises.

— J'ai toujours pensé à me lancer dans la fabrication d'urinoirs. Obtenir des contrats avec des cinémas, des bowlings, des trucs comme ça. Du sûr. Combien est-ce qu'il peut y avoir de fabriques d'urinoirs, dans le pays ?

— Je ne crois pas que j'aie encore envie de me faire croque-mort, dit Baker. Note que ça n'a pas d'importance.

Un énorme éclair déchira le ciel, suivi d'un coup de tonnerre colossal. Le vent reprit par rafales saccadées. Des nuages couraient comme des corsaires fous sur une mer noire de cauchemar.

— Ça vient, annonça Garraty. Ça vient, Art.

— Y a des gens qui disent qu'ils s'en foutent, déclara subitement Baker. Quelque chose de simple, voilà ce que je veux quand je m'en irai, Don. C'était ce qu'ils lui disaient, à mon oncle. Mais la plupart ne s'en foutent pas du tout. C'est ce qu'il me disait toujours. Ils prétendent tous : un simple cercueil en sapin me suffira bien. Mais ils finissent par en avoir un gros, doublé de plomb s'ils ont les moyens. Des tas notent même le numéro du modèle dans leur testament.

— Pourquoi ? demanda Garraty.

— Par chez nous, la plupart veulent avoir des mausolées. Etre hors de la terre. Ils ne veulent pas être sous terre parce que là d'où je viens c'est plein d'eau. Les choses pourrissent vite, avec l'humidité. Mais si on n'est pas enterré, y a les rats. Les gros rats des bayous de Louisiane. Des rats de cimetières. Ils te rongent ces cercueils de sapin en un rien de temps.

Les bourrasques les tiraillaient de leurs invisibles mains. Garraty souhaita que l'orage éclate un bon coup. C'était comme un manège fou. On pouvait parler de n'importe quoi, on en revenait toujours à ce même foutu sujet.

— Je ne voudrais pas, moi. Allonger quinze cents dollars rien que pour écarter les rats quand je serai mort...

— Je ne sais pas, dit Baker, les paupières lourdes, l'air ensommeillé. Ils s'attaquent d'abord aux parties les plus tendres, c'est ça qui me tracasse. Je les vois ronger un trou dans mon cercueil, un grand trou, et finalement se glisser dedans. Et attaquer tout de suite mes yeux, comme si c'étaient des jujubes. S'ils me mangeaient les yeux, alors je serais une partie de ces rats, non ?

— Je ne sais pas, dit Garraty, écœuré.

— Non, merci. Je prendrai la doublure de plomb, à tous les coups.

— Sauf que tu n'en aurais besoin qu'une fois, répliqua Garraty avec un petit rire horrifié.

— C'est vrai, reconnut sérieusement Baker.

Un autre éclair jaillit, presque rose, qui laissa dans l'air une odeur d'ozone. Quelques instants plus tard, l'orage s'abattit de nouveau sur eux. Mais ce n'était plus de la pluie. C'était de la grêle.

En cinq secondes, ils furent criblés de grêlons gros comme des cailloux. Plusieurs garçons crièrent et Garraty s'abrita les yeux d'une main. Le vent reprit de la force en hurlant. Les grêlons rebondissaient ou s'écrasaient sur la chaussée, sur les figures et les corps.

Jensen se mit à courir en rond, les mains sur les yeux, en se prenant les pieds, en trébuchant, en proie à une panique totale. Il finit par s'égarer sur le bas-côté et les soldats du half-track durent tirer une demi-douzaine de balles dans le rideau mouvant de la grêle avant d'être sûrs de leur coup. Adieu, Jensen, pensa Garraty. Désolé, mon petit vieux.

La pluie remplaça la grêle, transformant en cascade la côte qu'ils gravissaient, faisant fondre les grêlons amassés sous leurs pieds. Puis une nouvelle vague de grêle les frappa, et encore de la pluie, encore des grêlons, et finalement il n'y eut plus que de la pluie en nappes régulières, dont le bruit de ruissellement était ponctué par de grands coups de tonnerre.

— Nom de Dieu! glapit Parker en rejoignant Garraty; il avait la figure marbrée de rouge et l'allure d'un rat d'eau noyé. Garraty, c'est sans aucun doute...

— Ouais, le plus merdeux des cinquante et un Etats, acheva Garraty. Va prendre une douche froide.

Parker rejeta la tête en arrière, la bouche ouverte sous la pluie.

— C'est ce que je fais, merde, c'est ce que je fais!

Garraty se baissa dans le vent et rattrapa McVries.

— Qu'est-ce que t'en dis? demanda-t-il.

McVries serra ses bras autour de lui et frissonna.

— On ne peut pas gagner. Maintenant je voudrais que le soleil revienne.

— Ça ne va pas durer, promit Garraty.

Mais il se trompait. Seize heures arrivèrent et il pleuvait toujours.

10

> « Vous savez pourquoi on m'appelle le comte ?
> C'est parce que j'adore compter ! Ha ! ha ! ha ! »
>
> THE COUNT, *Sesame Street*

Alors qu'ils allaient entamer leur seconde nuit sur la route, il n'y eut pas de coucher de soleil. L'orage avait cédé la place à une pluie fine, régulière, qui dura de 16 h 30 jusqu'à 20 heures. Ensuite, les nuages commencèrent à se disperser et à laisser voir quelques étoiles brillantes.

Garraty serrait autour de lui ses vêtements trempés, sans avoir besoin de météo pour lui dire de quel côté soufflait le vent. Le printemps capricieux avait remporté sa bonne chaleur, comme un vieux tapis arraché de sous leurs pieds.

La foule apportait peut-être un semblant de chaleur. Une sorte de rayonnement. Il y avait de plus en plus de spectateurs massés le long du chemin. Ils regardaient passer les marcheurs et puis rentraient chez eux ou se précipitaient plus loin, vers un autre bon poste d'observation. Si c'était du sang qu'ils espéraient, ils en étaient plutôt pour leurs frais. La Marche n'avait perdu que deux garçons après Jensen, tous deux très jeunes, qui s'étaient tout bonnement évanouis. Ce qui en faisait exactement la moitié de partis. Non... un peu plus. Cinquante de moins, reste quarante-neuf.

Garraty marchait seul, trop gelé pour avoir sommeil, les lèvres serrées pour les empêcher de trembler. Olson était toujours là, derrière ; de vagues rumeurs avaient parié qu'Olson serait le cinquantième à prendre son ticket. Mais ce n'avait pas été lui. Cet honneur insigne était échu au 13, Roger Fenum. Pauvre 13 malchanceux. Garraty commençait à penser qu'Olson marcherait indéfiniment. Jusqu'à ce qu'il tombe d'inanition, peut-être. Il s'était solidement verrouillé dans un endroit audelà de la souffrance. Dans un sens, ce serait sans doute justice si Olson gagnait. Garraty imaginait les manchettes : LA LONGUE MARCHE REMPORTÉE PAR UN MORT.

Il avait les doigts de pieds engourdis. Il les agitait de temps en temps dans ses chaussettes déchirées mais ne sentait rien. La vraie douleur n'était plus dans les orteils mais dans la plante des pieds. Un élancement vif, pénible, qui remontait à chaque pas jusque dans les mollets. Cela lui rappelait une histoire que sa mère lui lisait quand il était petit. Celle d'une sirène qui voulait devenir une femme. Seulement elle avait une queue de poisson et une fée lui prédisait qu'elle aurait des jambes si elle le voulait fortement, mais qu'à chaque pas qu'elle ferait sur la terre ferme, ce serait comme si elle marchait sur des couteaux. Mais elle pouvait avoir des jambes si elle voulait, et elle disait oui, oh oui, d'accord, et c'était ça, la Longue Marche. En un mot, c'était ça...

— Avertissement ! Avertissement, 47 !

— Je vous ai entendus, cria Garraty avec irritation et il pressa le pas.

La forêt se clairsemait. Le nord de l'Etat était derrière eux. Ils avaient traversé deux paisibles bourgades résidentielles, aux trottoirs bondés de curieux qui apparaissaient comme des ombres dans la lumière tamisée par la pluie des réverbères. Les acclamations étaient rares. Il faisait trop froid, supposa-t-il. Trop froid et trop noir et, bon Dieu, maintenant il avait encore un avertissement dont il lui faudrait se débarrasser, et ça, c'était le merdier.

Ses pieds avaient tendance à ralentir et il les força à accélérer. Quelque part à l'avant, loin, Barkovitch dit quelque chose qu'il fit suivre de son rire odieux. Garraty entendit nettement la réponse automatique de McVries : « Ta gueule, tueur. » Barkovitch l'envoya paître mais il paraissait maintenant démoralisé. Garraty esquissa un triste sourire dans l'obscurité.

Il avait reculé presque en queue de colonne et il s'aperçut avec ennui qu'il était près de Stebbins. Stebbins avait quelque chose qui le fascinait. Il ne savait pas ce que c'était et, d'ailleurs, ne tenait pas particulièrement à le savoir. Il était temps de cesser de se poser des questions. Ça ne rapportait rien. Ce n'était qu'un merdier de plus.

Une gigantesque flèche lumineuse trouait la nuit devant eux, étincelant d'un éclat maléfique. Tout à coup, une fanfare entonna une marche. Une fanfare d'une bonne taille, à en juger par le bruit. Les acclamations devinrent tonitruantes. L'air se remplit de flocons dansants et, pendant un instant d'égarement, il crut qu'il neigeait. Mais c'étaient des confettis.

Ils changèrent de route, tournant à angle droit, et un grand panneau de l'autoroute du Maine annonça qu'Oldtown n'était plus qu'à vingt-cinq petits kilomètres. Garraty éprouva un soupçon d'exaltation, peut-être même de fierté. Après Oldtown, il connaissait le chemin. Il le connaissait comme sa poche.

— C'est peut-être à ton avantage. Je ne le crois pas, mais peut-être.

Garraty sursauta. C'était à croire que Stebbins avait ouvert son crâne et s'était penché sur ses pensées.

— Quoi ?
— C'est chez toi, non ?
— Pas ici. Je ne suis jamais monté plus au nord que Greenbush, jamais, sauf quand nous sommes allés jusqu'à la borne. Et nous n'avons pas pris cette route.

Ils laissèrent la fanfare derrière eux, avec ses tubas et ses clarinettes qui luisaient doucement dans la nuit mouillée.

— Mais nous allons traverser ta ville, non ?
— Non. Nous passons juste à côté.

Stebbins émit un grognement. Garraty regarda ses pieds et s'aperçut avec étonnement qu'il avait ôté ses chaussures de tennis et portait de souples mocassins. Ses tennis étaient fourrées dans sa chemise.

— Je les garde, on ne sait jamais, dit Stebbins. Mais je crois que les mocassins feront le finish.
— Ah ?

Ils passèrent devant une tour de radio, dressée comme un épouvantail dans un champ désert. Au sommet, un feu rouge clignotait, aussi régulièrement qu'un battement de cœur.

— Tu es content de voir celles que tu aimes ?
— Oui, bien sûr.
— Qu'est-ce qui se passera après ?
— Après ? Ben, je continuerai de marcher, probable. A moins que vous ayez tous assez de considération pour vous faire éliminer à ce moment-là.
— Oh ! je ne crois pas, dit Stebbins avec un

sourire lointain. Tu es sûr que tu ne seras pas à bout, après les avoir vues ?

— Mon vieux, je ne suis sûr de rien, dit Garraty. Je ne savais pas grand-chose quand j'ai pris le départ et j'en sais encore moins maintenant.

— Tu crois que t'as une chance ?

— Je n'en sais rien non plus. Je ne sais même pas pourquoi je me donne la peine de te parler. C'est comme quand on se met à fumer.

Très loin en avant, des sirènes de police hululèrent.

— Quelqu'un a traversé la route, là-bas, où le cordon de police est plus clairsemé, expliqua Stebbins. Les gens s'énervent, Garraty. Pense à tous les spectateurs qui dégagent la route pour toi.

— Pour toi aussi.

— Pour moi aussi, reconnut Stebbins, et pendant un long moment ils marchèrent sans rien dire. C'est ahurissant, ce que l'esprit fait marcher le corps, murmura-t-il enfin. C'est ahurissant, comme il prend la relève. La ménagère moyenne, elle fait bien ses vingt kilomètres par jour, du frigo à la planche à repasser et à la corde à linge. Elle a bien envie de se reposer à la fin de la journée mais elle n'est pas épuisée. Un représentant qui fait du porte-à-porte s'en tape trente, peut-être trente-deux. Un gosse de lycée qui suit un entraînement de football marche sur quarante à cinquante kilomètres... en un jour, depuis le lever du matin jusqu'au soir. Ils sont tous fatigués, à la fin, mais pas épuisés.

— Ouais.

— Mais une supposition que tu dises à la ménagère : aujourd'hui vous devez faire vingt kilomètres à pied avant de pouvoir dîner.

Garraty hocha la tête.

— Elle ne sera pas fatiguée, elle sera épuisée.

Stebbins ne répondit pas. Garraty eut le sentiment ambigu de l'avoir déçu.

— Non ?

— Tu penses bien qu'elle ferait ses vingt kilomètres avant midi pour pouvoir ôter ses souliers et passer l'après-midi à regarder ses feuilletons à la télé. Est-ce que tu es fatigué, Garraty ?

— Ouais, je suis fatigué.

— Epuisé ?

— Ça vient.

— Non, tu n'es pas encore épuisé, répliqua Stebbins, et il désigna Olson. Lui, il est épuisé. Il est presque foutu, à présent.

Garraty observa Olson, s'attendant presque à le voir tomber raide pour ne pas faire mentir Stebbins.

— Où est-ce que tu veux en venir ?

— Demande à ton copain sudiste, Art Baker. La mule n'aime pas labourer. Mais elle aime les carottes. Alors tu accroches une carotte au bout d'un bâton devant ses yeux. Une mule sans carotte s'épuise. Une mule avec une carotte met longtemps à se fatiguer. Tu piges ?

— Non.

Stebbins sourit.

— Ça viendra. Observe Olson. Il a perdu son appétit pour la carotte. Il ne le sait pas encore vraiment, mais il l'a perdu. Observe Olson, Garraty. Il peut t'apprendre un tas de choses.

Garraty l'examina avec attention, sans trop savoir s'il devait le prendre au sérieux. Stebbins rit tout haut. Il avait un bon rire sonore, sain, un rire étonnant qui fit tourner la tête aux autres.

— Va donc, va lui parler, Garraty. Et s'il ne veut pas parler, approche-toi bien et regarde-le de près. Il n'est jamais trop tard pour apprendre.

— C'est une leçon très importante, à ton avis ?

Stebbins cessa de rire. Il saisit le poignet de Garraty et le serra fortement.

— La leçon la plus importante que tu recevras de ta vie, peut-être. Le secret de la vie contre la mort. Réduis cette équation et tu peux te permettre de mourir, Garraty. Tu peux passer ta vie comme un ivrogne en virée.

Stebbins le lâcha. Garraty se frotta lentement le poignet. Stebbins recommençait à l'ignorer, alors il s'éloigna de lui et se rapprocha d'Olson. Il avait l'impression d'être attiré vers Olson comme par un fil invisible. Il marcha à côté de lui en essayant de sonder ses traits.

Une fois, il y avait très longtemps, il avait été effrayé, à ne pas en dormir de la nuit, par un film avec... qui ? Oui, avec Robert Mitchum. Il jouait le rôle d'un implacable prédicateur du Sud qui était aussi un maniaque assassin. Olson lui ressemblait un peu, en ce moment. Sa silhouette paraissait s'être allongée tandis qu'il perdait du poids. La déshydratation desséchait sa peau. Ses yeux disparaissaient presque dans les orbites creuses. Ses cheveux flottaient mollement sur son crâne comme un panache de maïs agité par le vent.

Dans le fond, pensa Garraty, il n'est plus qu'un robot, qu'un automate. Est-ce que le véritable Olson est caché là-dedans ? Non. Il est parti. Je suis tout à fait sûr que l'Olson qui était assis dans l'herbe en plaisantant et racontant l'histoire du gosse qui était resté figé sur la ligne de départ et avait reçu là son ticket, que cet Olson-là est parti. Ce truc, c'est de l'argile morte.

— Olson ? chuchota-t-il.

Olson continua de marcher. Une maison hantée ambulante. Il s'était souillé. Il sentait mauvais.

— Olson, tu peux parler ?

Olson marchait. Son visage était tourné vers les

ténèbres et il marchait, oui, il marchait. Il y avait quelque chose qui se passait, là-dedans, quelque chose qui fonctionnait encore, mais...

Quelque chose, oui, mais *quoi*?

Ils franchirent une nouvelle côte. La respiration de Garraty devint de plus en plus courte et il finit par haleter comme un chien. De petits nuages de vapeur montaient de ses vêtements mouillés. Il y avait une rivière, en bas, qui luisait dans le noir comme un serpent d'argent. La Stillwater, pensa-t-il. La Stillwater passait près d'Oldtown. Quelques cris plus ou moins enthousiastes se firent entendre, mais peu nombreux. Plus loin, niché sur l'autre rive dans une boucle du cours d'eau (c'était peut-être le Penobscot, après tout?), un bouquet de lumières : Oldtown. Un autre groupe lumineux plus petit, sur la rive opposée, devait être Milford ou Bradley. Oldtown. Ils avaient tenu jusqu'à Oldtown.

— Olson, dit-il, voilà Oldtown. Ces lumières, là, c'est Oldtown. Nous y arrivons, mon vieux.

Olson ne répondit pas. Alors, Garraty se rappela ce qui lui échappait, mais ce n'était pas tellement important, après tout. Olson lui rappelait le *Hollandais volant*, le vaisseau fantôme qui continuait de naviguer inlassablement alors que tout son équipage avait disparu.

Ils descendirent rapidement une longue pente, suivirent un long virage en S, puis empruntèrent le pont qui enjambait, à en croire l'écriteau, Meadow Brook. De l'autre côté un panneau routier annonçait : CÔTE ABRUPTE — POIDS LOURDS PASSEZ EN PREMIÈRE. Il y eut quelques gémissements chez les marcheurs.

Ils commencèrent à grimper.

C'était une côte abrupte, pas de doute. Elle semblait se dresser au-dessus d'eux comme un toboggan. Elle n'était pas longue, même dans la nuit ils en voyaient le sommet. Mais pour être raide, elle était raide.

Garraty se penchait en avant. Il sentait son souffle le fuir rapidement. Je vais avoir la langue pendante comme un chien quand j'arriverai en haut, pensa-t-il... et puis il ajouta : Si j'arrive en haut. Ses deux jambes protestaient, depuis les cuisses jusqu'aux chevilles. Ses jambes lui hurlaient qu'elles en avaient marre et qu'elles n'allaient pas supporter ça plus longtemps, pas question.

Mais si, leur dit Garraty. Mais si, sans quoi vous mourrez.

On s'en fout, répondirent les jambes. On s'en fout de mourir, de mourir, de mourir.

Ses muscles s'amollissaient, semblait-il, fondaient comme de la gelée laissée au soleil. Ils étaient secoués de vibrations incoercibles. Ils tremblaient comme des marionnettes mal manipulées.

Des avertissements claquaient à droite et à gauche et Garraty comprit qu'il allait bientôt s'en attirer un. Il gardait les yeux rivés sur Olson, se forçant à aligner son allure sur celle d'Olson. Ils réussiraient ensemble, ils arriveraient au sommet de cette colline meurtrière et alors il obligerait Olson à révéler son secret. Ensuite, tout serait au poil et il n'aurait plus à s'inquiéter de Stebbins ou de McVries, de Jan ou de son père, non, pas même de Bigle d'Allessio qui avait étalé sa tête sur un mur au bord de l'U.S. 1, comme un paquet de colle.

Qu'est-ce que c'était ? un vol plané de trente mètres ? Quinze ? Quoi ?

Maintenant, il haletait.

Les premières détonations claquèrent. Il y eut un long cri aigu vite couvert par d'autres coups de feu. Et presque au sommet, ils en eurent encore un autre. Garraty ne voyait rien, dans le noir. Son cœur à la torture palpitait à ses tempes. Il se fichait complètement de savoir qui avait été abattu cette fois. Ça n'avait aucune importance. Seule la douleur en avait, cette horrible douleur déchirante dans ses jambes et ses poumons.

La colline s'arrondit, s'aplatit, s'arrondit encore sur l'autre versant. La pente était douce, parfaite pour reprendre haleine. Mais l'impression de muscles en gelée fondante ne le quittait plus. Mes jambes vont m'abandonner, pensa-t-il calmement. Jamais elles ne me porteront jusqu'à Freeport. Je ne crois pas que je vais arriver à Oldtown. Je meurs, je crois.

Un tumulte commença alors à lui parvenir dans la nuit, sauvage et orgiaque. C'était une voix, de nombreuses voix qui toutes répétaient inlassablement la même chose : *Garraty ! Garraty !* GARRATY ! GARRATY !

C'était Dieu ou son père, sur le point de lui couper les jambes avant qu'il puisse apprendre le secret, le secret de... de...

Comme un tonnerre : GARRATY ! GARRATY ! GARRATY !

Ce n'était pas son père et ce n'était pas Dieu. C'étaient, apparemment, tous les élèves du lycée d'Oldtown qui répétaient son nom à l'unisson. Quand ils aperçurent sa figure blême, épuisée, crispée, le cri se transforma en folles acclamations. Les filles agitaient des fanions, des pompons. Les garçons poussaient des sifflements stridents. Garraty les salua de la main, sourit, hocha la tête, tout en se rapprochant sournoisement d'Olson.

— Olson, chuchota-t-il. Olson.

Les yeux d'Olson eurent une petite lueur, peut-être. Une étincelle de vie, comme le dernier sursaut du vieux démarreur d'une automobile à la ferraille.

— Dis-le-moi, maintenant, Olson. Dis-moi ce qu'il faut faire.

Les filles et les garçons du lycée (Est-ce que je suis allé au lycée ? se demanda Garraty, est-ce que je n'ai pas rêvé ?) étaient maintenant derrière eux et criaient toujours avec enthousiasme.

Les yeux d'Olson se déplacèrent par à-coups dans leurs orbites, comme s'ils étaient rouillés depuis longtemps et avaient besoin d'huile. Sa bouche s'ouvrit, il y eut presque un déclic.

— C'est ça, chuchota avidement Garraty. Parle. Parle-moi, Olson. Dis-moi. Dis-moi.

— Ah ! fit Olson. Ah ! Ah !

Garraty se rapprocha encore. Il posa une main sur l'épaule d'Olson et se pencha sur l'aura maléfique de sueur, de mauvaise haleine et d'urine.

— S'il te plaît. Fais un effort.

— Ga. Ja. Jar. Le jardin de Dieu...

— Le jardin de Dieu, répéta Garraty en hésitant. Qu'est-ce qu'il y a dans le jardin de Dieu, Olson ?

— C'est plein. De. Mauvaises herbes, fit tristement Olson et sa tête rebondit contre sa poitrine. Je.

Garraty ne dit rien, il en était incapable. Ils entamaient une autre côte et il perdait déjà de nouveau son souffle. Olson, lui, ne paraissait pas du tout essoufflé.

— Je ne. Veux. Pas. Mourir, acheva Olson.

Les yeux de Garraty étaient soudés au visage ravagé d'Olson. Olson se tourna péniblement vers lui et releva lentement sa tête ballante.

— Ah ! Ga. Ga. Garraty.

— Oui, c'est moi.

— Quelle heure il est ?

Garraty avait remonté et remis sa montre à l'heure, Dieu savait pourquoi !

— 20 h 45.

— Pas. Pas plus tard. Que ça ?

Une vague expression étonnée passa sur sa figure de vieillard.

— Olson...

Garraty secoua doucement l'épaule d'Olson et tout le corps oscilla, comme une grue par grand vent.

— Qu'est-ce que c'est ? Qu'est-ce que ça signifie ? Qu'est-ce que c'est ? Hein, Alfie ?

Tout à coup, Garraty se mit à bredouiller comme un fou. Olson le regarda d'un air sournoisement calculateur.

— Garraty, chuchota-t-il dans un souffle aux relents de bouche d'égout.

— Quoi ?

— Quelle heure est-il ?

— Ah merde ! lui cria Garraty.

Il tourna la tête vivement, mais Stebbins regardait fixement la route. S'il se moquait de lui, il faisait trop noir pour le voir.

— Garraty ?

— Quoi ? répéta-t-il plus calmement.

— Je. Jésus te sauvera.

Olson releva complètement la tête. Il commença à se diriger vers le bas-côté. Il marchait vers le half-track.

— Avertissement ! Avertissement 70 !

Olson ne ralentit pas du tout le pas. Il marchait avec un air de dignité bafouée. Le brouhaha de la foule se tut. Tout le monde le regardait avec des yeux ronds.

Pas un instant Olson n'hésita. Il atteignit le bas-côté. Il posa ses mains contre le flanc du half-track. Il entreprit péniblement d'y grimper.

— Olson ! hurla Abraham, suffoqué. Hé ! C'est Hank Olson !

Les soldats levèrent leurs armes en quatre temps avec une parfaite synchronisation. Olson empoigna le canon le plus proche de lui et l'arracha des mains qui le tenaient comme si c'était un bâton d'esquimau. Le fusil alla retomber bruyamment dans la foule. Elle s'en écarta peureusement, en poussant des cris perçants, comme d'une vipère.

Un des trois autres fusils fit feu. Garraty vit l'éclair au bout du canon, il vit la chemise d'Olson onduler quand la balle le traversa de part en part au niveau du ventre.

Olson ne s'arrêta pas. Il se hissa au sommet du half-track et saisit le canon de l'arme qui venait de le blesser. Il le leva en l'air alors qu'un nouveau coup de feu claquait.

— Vas-y, Olson! glapit sauvagement McVries. Vas-y! Tue-les! Tue-les!

Les deux autres soldats tirèrent à l'unisson et l'impact des balles fit basculer Olson à terre. Il tomba sur le dos, les bras en croix comme un crucifié. Un côté de son ventre était noirci et déchiqueté. Trois autres balles furent tirées sur lui. Un des gardes qu'il avait désarmés avait récupéré (sans effort) un autre fusil à l'intérieur du half-track.

Olson s'assit. Il plaqua ses mains contre son ventre et dévisagea calmement les soldats prêts à tirer encore au sommet de l'énorme blindé. Les soldats soutinrent son regard.

— Salauds! sanglota McVries. Espèces de sales fumiers!

Olson s'apprêtait à se relever. Une nouvelle volée de balles le renvoya sur le dos.

Garraty entendit du bruit derrière lui. Il n'eut pas besoin de se retourner, il savait que c'était Stebbins. Stebbins qui riait tout bas.

Olson se rassit. Les fusils étaient toujours braqués sur lui mais les soldats cette fois ne tirèrent pas. Leur attitude indiquait plutôt la curiosité.

Lentement, posément, Olson se remit debout, en se tenant le ventre. Il parut renifler en l'air sa direction, reprit le sens de la Marche et avança en vacillant.

— Qu'on l'achève ! hurla une voix scandalisée. Pour l'amour de Dieu, qu'on l'achève !

Les intestins d'Olson, comme des serpents bleus, glissaient lentement entre ses doigts. Ils pendaient, tel un chapelet de saucisses devant ses organes génitaux, ballottant d'une façon obscène. Il s'arrêta, se pencha comme pour les récupérer (les *récupérer*, pensa Garraty dans un vertige d'étonnement et d'horreur) et vomit un grand caillot de sang et de bile. Puis il se remit à marcher, courbé en deux. Sa figure était d'un calme béat.

— Ô mon Dieu ! dit Abraham en se tournant vers Garraty, les mains plaquées sur la bouche, la figure verdâtre, les yeux exorbités. Dieu de Dieu, Ray, quelle saloperie !

Abraham vomit entre ses doigts. Allons, pensa Garraty avec détachement, voilà ce vieil Abraham qui va au refile. Et la Suggestion 13, Abe ?

— Ils lui ont tiré dans le ventre, dit Stebbins derrière lui. Ils ont fait ça exprès. Pour dissuader les autres de tenter le coup de la Charge de la Brigade légère.

— Ecarte-toi de moi, gronda Garraty. Fous-moi le camp ou je te casse la gueule !

Stebbins recula vivement.

— Avertissement ! Avertissement 88 !

Le rire de Stebbins fusa doucement.

Olson tomba à quatre pattes, la tête pendant entre ses bras.

Un des fusils tonna et une balle fit sauter un éclat d'asphalte à côté de sa main gauche avant de ricocher en sifflant. Lentement, péniblement, douloureusement, il se remit sur ses pieds. Ils jouent avec lui, pensa Garraty. Toute cette affaire doit les ennuyer terriblement, alors ils jouent avec Olson.

Est-ce qu'Olson est drôle, les gars ? Est-ce qu'Olson vous amuse bien ?

Garraty se mit à pleurer. Il courut vers Olson et tomba à genoux à côté de lui, il serra contre sa poitrine la tête lourde, brûlante de fièvre. Il sanglota sur les cheveux secs et nauséabonds.

— Avertissement ! Avertissement 47 !
— Avertissement ! Avertissement 61 !

McVries le tirait. Encore McVries.

— Lève-toi, Ray, lève-toi, tu ne peux rien pour lui, je t'en prie, pour l'amour de Dieu, relève-toi !

— C'est pas juste ! gémit Garraty, qui avait une traînée poisseuse du sang d'Olson sur la joue. C'est pas juste !

— Je sais. Viens. Allons, viens.

Garraty se releva. McVries et lui repartirent rapidement à reculons, en observant Olson qui était à genoux mais se levait. Il se dressa au milieu de la chaussée, un pied de chaque côté de la ligne blanche. Il leva les deux mains au ciel. Un soupir parcourut la foule.

— JE M'Y SUIS MAL PRIS ! hurla-t-il d'une voix chevrotante avant de tomber raide mort.

Les soldats du half-track lui logèrent encore deux balles dans le corps, puis le traînèrent vers le bas-côté.

— Eh bien, voilà.

Ils marchèrent en silence pendant une dizaine de minutes. La seule présence de McVries apportait à Garraty une sorte de réconfort.

— Je commence à entrevoir quelque chose, Pete, dit-il finalement. Il y a un motif. Ce n'est pas entièrement dépourvu de raison.

— Ouais ? Compte là-dessus et bois de l'eau !

— Il m'a parlé, Pete. Il n'était pas mort avant qu'ils l'abattent. Il était *vivant !* cria Garraty et il le répéta, parce que c'était à ses yeux ce qu'il y avait de plus important dans l'incident Olson. Il était *vivant !*

— Ça ne change rien, répliqua McVries avec un soupir las. Il n'est qu'un numéro. Une partie du tout. Le numéro 53. Tout ce que ça signifie, c'est que nous approchons, c'est tout.

— Tu ne le penses pas vraiment.

— Ne me dis pas ce que je pense et ne pense pas ! protesta McVries. Fous-moi la paix, tu veux ?

— Je nous situe à environ vingt kilomètres d'Oldtown.

— Ah ben dis donc ! Merde !

— Tu sais comment va Scramm ?

— Je ne suis pas son docteur.

— Mais enfin, qu'est-ce que tu as ?

McVries rit.

— Nous sommes ici, nous sommes ici tous les deux, et tu veux savoir ce que *j'ai ?* Je me fais du souci pour mes impôts de l'année prochaine, voilà. Je m'inquiète du prix du blé dans le Dakota du Sud, voilà. Olson, ses tripes dégringolaient, Garraty, à la fin il marchait avec ses tripes qui foutaient le camp et ça me ronge, c'est ça qui me ronge...

Il s'interrompit et Garraty le regarda lutter pour ne pas vomir. Brusquement, McVries annonça :

— Scramm va mal.

— Ah oui ?

— Collie Parker lui a tâté le front et il dit qu'il est brûlant. Il parle bizarrement. De sa femme, de Phoenix, Flagstaff, des drôles d'histoires sur les Hopis et les Navajos et les poupées kachinas... c'est difficile à comprendre.

— Combien de temps est-ce qu'il peut durer ?

— Va savoir. Il pourrait nous enterrer tous. Il est bâti comme un bison et il se donne beaucoup de mal. Bon Dieu, qu'est-ce que je suis fatigué !

— Et Barkovitch ?

— Il pige. Il sait que nous serons nombreux à être heureux qu'il prenne son ticket pour l'au-delà. Il s'est mis dans la tête de durer plus longtemps que moi, le sale petit fumier. Il n'aime pas que je lui file le train. Pas marrant, bien sûr, je sais, dit McVries en éclatant de son rire dément que Garraty n'aimait pas. Mais il a la trouille. Il y va mollo pour ses poumons, il garde ses forces pour ses jambes.

— Nous tous.
— Ouais. Oldtown approche. Vingt kilomètres ?
— C'est ça.
— Je peux te dire quelque chose, Garraty ?
— Bien sûr. J'emporterai ça dans la tombe.
— C'est sûrement vrai.

Quelqu'un, en avant, alluma un pétard dans la foule et Garraty et McVries sursautèrent. Plusieurs femmes poussèrent des cris perçants. Un gros homme, au premier rang, jura en postillonnant une bouchée de pop-corn.

— Si tout ça est tellement horrible, dit McVries, c'est parce que c'est insignifiant. Tu sais ? Nous nous sommes vendus et nous avons échangé notre âme contre du mépris. Olson, il était méprisable. Il était magnifique, aussi, mais l'un n'exclut pas l'autre. Il était magnifique et méprisable. D'un côté comme de l'autre, ou des deux, il est mort comme un insecte sous un microscope.

— Tu es pire que Stebbins, grommela Garraty.
— Je regrette que Priscilla ne m'ait pas tué. Au moins, je n'aurais pas été...
— Insignifiant, acheva Garraty.
— Oui, je crois...
— Ecoute, j'aimerais dormir un peu, si c'est possible. Tu veux bien ?
— Oui. Je te demande pardon.

Mais McVries était vexé.

— Non, c'est moi. Ecoute, ne prends pas ça à cœur. C'est vraiment...

— Insignifiant.

McVries rit pour la troisième fois, de son rire un peu fou, et Garraty regretta — une fois de plus — de s'être fait des amis sur la Longue Marche. Ça rendrait tout plus dur. En fait, c'était déjà dur.

Il ressentait des tiraillements dans ses intestins. Ils auraient bientôt besoin d'être vidés. La pensée lui fit mentalement grincer des dents. On le montrerait du doigt en riant. Il ferait sa crotte dans la rue comme un chien corniaud et ensuite les gens la ramasseraient avec des torchons en papier et la mettraient dans des bocaux, en souvenir. Il lui semblait impossible que des gens fassent des choses pareilles mais il savait que cela arrivait.

Olson avait ses tripes qui dégoulinaient.

McVries et Priscilla et la fabrique de pyjamas.

Scramm, brûlant de fièvre.

Abraham...

La tête de Garraty retomba. Il s'assoupit. La Marche continuait.

Par monts et par vaux, dans les bois et dans les champs. En haut des côtes et sous les ponts et le long des ruisseaux. Garraty pouffa, dans les recoins embrumés de son cerveau. Ses pieds se posaient sur l'asphalte et son talon branlant claquait comme un vieux volet dans une maison abandonnée.

Je pense, donc je suis. Première année de latin. De vieilles ritournelles dans une langue morte. Sonnez les matines, ding-ding-don. *J'existe*, donc je suis.

Un autre pétard claqua. Il y eut des acclamations. Le half-track vrombissait. Garraty guetta son avertissement, puis s'assoupit plus profondément.

Papa, je n'étais pas heureux que tu partes, mais tu ne m'as jamais vraiment manqué depuis. Désolé. Mais ce n'est pas pour ça que je suis ici. Je n'ai pas de désir subconscient de suicide. Désolé, Stebbins. Navré mais...

Les fusils, encore. Il se réveilla en sursaut et entendit le bruit familier du sac jeté par terre, un autre garçon en route vers Jésus. La foule hurla d'horreur et rugit son approbation.

— Garraty! glapit une femme. Ray Garraty! Nous sommes avec toi, mon garçon! *Nous sommes avec toi, Ray!*

Elle avait une voix vulgaire, éraillée, qui perçait dans le brouhaha, et des têtes se tournèrent, des cous se tendirent pour mieux voir le Champion du Maine. Il y eut quelques huées noyées dans les hourras.

La foule reprit sa litanie. Garraty écouta son nom jusqu'à ce qu'il se réduise à un amalgame de syllabes sans signification, sans rapport avec lui.

Il agita distraitement la main et se rendormit.

11

> « Allez donc, connards ! Vous voulez vivre éternellement ? »
>
> Sergent-chef inconnu
> de la Première Guerre mondiale

Ils traversèrent Oldtown vers minuit. Ils avaient suivi deux petites routes de dégagement, avaient rejoint la Route 2 et étaient arrivés dans le centre de la ville.

Pour Ray Garraty, tout ce passage se confondit avec un cauchemar flou, embrumé de sommeil. Les ovations s'élevaient, s'enflaient au point de supprimer toute possibilité de réflexion ou de raisonnement. La nuit se transformait en un jour sans ombres, éblouissant, à la lumière crue des lampes à arc qui baignait tout d'une lueur orangée surnaturelle. Dans un tel éclairage, même la figure la plus amicale avait l'air de surgir d'une crypte. Des confettis, des bouts de papier journal, des pages déchirées d'annuaires du téléphone, de longs serpentins de papier hygiénique dansaient et s'envolaient des fenêtres. C'était la traditionnelle parade triomphale de New York à Ploucville, U.S.A.

Personne ne mourut à Oldtown. Les lampes à arc orangées disparurent et la foule se clairsema un peu alors qu'ils longeaient la Stillwater aux premières heures du matin. On était le 3 mai, maintenant. Ils respiraient l'odeur de l'usine à papier. Une épaisse senteur de produits chimiques, de fumée de bois, de rivière polluée, de cancer latent de l'estomac. Ils croisèrent des pyramides de sciure plus hautes que les immeubles du centre. Des piles de bois se dressaient vers le ciel comme des menhirs. Garraty dormit et rêva, des rêves fumeux de rédemption. Après une éternité, lui sembla-t-il, quelqu'un lui donna des coups de coude dans les côtes. C'était McVries.

— Qu'y a ?

— Nous arrivons à l'autoroute, répondit McVries, surexcité. Il paraît qu'il y a une sacrée garde d'honneur à la rampe d'entrée. Nous allons avoir droit au salut de quatre cents canons !

— « Dans la vallée de la mort galopaient les quatre cents », marmonna Garraty en frottant ses paupières collées. J'ai entendu trop de saluts de coups de fusil, ce soir. Ça m'intéresse pas. Laisse-moi roupiller.

— S'agit pas de ça. Quand ils auront fini, c'est nous qui les saluerons !

— Ah oui ?

— Ouais, le salut de quarante-six bouches qui les conspuent !

Garraty sourit un peu, les lèvres engourdies.

— Sans blague ?

— Je te le dis ! Enfin... de quarante bouches. Il y en a quelques-uns qui sont dans un triste état.

Garraty eut une brève vision d'Olson, le *Hollandais volant* humain.

— Bon, eh bien, compte sur moi.

— Remercions un peu le carré, alors.

Garraty pressa le pas. McVries et lui se rapprochèrent de Pearson, Abraham, Baker et Scramm pour former un groupe compact. Les garçons en cuir de la tête avaient raccourci leur avant-garde.

— Barkovitch est dans le coup ? demanda Garraty.

McVries eut une grimace de mépris.

— Il se prend pour la plus grande invention depuis les toilettes publiques.

Garraty rentra un peu plus les épaules, serra les bras autour de son corps gelé et laissa échapper un petit ricanement sans joie.

— Je parie qu'il en connaît un bout, pour conspuer.

Ils marchaient maintenant parallèlement à l'autoroute. Ils en voyaient à leur droite le haut soubassement surmonté de la lueur diffuse des lampes à arc au sodium, d'un blanc cru, cette fois. Un peu plus loin devant, à environ huit cents mètres, apparaissait la côte de la bretelle d'entrée.

— Nous voilà ! annonça McVries.

— Cathy ! hurla soudain Scramm, et Garraty sursauta. J'ai pas encore raccroché, Cathy !

Il tourna vers Garraty ses yeux vides, fiévreux, mais ne parut pas le reconnaître. Ses joues étaient rouges, ses lèvres craquelées par la fièvre.

— Il ne va pas très bien, confia Baker comme s'il s'en excusait, comme s'il en était responsable. Nous lui donnons de l'eau de temps en temps, nous en versons aussi sur sa tête. Mais son bidon est presque vide et s'il en veut un autre, il faut qu'il le réclame lui-même. C'est le règlement.

— Scramm ? dit Garraty.

— Qui c'est ?

— Moi. Garraty.

— Ah ! Tu as vu Cathy ?

— Non... je...

— Nous y voilà ! cria McVries.

Les hourras de la foule atteignirent de nouveau le paroxysme alors qu'un grand panneau d'un vert spectral surgissait de la nuit : AUTOROUTE 95 AUGUSTA PORTLAND PORTSMOUTH ET AU-DELÀ.

— C'est nous, chuchota Abraham. Dieu nous garde au-delà.

Ils attaquèrent le plan incliné de la bretelle et furent éclaboussés par la lumière des lampes à arc. Le nouveau revêtement était plus lisse sous leurs pieds et Garraty ressentit une nouvelle hausse de son moral, soumis à un éternel mouvement de balancier.

Les soldats de la garde d'honneur avaient refoulé les spectateurs le long de la rampe d'accès en spirale. Ils restaient silencieux, le fusil à l'épaule. Leur uniforme de parade chamarré contrastait avec celui, poussiéreux, des soldats du half-track.

Les marcheurs avaient l'impression de s'élever au-dessus d'une énorme mer turbulente et bruyante dans le calme de l'atmosphère. Ils n'entendaient que le bruit de leurs pas et celui de leur respiration difficile. La bretelle d'entrée paraissait interminable, bordée des deux côtés par les soldats en uniforme écarlate.

Enfin, quelque part dans l'obscurité, plus haut, la voix électroniquement amplifiée du commandant retentit :

— Présentez... *armes !*

Des mains claquèrent sur les crosses.

— Pour le salut... prêt !

Les canons pointés vers le ciel formèrent une voûte d'acier. Instinctivement, tout le monde rentra la tête, dans l'attente du tonnerre de mort... le réflexe de Pavlov.

— *Feu !*

Quatre cents fusils dans la nuit, assourdissants,

prodigieux. Garraty fit un effort pour ne pas se plaquer les mains sur les oreilles.

— *Feu !*

Encore une fois, l'odeur âcre, lourde, de la poudre. Où avait-il lu qu'on tirait des coups de fusil au-dessus de l'eau pour faire remonter un noyé à la surface ?

— Ma tête ! gémit Scramm. Ah, Jésus, j'ai mal à la tête !

— *Feu !*

Les fusils tirèrent pour la troisième et dernière fois.

Immédiatement, McVries fit demi-tour pour marcher à reculons et sa figure se congestionna sous l'effort qu'il dut faire pour crier :

— Présentez... armes !

Quarante bouches s'arrondirent.

— Pour le salut... à mon commandement !

Garraty emplit d'air ses poumons et retint sa respiration.

— *Feu !*

Ce fut assez pitoyable, à vrai dire. Une ridicule petite huée de défi dans la vaste obscurité. Elle ne se répéta pas. Les visages de bois de la garde d'honneur ne réagirent pas, mais parurent quand même exprimer un reproche subtil.

— Et puis merde, dit McVries en se retournant, et il se remit à marcher dans le bon sens, tête basse.

Le sol s'aplanit. Ils étaient sur l'autoroute. Ils eurent une brève vision de la jeep du commandant accélérant vers le sud, un éclair de lumière fluorescente sur ses lunettes de soleil, et puis la foule se referma, mais plus loin des marcheurs maintenant, car la chaussée était à quatre voies, cinq en comptant la bande médiane.

Garraty la rejoignit rapidement et marcha dans l'herbe tondue, sentant la rosée s'infiltrer par les semelles usées de ses chaussures et lui rafraîchir les chevilles. Quelqu'un reçut un avertissement. L'autoroute s'étendait devant eux, plate et monotone, une longue étendue de béton divisée par cette incrustation verte, le tout illuminé par les bandes de lumière blanche de l'éclairage axial. Les ombres étaient nettes, longues, comme celles que projette une pleine lune d'été.

Garraty souleva son bidon, but longuement, le reboucha et se remit à dormir. Cent trente, peut-être cent trente-cinq kilomètres jusqu'à Augusta. L'herbe humide était apaisante...

Il buta, faillit tomber et se réveilla en sursaut. Un crétin avait planté des sapins sur la bande médiane. Il savait bien que c'était l'arbre emblème du Maine, mais il ne fallait quand même pas exagérer ! Comment voulaient-ils qu'on marche dans l'herbe si...

Ils ne le voulaient pas, naturellement.

Garraty passa sur la voie de gauche, celle où ils marchaient presque tous. Deux autres half-tracks étaient arrivés à l'entrée d'Orono pour surveiller plus étroitement ces quarante-six concurrents restants. Ils ne voulaient pas qu'on marche dans l'herbe. Encore un sale tour qu'on te joue, Garraty, mon vieux. Rien de capital, rien qu'une petite déception de plus... Insignifiant, vraiment. Mais... ne te permets surtout plus de souhaiter quelque chose et ne compte sur rien. Les portes se ferment. Une par une, elles se ferment.

— Ça va tomber, ce soir, dit-il. Ils vont tomber comme des mouches, cette nuit.

— Compte pas là-dessus, dit Collie Parker d'une voix plus sourde, plus lasse — enfin calmé.

— Pourquoi ?

— C'est comme si on secoue une boîte de biscottes dans un tamis. Les miettes tombent à travers assez vite. Et puis les petits bouts se cassent et passent aussi. Mais les gros morceaux, les biscottes entières, ne perdent qu'une miette à la fois.

— Mais un si long chemin à faire à pied... tout de même...

— J'ai encore envie de vivre, dit brutalement Parker. Toi aussi, me raconte pas d'histoires, Garraty. Ce mec, McVries, et toi, vous marchez ensemble et vous déconnez entre vous à propos de l'univers ou je ne sais quoi, c'est rien que des conneries mais ça passe le temps. Mais ne me raconte pas d'histoires. Le résumé, c'est que t'as envie de vivre. Comme la plupart des autres. Ils vont mourir lentement. Ils vont mourir morceau par morceau. J'y passerai peut-être mais, en ce moment, je me sens d'attaque pour marcher jusqu'à La Nouvelle-Orléans avant de tomber à genoux devant ces pétards mouillés dans leur tacot.

— Vraiment ? demanda Garraty soudain envahi par une vague de désespoir. Vraiment ?

— Ouais, vraiment. T'énerve pas, Garraty. On a encore un long chemin à faire.

Parker repartit à grands pas, pour rejoindre les garçons en cuir, Mike et Joe, qui imposaient leur allure au groupe de tête. Garraty laissa retomber sa tête et se rendormit.

Son esprit commença à partir à la dérive, à quitter son corps, comme un énorme appareil photo chargé d'une pellicule vierge, qui prendrait des instantanés de tout et de n'importe quoi, de lui-même, sans effort, sans douleur. Il pensa à son père, partant fièrement avec ses bottes de caoutchouc vert. Il pensa à Jimmy Owens, il avait frappé Jimmy avec le canon de sa carabine à air comprimé et, oui, il l'avait fait exprès parce que c'était Jimmy qui avait eu l'idée qu'ils se déshabillent tous les deux et qu'ils se touchent mutuellement, c'était une idée de Jimmy, l'idée de Jimmy. La carabine décrivait un arc de cercle scintillant, un arc scintillant et *volontaire*, suivi d'un jaillissement de sang (« Excuse-moi, Jim, ah zut t'as besoin d'un pansement. ») sur le menton de Jimmy, et puis il le soutenait, il le faisait entrer dans la maison... et Jimmy criait... criait.

Garraty leva les yeux, à moitié abruti et moite malgré la fraîcheur de la nuit. Quelqu'un avait crié. Les fusils étaient braqués sur une petite silhouette presque corpulente. Ça ressemblait à Barkovitch. Ils tirèrent à l'unisson et la petite silhouette corpulente fut projetée à deux voies de là comme un sac de linge. La large figure boutonneuse n'était pas celle de Barkovitch. Elle parut à Garraty reposée et paisible.

Il se demanda s'il ne vaudrait pas mieux pour eux qu'ils soient tous morts et repoussa immédiatement cette pensée. Mais est-ce que ce n'était pas vrai ? Cela lui parut inexorable. La douleur dans ses pieds doublerait, triplerait peut-être avant que la fin survienne et elle paraissait déjà insoutenable. Et la douleur, ce n'était même pas le pire. Le pire, c'était la mort, la mort omniprésente, la puanteur de charogne qui s'était installée dans ses narines. Les acclamations de la foule soutenaient ses pensées. Ce bruit de fond le berçait. Il s'assoupit de nouveau et cette fois, ce fut l'image de Jan qui lui apparut. Pendant un moment, il l'avait oubliée. Dans un sens, pensa-t-il sans raison, il vaut mieux s'assoupir que dormir vraiment. Ses pieds et ses jambes douloureux semblaient appartenir à quelqu'un d'autre, à qui il n'était lié que vaguement, et il parvenait presque sans effort à diriger ses pensées. A les mettre en branle.

L'image de Jan s'élabora lentement dans son esprit. Des jambes solides mais très féminines, de petits mollets ronds sous de bonnes cuisses de paysanne. Elle avait la taille fine, les seins lourds et fermes. Une figure ronde, intelligente. De longs cheveux blonds. Des cheveux de putain, pensa-t-il sans savoir pourquoi. Une fois, il le lui avait dit, ça lui était passé par la tête, comme ça, et il pensait qu'elle serait furieuse mais elle n'avait rien répondu du tout. Il pensa qu'elle en avait été secrètement ravie...

Cette fois, ce fut la contraction régulière de ses intestins qui le ranima. Il dut serrer les dents pour continuer de marcher à la vitesse voulue jusqu'à ce que la sensation passe. Le cadran lumineux de sa montre lui apprit qu'il serait bientôt une heure. Mon Dieu, faites que je n'aie pas besoin de chier devant tous ces gens. Mon Dieu, je vous en supplie. Je vous donnerai la moitié de tout ce que j'aurai si je gagne mais je vous en supplie, constipez-moi. S'il vous plaît, mon Dieu. S'il...

Ses intestins se contractèrent encore une fois, plus fortement, douloureusement, pour affirmer peut-être qu'il était encore essentiellement en bonne santé en dépit des tortures que subissait son corps. Il se força à marcher jusqu'à sortir de l'impitoyable halo de la lampe à arc au-dessus de lui. Nerveusement, il déboucla sa ceinture, s'arrêta et puis, en grimaçant, baissa son pantalon sa main tenue comme un bouclier sur ses organes génitaux, et s'accroupit. Ses genoux craquèrent bruyamment. Les muscles de ses cuisses et de ses mollets protestèrent à hurler et menacèrent de se nouer s'ils devaient faire un effort de plus.

— Avertissement ! Avertissement 47 !

— Hé, John ! Johnny, regarde ce pauvre con là-bas !

Des doigts pointés, à demi entrevus ou imaginés dans le noir. Des crépitements de flashes. Garraty détourna honteusement la tête. Rien ne pouvait être pire que cela. Rien.

Il faillit tomber sur le dos et dut s'appuyer sur un bras.

Un cri aigu de fille :

— Je le *vois* ! Je vois son *machin* !

Baker passa près de lui sans un regard.

Pendant un instant de terreur, il crut que tout cela serait pour rien — une fausse alerte — mais ensuite tout se passa bien. Il put terminer son affaire. Enfin, ravalant un sanglot, il se releva et chancela sur la route et clopina tant bien que mal, en tenant son pantalon, et laissant derrière lui une partie de lui-même qui fumait dans la nuit, sous les yeux avides d'un millier de spectateurs... Mettez ça en bocal ! mettez-le sur votre cheminée ! La merde d'un homme qui joue sa vie ! *C'est ça, Betty, je t'ai dit que nous avions quelque chose de spécial dans le salon... là, au-dessus de la stéréo. Il a été abattu vingt minutes plus tard...*

Il rattrapa McVries et marcha à côté de lui, tête basse.

— Dur ? demanda McVries sur un ton d'indiscutable admiration.

— Tout ce qu'il y a de dur, bredouilla Garraty dans un soupir. Je savais que j'avais oublié quelque chose.

— Quoi ?

— J'ai laissé mon papier cul à la maison.

McVries pouffa.

— Comme disait ma vieille mémé, si t'as pas de torche-cul, t'as qu'à serrer un peu moins tes fesses.

Garraty éclata de rire, d'un rire franc, joyeux, sans la moindre nervosité. Il se sentait allégé, détendu. Quoi qu'il arrive, il n'aurait pas à repasser par *ça*.

— Eh bien, tu y es arrivé, dit Baker en se mettant à leur pas.

— Bon Dieu ! s'exclama Garraty, étonné. Pourquoi est-ce que vous ne m'envoyez pas tous une carte de convalescence, tant que vous y êtes ?

— Ce n'est pas marrant, avec tous ces gens qui vous regardent, dit gravement Baker. Ecoute, je viens d'entendre quelque chose. Je ne sais pas si je peux le croire. Je ne sais même pas si je veux le croire !

— Quoi ? demanda Garraty.

— Joe et Mike, les types en cuir dont tout le monde croyait qu'ils étaient pédés et ensemble... C'est des Hopis, c'est ce que Scramm voulait nous dire tout à l'heure et nous ne pigions pas. Mais... à ce que j'ai entendu, ils sont frères.

Garraty en resta bouche bée.

— J'ai accéléré et je suis allé les voir de près, reprit Baker. Et, je vous jure, ils ont bien l'air de frères.

— C'est fou ! dit McVries avec colère. C'est carrément fou ! Leurs parents devraient être escouadés, pour avoir permis un truc pareil !

— Tu n'as jamais connu d'Indiens ? demanda Baker. Y a une réserve de Séminoles près de chez nous, juste de l'autre côté de la frontière de l'Etat. C'est des drôles de gens. La « responsabilité », ils ne savent pas ce que c'est, ils ne pensent pas comme nous autres. Ils sont fiers. Et pauvres. Je suppose que ces choses-là, c'est pareil pour les Hopis que pour les Séminoles. Et ils savent mourir.

— Rien de tout ça ne fera qu'ils ont raison ! insista McVries.

— Ils viennent du Nouveau-Mexique, précisa Baker.

— C'est un avortement, déclara McVries sur un ton définitif et Garraty se sentit enclin à l'approuver.

La conversation languit de nouveau, en partie à cause du vacarme de la foule mais aussi, pensa

Garraty, à cause de la monotonie de l'autoroute. Les côtes grimpaient progressivement, on n'avait presque pas l'impression de monter. Certains marcheurs sommeillaient, reniflaient ou ronflaient convulsivement, resserraient en quelque sorte leur ceinture et se résignaient à la longue amertume qui les attendait. Les petits groupes qui s'étaient formés se dissolvaient en trios, en duos, en petites îles solitaires.

La foule ignorait la fatigue. Elle continuait à les acclamer d'une seule voix rauque, enrouée, brandissant des pancartes illisibles. Le nom de Garraty revenait de manière presque monotone mais des délégations d'autres Etats encourageaient brièvement Barkovitch, Pearson, Wyman... D'autres noms passaient aussi vite que des parasites sur un écran de télévision.

Des pétards éclataient ou retombaient en crachotant. Quelqu'un fit partir une fusée dans le ciel froid et la foule se dispersa en poussant des cris lorsqu'elle retomba en soleil pour aller éteindre avec un sifflement sa lueur pourpre aveuglante dans la terre d'un bas-côté, derrière la barrière. Il y eut d'autres détails notables. Un homme muni d'un mégaphone électrique qui tantôt acclamait Garraty, tantôt proclamait sa propre candidature à la Chambre pour le deuxième district ; une femme avec un gros corbeau dans une petite cage qu'elle serrait jalousement contre son sein géant ; une pyramide humaine faite d'étudiants en sweat-shirts de l'université du New Hampshire ; un homme édenté à la poitrine creuse déguisé en Oncle Sam et portant une pancarte : NOUS AVONS FAIT CADEAU DU CANAL DE PANAMA AUX NÈGRES COMMUNISTES. Mais, autrement, la foule était aussi terne et morne que l'autoroute elle-même.

Garraty sommeillait par à-coups et les visions dans sa tête alternaient entre l'amour et l'horreur.

Dans un de ses rêves, une voix basse, bourdonnante, répétait : *Avez-vous de l'expérience ? Avez-vous de l'expérience ? Avez-vous de l'expérience ?* et il ne parvenait pas à déterminer si c'était la voix de Stebbins ou celle du commandant.

12

> « J'ai suivi la route, la route était boueuse. Je me suis cogné le pied, mon pied a saigné. Vous êtes tous là ? »
>
> Comptine d'enfants
pour le jeu de cache-cache

Tant bien que mal, 9 heures du matin arrivèrent. Ray Garraty se vida son bidon sur la tête, en la renversant tellement en arrière que sa nuque craqua. Le temps s'était juste assez réchauffé pour que son haleine soit devenue invisible et l'eau était glacée ; elle chassa un peu sa perpétuelle envie de dormir.

Il examina ses compagnons de voyage. McVries portait une épaisse broussaille de barbe, à présent, noire comme ses cheveux. Collie Parker avait la mine hagarde mais paraissait plus solide que jamais. Baker semblait presque éthéré. Scramm était moins rouge mais il toussait beaucoup, des quintes profondes, graves qui rappelèrent à Garraty une pneumonie, qu'il avait attrapée, il y avait longtemps à cinq ans.

La nuit avait passé dans une séquence de rêve entrecoupée de noms divers sur les panneaux réfléchissants. Veazie. Bangor. Hermon. Hampden. Winterport. Les soldats n'avaient commis que deux meurtres et Garraty devait admettre la justesse du raisonnement de Parker.

Maintenant, le grand jour était revenu. Les petits groupes se reformaient, des marcheurs plaisantaient sur leurs barbes mais pas leurs pieds... jamais les pieds. Garraty avait senti pendant la nuit de petites ampoules à son talon droit mais sa chaussette épaisse avait quelque peu protégé la chair à vif. Ils venaient maintenant de passer sous un panneau annonçant AUGUSTA 77 PORTLAND 188.

— C'est plus loin que ce que tu disais, lui reprocha Pearson qui avait une mine effroyable et dont les cheveux tombaient en mèches inertes sur ses joues.

— Je ne suis pas une carte routière ambulante ! répliqua Garraty.

— Quand même... c'est ton Etat.

— Pas de pot.

— Ouais, probable. (Aucune rancœur ne perçait dans la voix fatiguée de Pearson.) Mince, jamais je ne recommencerai ça, de cent ans !

— Si tu vis aussi longtemps.

— Ouais... Mais j'ai pris une décision, tu sais. Si jamais je suis si fatigué que je ne peux plus continuer, je m'en vais courir là-bas et plonger dans la foule. Ils n'oseront pas tirer. Je pourrai peut-être m'échapper.

— Ce serait comme si tu sautais sur un trampoline, dit Garraty. La foule te ferait rebondir jusque sur la chaussée, histoire de te voir saigner. T'as oublié Percy ?

— Percy n'a pas réfléchi. Il a juste essayé de se glisser dans les bois. Ils l'ont bien abattu, ça, pas de doute... Dis donc, Ray, t'es pas fatigué ?

— Merde, non ! assura Garraty en battant l'air de

ses bras maigres d'un air fanfaron. Ça baigne, tu le vois pas ?

— Moi, ça va mal, avoua Pearson. J'ai même du mal à penser. Et j'ai comme des harpons dans les jambes, je les sens jusqu'à...

— Scramm est mourant, annonça McVries derrière eux.

— Hein ? firent en chœur Pearson et Garraty.

— Il a une pneumonie.

Garraty hocha la tête.

— C'est bien ce que je craignais.

— On entend ses poumons à plus d'un mètre. On dirait qu'on y pompe le Gulf Stream. S'il a encore de la fièvre aujourd'hui, il va carrément brûler.

— Pauvre vieux, dit Pearson et le soulagement dans sa voix fut aussi inconscient qu'indiscutable. Il aurait pu nous battre tous, je crois. Et il est marié. Qu'est-ce que sa femme va faire ?

— Qu'est-ce qu'elle peut faire ? demanda Garraty.

Ils marchaient assez près de la foule mais sans prêter attention aux mains qui se tendaient vers eux ; on apprenait à garder ses distances après avoir eu la peau des bras arrachée une ou deux fois par des ongles. Un petit garçon gémit qu'il voulait rentrer à la maison.

— J'en ai parlé à tout le monde, dit McVries. Enfin, à presque tout le monde. Je crois que le gagnant devrait faire quelque chose pour elle.

— Quoi, par exemple ? demanda Garraty.

— Ça, ce sera à voir entre le gagnant et la femme de Scramm. Et si le salaud renâcle, nous reviendrons tous le hanter.

— O.K., dit Pearson. Qu'est-ce qu'on a à perdre ?

— Ray ?

— D'accord. Bien sûr. Est-ce que tu en as parlé à Gary Barkovitch ?

— Cette ordure ? Il refuserait un bouche-à-bouche à sa mère si elle se noyait !

— Je lui en parlerai, moi, dit Garraty.

— Ça ne t'avancera à rien.

— Quand même. J'y vais tout de suite.

— Tu devrais aussi aller voir Stebbins, Ray. On dirait qu'il n'y a qu'à toi qu'il parle.

Garraty grimaça.

— Je peux te dire tout de suite ce qu'il répondra.

— Non ?

— Il m'expliquera pourquoi. Mais quand il aura fini, je n'aurai pas la moindre idée de ce qu'il voulait dire.

— Laisse-le tomber, alors.

— Peux pas. C'est le seul type encore persuadé qu'il va gagner.

Garraty se dirigea vers la petite silhouette voûtée de Barkovitch, qui sommeillait. Avec ses yeux mi-clos et le léger duvet de pêche qui couvrait ses joues olivâtres, il avait l'air d'un vieux nounours martyrisé et passablement élimé. Il avait perdu ou jeté son suroît.

— Barkovitch !

Barkovitch se réveilla en sursaut.

— Quoi ? Qu'est-ce qu'y a ? Qui c'est ? Garraty ?

— Oui. Ecoute. Scramm est en train de mourir.

— Qui ça ? Ah oui ! La cervelle de castor, là-bas. Tant mieux pour lui.

— Il a une pneumonie. Il ne durera probablement pas jusqu'à midi.

Barkovitch tourna lentement la tête vers Garraty et le dévisagea de ses petits yeux en boutons de bottine. Oui, il ressemblait tout à fait au nounours d'un enfant terrible, ce matin.

— Regardez-moi cette gueule pleine de sincérité. Allez, déballe ta salade.

— Eh bien, au cas où tu ne savais pas, il est marié et...

Les yeux de Barkovitch faillirent sortir de leur orbite.

— Marié ? MARIÉ ? TU VIENS ME RACONTER QUE CET ABRUTI DÉBILE EST...

— Pas si fort, Ducon ! Il va t'entendre.

— JE M'EN FOUS ! IL EST DINGUE !

Barkovitch se mit à crier à pleins poumons en se retournant avec fureur vers Scramm.

— QU'EST-CE QUE TU CROYAIS, CONNARD ? QUE TU ALLAIS JOUER AU GIN RUMMY ?

Scramm le regarda d'un air vague, puis il leva une main molle. Il avait dû certainement prendre Barkovitch pour un spectateur. Abraham, qui marchait à côté de lui, fit un bras d'honneur à Barkovitch, qui le lui rendit aussitôt et se retourna vers Garraty. Tout à coup, il sourit.

— Allez, va ! Ça rayonne sur toute ta figure de plouc à la con, Garraty. Alors comme ça, on fait la quête pour la veuveuve du pauvre mourant ? C'est-y pas gentil, ça ?

— On tire un trait sur ton nom, hein ? D'accord.

Garraty commença à s'éloigner. Le sourire de Barkovitch flancha sur les bords. Il retint Garraty par la manche.

— Bouge pas. Bouge pas. J'ai pas dit non, quoi. Tu m'as entendu dire non ?

— Non...

— Non ! Bien sûr que j'ai pas dit non, dit Barkovitch, et le sourire reparut mais il avait maintenant quelque chose de désespéré, toute fanfaronnade envolée. Ecoute, je suis parti du mauvais pied, avec vous tous. Je ne le voulais pas. Merde. Je suis un assez brave type, quand on me connaît. Je pars toujours du mauvais pied, j'ai jamais eu une bande, par chez moi. En classe, je veux dire. Je ne sais pas pourquoi, bon Dieu. Je suis assez sympa, quand on me connaît, un aussi brave type que n'importe qui, mais simplement, tu sais, je ne sais pas m'y prendre. Parce que, quoi, un type a besoin d'un ou deux copains dans un truc comme ça. C'est pas bon d'être seul, pas vrai ? Bon Dieu de bon Dieu, Garraty, tu le sais bien. Rank. Il a commencé, Garraty. Il voulait me casser le cul. Les mecs, ils veulent toujours me casser la gueule. Au lycée, j'avais toujours un cran d'arrêt, à cause des gars qui voulaient me casser la gueule. Ce Rank. Je ne voulais pas qu'il *crève*, ce n'était pas du tout mon intention. C'est pour te dire, c'était pas ma faute. Vous autres, vous avez juste vu la fin... pas comme ça c'est... me casser le cul... tu sais...

Barkovitch laissa son discours en suspens.

— Ouais, probable, marmonna hypocritement Garraty ; si Barkovitch était capable de récrire l'histoire pour lui, il se rappelait trop nettement l'incident Rank. En bref, qu'est-ce que tu fais ? Tu veux bien marcher avec nous ?

— Bien sûr, bien sûr, affirma Barkovitch en se cramponnant à la manche de Garraty comme s'il tirait la sonnette d'alarme dans un bus. Je lui enverrai assez d'oseille pour qu'elle se roule dedans toute sa vie. Je voulais simplement te dire... te faire piger... un mec a besoin d'amis... un type a besoin d'une bande, tu sais ? Personne ne veut mourir détesté, s'il doit mourir, voilà ce que je pense. Je... Je...

— Oui, bien sûr, d'accord. Bon, eh bien, merci.

Garraty se laissa distancer. Il se sentait lâche. Il détestait toujours Barkovitch mais en le plaignant un peu, en même temps. Ce qui lui faisait peur, c'était le petit soupçon d'humanité en lui. Sans qu'il comprenne pourquoi, cela l'effrayait.

Il ralentit trop, reçut un avertissement et mit dix minutes à se laisser rattraper par Stebbins qui marchait tranquillement, à son allure pépère.

— Ray Garraty! dit Stebbins. Joyeux 3 mai, Garraty.

— Même chose pour toi.

— Je comptais mes doigts de pieds, plaisanta amicalement Stebbins. Ils sont d'une compagnie fabuleuse, parce que le compte est toujours rond. Qu'est-ce que tu voulais?

Pour la seconde fois, Garraty raconta la petite histoire de Scramm et de sa femme, et il en était à la moitié quand un autre garçon reçut son ticket (il avait HELL'S ANGELS ON WHEELS peint au pochoir sur le dos de son blouson en jean délavé), ce qui rendit son récit plutôt futile. Quand il eut fini, il attendit anxieusement que Stebbins dissèque l'idée.

— Pourquoi pas? dit-il aimablement en souriant à Garraty.

Garraty vit alors que la fatigue commençait à le marquer, quand même.

— Tu parles comme si tu n'avais rien à perdre, dit-il.

— Eh oui! Aucun de nous n'a rien à perdre. Comme ça, c'est plus facile de donner.

Garraty fut déprimé. Il y avait trop de vérité là-dedans. Alors, leur geste en faveur de Scramm semblait petit.

— Ne le prends pas de travers, Garraty, mon petit vieux. Je suis un peu bizarre mais je ne suis pas méchant. Si je pouvais faire mourir Scramm plus vite en refusant cette promesse, je le ferais. Mais je ne peux pas. Je n'en suis pas sûr, mais je parie que dans toute Longue Marche il y a un pauvre bougre comme Scramm et qu'on fait un geste comme celui-là, et je te parie aussi que ça vient à peu près à ce moment-ci de la Marche, quand les vieilles réalités et l'idée de la mort commencent à peser. Autrefois, avant le Changement et l'apparition des Escouades, quand il y avait encore des millionnaires, ils créaient des fondations et ils construisaient des bibliothèques et toutes ces bonnes conneries. Tout le monde veut un rempart contre la mortalité, Garraty. Il y a des gens qui s'illusionnent, qui s'imaginent le faire en fabriquant des gosses. Mais aucun de ces pauvres enfants perdus, dit Stebbins en indiquant d'un bras maigre les autres marcheurs, avec un petit rire que Garraty trouva triste, aucun de ceux-là ne va jamais laisser de bâtards. Je te choque ?

— Euh... non...

— Toi et ton copain McVries, vous ressortez dans cette équipe disparate. Je ne comprends pas comment vous vous êtes embarqués là-dedans, tous les deux. Je veux bien parier, pourtant, que ça va plus loin que vous ne pensez. Tu m'as pris au sérieux hier soir, n'est-ce pas ? A propos d'Olson ?

— Oui, sans doute, murmura Garraty.

Stebbins rit joyeusement.

— Tu es unique, Garraty. Olson n'avait pas de secret.

— Je ne crois pas que tu plaisantais, hier soir.

— Oh, mais si ! Mais si !

— Tu sais ce que je pense ? Je pense que tu avais une sorte de prescience et que maintenant tu cherches à le nier. Ça te fait peur, peut-être.

Les yeux de Stebbins s'assombrirent.

— Comme tu voudras, Garraty. C'est toi que ça regarde. Et maintenant, si tu te tirais, hein ? Tu as ta promesse.

— Tu veux tricher. C'est ça, ton drame. Tu aimes à penser que le jeu est truqué. Mais il ne l'est peut-être pas. Ça te fait peur, Stebbins ?

— Fous le camp.

— Allez, avoue.

— Je n'avoue rien, sauf ta fondamentale stupidité. Va donc et continue de penser que le jeu n'est pas truqué.

— Tu déconnes, dit Garraty mais sans conviction.

Stebbins sourit brièvement et regarda ses pieds.

Ils gravissaient une longue côte et Garraty sentit sa sueur perler alors qu'il se dépêchait de remonter le peloton pour retrouver McVries, Pearson, Abraham, Baker et Scramm tous réunis, ou plutôt les autres réunis autour de Scramm. Ils avaient l'air de soigneurs inquiets autour d'un boxeur groggy.

— Comment va-t-il ? demanda Garraty.

— Pourquoi leur demander ça à eux ? dit Scramm.

Sa voix naguère sonore se réduisait à un chuchotement. La fièvre était tombée, laissant sa figure pâle et cireuse.

— D'accord, je te le demande.

— Oh, pas si mal, murmura Scramm et il toussa, d'une toux rauque, gargouillante, qui semblait venir de sous l'eau. Je ne vais pas trop mal. C'est gentil, ce que vous faites tous pour Cathy. Un homme préfère s'occuper lui-même des siens, mais je crois que j'aurais tort de me cramponner à ma fierté. Au point où en sont les choses, maintenant.

— Ne parle pas tant, conseilla Pearson. Tu vas t'épuiser.

— Qu'est-ce que ça peut faire ? Maintenant ou plus tard, qu'est-ce que ça change ? répliqua Scramm en les regardant et en secouant lentement la tête. Pourquoi est-ce qu'il a fallu que je tombe malade ? Je marchais bien, vraiment très bien. Le favori, j'étais. Même quand je suis fatigué, j'aime bien marcher. Regarder les gens, respirer le bon air... Pourquoi ? Est-ce que c'est Dieu ? C'est Dieu qui m'a fait ça ?

— Je ne sais pas, dit Abraham.

Garraty sentit revenir sa fascination de la mort et se dégoûta. Il essaya de se secouer. Ce n'était pas juste. Pas quand c'était un ami.

— Quelle heure est-il ? demanda tout à coup Scramm, et Garraty se souvint d'Olson.

— 10 h 10, répondit Baker.

— Un peu plus de trois cents kilomètres de route, ajouta McVries.

— Mes pieds ne sont pas fatigués, déclara Scramm. C'est déjà quelque chose.

Un petit garçon hurlait joyeusement sur le bas-côté. Sa voix s'élevait au-dessus du sourd grondement de la foule, tant elle était stridente.

— Dis, maman ! Regarde ce grand type ! Regarde ce géant ! Dis, maman ! Maman ! Regarde !

Les yeux de Garraty passèrent rapidement sur la foule et aperçurent le petit garçon au premier rang. Il portait un tee-shirt avec Randy le Robot et ouvrait de grands yeux au-dessus d'une moitié de sandwich à la confiture. Scramm lui fit signe de la main.

— Les gosses sont chouettes, dit-il. Ouais. J'espère que Cathy aura un garçon. Nous voulions tous les deux un garçon. Une fille c'est bien mais vous savez, quoi, un garçon... il garde votre nom et il se repasse. C'est pas que Scramm soit un nom tellement épatant mais...

Il rit et Garraty pensa à ce que Stebbins avait dit, un rempart contre la mortalité.

Un marcheur aux joues rondes, vêtu d'un chandail bleu informe, passa entre eux pour les prévenir du bruit qui courait. Mike, de Mike et

Joe, les gars en cuir, venait d'être brusquement pris de crampes d'estomac.

Scramm se passa une main sur le front. Sa poitrine se souleva et retomba dans un spasme, une grosse quinte de toux qui ne ralentit pas sa marche.

— Ces garçons sont de par chez moi, dit-il. Nous aurions pu venir ensemble, si j'avais su. C'est des Hopis.

— Ouais, dit Pearson. Tu nous l'as dit.

Scramm eut l'air étonné.

— Ah oui ? Enfin, ça n'a plus d'importance. On dirait que je ne vais pas faire le voyage tout seul, finalement. Je me demande...

Une expression résolue apparut sur sa figure. Il pressa le pas. Puis il ralentit un moment et se retourna pour faire face aux autres. Il paraissait plus calme, résigné. Garraty le contempla, fasciné malgré lui.

— Je suppose que je ne vous reverrai plus, les copains, dit Scramm avec une très simple dignité. Adieu.

McVries fut le premier à réagir.

— Adieu, mon vieux. Bon voyage.

— Ouais, bonne chance, dit Pearson et il se détourna.

Abraham voulut parler mais en fut incapable.

Il se détourna aussi, pâle, les lèvres frémissantes.

— Vas-y mollo, dit Baker, la mine grave.

— Adieu, dit Garraty. Adieu, Scramm, bon voyage, bon repos.

Scramm sourit un peu.

— Bon repos ? La véritable Marche ne fait peut-être que commencer.

Il marcha rapidement jusqu'à ce qu'il ait rattrapé Mike et Joe, avec leurs visages impassibles et leurs blousons de cuir noir usés. Mike ne s'était pas laissé abattre par les crampes. Il marchait les deux mains pressées sur son bas-ventre. Sa vitesse demeurait constante.

Scramm leur parla. Ils les observaient tous. Il leur sembla que tous trois tenaient longuement conférence.

— Qu'est-ce qu'ils fabriquent ? chuchota craintivement Pearson.

Tout à coup, la conférence fut terminée. Scramm accéléra et s'écarta de Mike et Joe. Même de loin, Garraty entendit son affreuse toux déchirante. Les soldats surveillaient avec attention les trois garçons. Joe mit une main sur l'épaule de son frère et la serra. Ils se regardèrent. Garraty ne put distinguer aucune émotion sur leur figure cuivrée. Enfin, Mike se dépêcha un peu et rattrapa Scramm.

Quelques instants plus tard, Mike et Scramm exécutèrent brusquement un quart de tour et marchèrent vers la foule qui, sentant peser sur eux la fatalité, poussa des cris, s'écarta et recula devant eux comme s'ils avaient la peste.

Garraty regarda Pearson et le vit pincer les lèvres. Les deux garçons reçurent un avertissement. En arrivant à la barrière de sécurité bordant la chaussée, ils firent un nouveau quart de tour réglementaire et se tournèrent vers le half-track. Tous deux firent un bras d'honneur.

— J'ai baisé ta mère et ça valait le coup ! cria Scramm.

Mike dit quelque chose dans son dialecte.

Une formidable ovation monta des marcheurs et Garraty sentit les larmes lui brûler les paupières. La foule se taisait, toujours à distance. Mike et Scramm reçurent un deuxième avertissement puis ils s'assirent ensemble, les jambes croisées, et se mirent à causer calmement. Et c'était vraiment très bizarre, pensa Garraty en passant près d'eux, parce qu'ils n'avaient pas l'air de parler la même langue.

Il ne se retourna pas. Aucun d'eux ne se retourna, pas même quand ce fut terminé.

— Celui qui gagne fera bien de tenir parole, dit tout à coup McVries. Il a intérêt !

Personne ne répondit.

13

> « Joanie Greenblum, *descendez donc!* »
>
> Johnny OLSEN,
> *The New Price is Right*

Deux heures de l'après-midi.
— Tu triches, salaud! glapit Abraham.
— Je ne triche pas, répliqua calmement Baker. Tu me dois un dollar quarante, connard.
— Je ne paie pas les tricheurs.

Abraham serra fortement dans sa main sa pièce de dix *cents*.

— Et moi, je n'ai pas l'habitude de jouer à pile ou face avec des types qui me traitent comme ça, gronda Baker, puis il sourit. Mais pour toi, Abe, je fais une exception. Tu as des manières tellement charmantes que je n'y résiste pas.
— Tais-toi et lance.
— Oh! je t'en supplie, ne me parle pas sur ce ton, gémit Baker en levant les yeux au ciel. Je risquerais de tomber dans les pommes!

Garraty pouffa. Abraham renifla et lança sa pièce en l'air, l'attrapa et la plaqua sur le dos de son autre main.

— A toi.
— O.K.

Baker lança la sienne encore plus haut, l'attrapa encore plus adroitement et, Garraty en eut la certitude, la garda en équilibre.

— Fais voir le premier, cette fois, dit-il.
— Non-on. Je l'ai montrée le premier la dernière fois.
— Ah merde, Abe ! J'ai montré le premier trois fois de suite avant ça. C'est toi, le tricheur.

Abraham marmonna, réfléchit et révéla sa pièce. C'était pile, le Potomac encadré par des feuilles de laurier. Baker souleva sa main, jeta un petit coup d'œil dessous et sourit. Il avait pile aussi.

— Tu me dois un dollar *cinquante*.
— Bon sang de bon Dieu, tu me prends pour un con ! glapit Abraham. Tu me prends pour un débile, hein ? Allez, avoue-le ! Tu veux me lessiver, pas vrai ?

Baker fit mine de réfléchir.

— Allez, allez ! rugit Abraham. Ça ne me gêne pas !
— Maintenant que tu poses la question, rétorqua Baker, que tu sois ou non débile, ça ne m'est jamais venu à l'idée. Que tu sois un con, c'est déjà bien établi. Quant à te lessiver... ça, mon ami, c'est une certitude.
— Tiens, dit sournoisement Abraham, je te fais une proposition. Quitte ou double pour tout le paquet. Et ce coup-ci, c'est toi qui montres le premier.

Baker regarda Garraty.

— Ray, tu le ferais ?
— Je ferais quoi ?

Garraty avait perdu le fil de la conversation. Sa jambe gauche commençait à l'inquiéter sérieusement.

— Est-ce que tu jouerais à quitte ou double contre ce type-là ?

— Pourquoi pas ? Après tout, il est trop bête pour tricher avec *toi*.

— Garraty ! Je te prenais pour mon ami ! protesta Abraham.

— D'accord, un dollar cinquante, quitte ou double, décida Baker, et ce fut alors qu'une douleur monstrueuse paralysa la jambe gauche de Garraty. A côté, toute la souffrance des trente dernières heures ne paraissait que chatouilles.

— *Ma jambe, ma jambe, ma jambe !* hurla-t-il malgré lui.

— Mon Dieu, Garraty !

Ce fut tout ce que Baker eut le temps de dire, sans rien dans la voix qu'un vague étonnement, et puis ils le dépassèrent tous, il lui sembla qu'ils défilaient tous devant lui alors qu'il était là debout avec sa jambe gauche transformée en un bloc de marbre effroyablement douloureux, ils le dépassaient, ils l'abandonnaient.

— Avertissement ! Avertissement 47 !

Pas de panique. Si tu cèdes à la panique maintenant, tu es cuit.

Il s'assit par terre, sa jambe gauche raidie allongée devant lui. Il se massa les muscles, s'efforça de les pétrir. Il avait l'impression de pétrir de l'ivoire.

— Garraty ! cria McVries d'une voix qui lui parut affolée, mais ce ne pouvait être qu'une illusion. Qu'est-ce que c'est ? Une crampe ?

— Ouais, je crois. Continue. Ça va passer.

Le temps. Le temps jouait contre lui, le temps galopait mais tout le monde avait l'air de se traîner, comme la rediffusion au ralenti d'un but réussi. McVries pressait le pas lentement, découvrant un talon, puis l'autre, un reflet de clous usés, un bref aperçu de cuir éculé mince comme du papier.

Barkovitch passait lentement, avec un petit sourire. Un grand silence tombait lentement sur la foule, s'élargissait dans toutes les directions depuis l'endroit où il était assis, comme de grands rouleaux déferlant vers la plage. Mon deuxième avertissement, pensa Garraty, mon deuxième avertissement arrive, allez, jambe, remue-toi, foutue jambe. Je ne veux pas prendre un ticket, qu'est-ce que t'en dis, allez, donne-moi une chance.

— Avertissement ! Deuxième avertissement 47 !

Ouais, je sais, vous croyez que je ne sais pas ce qui se passe, vous croyez que je me suis assis là pour prendre un bain de soleil ?

La certitude de la mort, réelle et indiscutable, cherchait à s'insinuer en lui, à l'envahir. A le paralyser. Il la chassa avec le sang-froid du désespoir. Sa cuisse lui faisait mal à hurler mais, dans sa concentration, il la sentait à peine. Encore une minute de répit. Non, cinquante secondes, non, quarante-cinq, ça s'écoule, mon temps s'en va.

Avec une expression réfléchie, presque professorale, Garraty enfonçait ses doigts dans les boules de ses muscles pétrifiés. Il pétrit. Il massa. Il parla à sa jambe, en pensée. Allez, allez, allez, foutue guibolle. Il avait mal aux doigts mais ne le remarquait pas non plus. Stebbins le dépassa et murmura quelque chose. Garraty ne comprit pas. C'était peut-être un souhait de bonne chance. Et puis il se retrouva seul, assis sur la ligne blanche discontinue séparant la voie rapide de la voie lente.

Tous partis. Le cirque repliait son chapiteau et quittait la ville, et il ne restait plus personne que le petit Garraty pour affronter le vide de l'esplanade jonchée de papiers, d'emballages de bonbons, de mégots et de billets déchirés.

Tous partis sauf un soldat, jeune et blond, beau garçon dans son genre. Son chronomètre argenté

dans une main, son fusil dans l'autre. Aucune miséricorde sur sa figure.
— Avertissement! Avertissement 47! Troisième avertissement 47!
Le muscle ne se dénouait pas du tout. Il allait mourir. Après tout ce chemin, après s'être arraché les tripes. C'était la réalité, après tout.
Il lâcha sa jambe et regarda calmement le soldat, en se demandant qui allait gagner. Il se demanda si McVries durerait plus longtemps que Barkovitch. Il se demanda aussi quel effet cela faisait de recevoir une balle dans la tête, si ce seraient les ténèbres subites ou s'il sentirait réellement ses pensées lui échapper.
Les dernières secondes s'écoulaient.
La crampe se relâcha. Le sang afflua de nouveau dans le muscle, qui commença à picoter et se réchauffa. Le beau soldat blond rangea son chronomètre. Ses lèvres remuaient comme s'il comptait.
Mais je ne peux pas me relever, pensa Garraty. C'est trop bon de rester assis, tout simplement. Rester assis et laisser le téléphone sonner, au diable le téléphone, pourquoi est-ce que je n'ai pas décroché?
Il rejeta la tête en arrière. Le soldat paraissait penché sur lui, très loin, comme à l'orifice d'un tunnel ou sur la margelle d'un puits. Au ralenti, il prit son fusil à deux mains et son index droit caressa la détente, le canon se baissa. La main gauche était bien plaquée sur la crosse. Le soleil y faisait briller une alliance. Tout allait lentement. Terriblement lentement.
Voilà, pensa Garraty.
Voilà, c'est ça. Mourir.
Le pouce droit du soldat faisait pivoter le cran de sûreté avec une lenteur hallucinante. Il y avait trois femmes maigres derrière lui, trois sœurs bizarres.

J'ai de quoi mourir, ici. Du soleil, de l'ombre, du ciel bleu. Des nuages courant au-dessus de la route. Stebbins n'était plus qu'un dos, rien qu'une chemise d'ouvrier bleue avec une tache de sueur entre les épaules, adieu, Stebbins.

Il entendait tonner autour de lui. Il ne savait pas si c'était son imagination ou une sensibilité plus aiguë ou le simple fait que la mort tendait les mains pour le saisir. Le cran de sûreté sauta avec un bruit de branche cassée. Le sifflement de l'air entre ses dents évoquait le bruit du vent dans un tunnel. Son cœur battait comme un tambour. Il percevait une vibration aiguë, pas dans ses oreilles mais entre elles, qui montait et montait en spirale et il fut ridiculement certain que c'était le bruit de sa pensée...

D'un mouvement convulsif, saccadé, il se releva en hurlant. Il s'élança sur la chaussée en courant. Ses pieds paraissaient en plumes. L'index du soldat blanchit sur la détente. Il baissa les yeux sur le mini-ordinateur qu'il portait à son ceinturon, un gadget comportant un sonar miniaturisé. Garraty avait lu un article sur ces appareils, dans *Popular Mechanics*. Ils étaient capables de donner la vitesse d'un marcheur avec une précision extraordinaire, jusqu'à quatre chiffres après la virgule.

L'index du soldat se relâcha.

Garraty ralentit, revenant à une marche rapide, la bouche pleine de coton, le cœur battant à coups de marteau. Des éclairs irréguliers apparaissaient devant ses yeux et, pendant un instant de désarroi, il crut qu'il allait s'évanouir. Cela passa. Ses pieds, apparemment furieux d'avoir été privés du repos auquel ils avaient droit, lui criaient des injures. Il serra les dents et supporta la douleur. Le muscle de sa jambe gauche se contractait toujours d'une façon alarmante, mais il ne boitait pas. Pas encore.

Il regarda sa montre. 14 h 17. Pendant une heure, maintenant, il allait être à deux secondes de la mort.

— De retour dans le monde des vivants, lui dit Stebbins quand il le rattrapa.

— Sûr, marmonna Garraty.

Il éprouva un brusque ressentiment. Ils auraient continué de marcher, même s'il avait reçu son ticket. Pas de larmes versées sur lui. Rien qu'un nom et un numéro à noter dans le registre officiel : GARRATY RAYMOND N° 47 ÉLIMINÉ AU 350ᵉ KILOMÈTRE. Et pendant un jour ou deux des articles d'intérêt humain dans les journaux locaux : MORT DE GARRATY — LE CHAMPION DU MAINE A ÉTÉ LE 61ᵉ À TOMBER !

— J'espère que je vais gagner, marmonna-t-il.

— Tu crois que tu y arriveras ?

Garraty songea à la figure du soldat blond. Aussi peu expressive qu'une platée de pommes de terre.

— J'en doute, avoua-t-il. J'ai déjà trois bâtons contre moi. Ça veut dire qu'on est fini, pas vrai ?

— Disons que le dernier est un coup bas, émit Stebbins qui regardait de nouveau ses pieds.

Garraty avança plus vite les siens, ses deux secondes de marge comme un poids dans sa tête. Il n'y aurait pas d'avertissement, cette fois. Personne n'aurait même le temps de lui crier : « Magne-toi le train, Garraty, tu vas t'en attirer un. »

Il rejoignit McVries qui lui jeta un coup d'œil.

— Je croyais que t'étais hors course, pépère.

— Moi aussi.

— Si près que ça ?

— Environ deux secondes, je crois.

McVries siffla silencieusement.

— Je n'aimerais pas être dans tes pompes en ce moment. Comment va ta jambe ?

— Mieux. Ecoute, je ne peux pas parler. Je vais monter à l'avant un moment.

— Ça n'a pas aidé Harkness.

Garraty secoua la tête.

— Je dois m'assurer de ne pas tomber au-dessous de la vitesse.

— D'accord. Tu veux de la compagnie ?

— Si tu en as la force.

McVries rit.

— J'ai le temps si tu as l'argent, trésor.

— Alors, viens. Forçons un peu tant qu'il me reste encore une petite réserve.

Garraty pressa le pas jusqu'à ce que ses jambes soient sur le point de se révolter et McVries et lui rejoignirent rapidement l'avant-garde. Il y avait un espace entre le deuxième marcheur, un garçon dégingandé et à l'air maussade appelé Harold Quince, et Joe, le survivant des deux garçons en cuir. Vu de près, Joe était étonnamment bronzé. Ses yeux restaient fixés sur l'horizon, sa figure impassible. Les nombreuses fermetures à glissière de son blouson tintaient comme une petite musique lointaine.

— Salut, Joe, dit McVries.

— Salut, répondit laconiquement Joe.

Ils le doublèrent et la chaussée fut à eux, une large étendue de béton composite tachée d'huile et partagée par la bande d'herbe, bordée de chaque côté par un mur de spectateurs.

— En avant, toujours en avant, dit McVries. Comme à la guerre. T'as déjà entendu celle-là, Ray ?

— Quelle heure il est ?

McVries jeta un coup d'œil à sa montre.

— 14 h 20. Ecoute, Ray, si tu vas...

— Quoi ? C'est tout ? Je croyais...

Garraty sentit la panique lui monter à la gorge, lourde, épaisse. Il n'y arriverait pas. La marge était trop serrée.

— Ecoute, si tu n'arrêtes pas de penser à l'heure,

tu vas devenir dingue, tu vas vouloir courir dans la foule et ils te fusilleront déjà mort, ta langue pendante et de la bave coulant sur ton menton. Essaie de ne pas y penser.

— Je ne peux pas... Olson... Scramm... Ils sont morts. Davidson est mort. Je peux mourir aussi, Pete. Je le sais, maintenant. Cette foutue mort me souffle dans le dos.

— Pense à ta môme. Jan, son visage. Ou à ta mère. Ou à ton putain de chat! Ou ne pense à rien. Tu en mets un devant l'autre, c'est tout, tu les lèves et tu les poses. Tu continues de marcher. Concentre ta pensée là-dessus.

Garraty fit un effort pour se ressaisir. Il y réussit un peu. Mais il se désagrégeait quand même. Ses jambes obéissaient moins docilement aux ordres de son cerveau; elles étaient aussi usées et clignotantes que de vieilles ampoules électriques.

— Il ne va plus durer longtemps, dit d'une voix forte une femme au premier rang.

— Vos roberts non plus ne vont pas durer longtemps! lui lança Garraty et la foule l'acclama. Ils sont malades, marmonna-t-il. Je te jure, vraiment malades. Pervertis. Quelle heure il est, McVries?

— Quelle est la première chose que tu as faite quand tu as reçu ta lettre de confirmation? lui demanda McVries à mi-voix. Qu'est-ce que t'as fait quand tu as su que tu étais dans le coup?

Garraty fronça les sourcils, essuya rapidement de l'avant-bras son front en sueur et libéra son esprit de l'épuisant et terrifiant moment présent pour le laisser s'envoler vers cet instant précis.

— J'étais seul. Ma mère travaille. C'était un vendredi après-midi. La lettre était dans la boîte et elle portait le cachet de la poste de Wilmington, alors j'ai tout de suite su ce que c'était. Mais j'étais sûr qu'elle m'apprendrait que j'avais été recalé sur le physique ou le mental ou les deux. J'ai dû la relire deux fois. Je n'ai pas poussé de cris de joie mais j'étais content. Vraiment content. Et confiant. Je n'avais pas mal aux pieds, et je n'avais pas l'impression que mon dos avait reçu de grands coups de râteau. J'étais un phénomène. Pas assez malin pour comprendre que la femme-tronc de la foire en est un aussi.

Il s'interrompit, songeur, croyant encore respirer l'air de ce début d'avril.

— Je ne pouvais pas me défiler. Trop de gens m'observaient. Ça doit être pareil pour presque tout le monde. C'est aussi comme ça qu'ils truquent le jeu. J'ai laissé passer le 15 avril, la date limite de refus, et le lendemain ils ont organisé un grand dîner en mon honneur à la mairie, tous mes amis étaient là et au dessert tout le monde s'est mis à gueuler « Un discours ! Un discours ! », alors je me suis levé et j'ai marmonné quelque chose en regardant mes mains, j'ai promis que je ferais de mon mieux et ils ont tous applaudi comme des fous. C'était comme si je leur avais fait le discours de Gettysburg. Tu vois ce que je veux dire ?

— Oui, je vois, dit McVries et il rit mais son regard était sombre.

Derrière eux, les fusils tonnèrent subitement. Garraty sursauta convulsivement et faillit en rester cloué sur place. Mais il se poussa à marcher. Pur instinct, cette fois, pensa-t-il. Mais la prochaine ?

— Ah, merde ! souffla McVries. C'était Joe.

— Quelle heure il est ?

Avant que McVries réponde, Garraty se souvint qu'il avait aussi une montre. 14 h 38. Dieu. Sa marge de deux secondes était un boulet de fer à son pied.

— Personne n'a essayé de te dissuader ? demanda McVries. Personne ne t'a poussé à utiliser la porte de sortie du 31 avril ?

Ils étaient maintenant loin devant les autres, à plus de cent mètres devant Harold Quince. Un soldat avait été envoyé pour les surveiller. Garraty était content que ce ne soit pas le blond.

— Au début, non. Ma mère, Jan et le docteur Patterson — c'est l'ami de ma mère, tu sais, ils se fréquentent depuis cinq ans —, ils ont juste mis un peu la pédale douce au début. Ils étaient contents et fiers parce que la plupart des gosses du pays qui ont plus de douze ans passent les épreuves mais il y en a seulement un sur cinquante qui est reçu. Il n'en reste pas moins encore des milliers en lice et ils en sélectionnent deux cents, cent marcheurs et cent de réserve. Et pas besoin d'adresse pour être choisi, tu sais bien.

— Oui, ils tirent les noms dans ce gros tambour à la con. Le grand show télévisé !

— Ouais. Le commandant tire deux cents noms, mais il n'annonce que ça, les noms. On ne sait pas si on est un marcheur ou dans la réserve.

— Et personne ne vous le dit avant la dernière limite d'acceptation, reconnut McVries comme si ce qu'il évoquait s'était passé plusieurs années auparavant et non quatre jours plus tôt. Ouais, ils aiment bien biseauter les cartes en leur faveur.

Quelqu'un dans la foule venait de lâcher toute une escadrille de ballons. Ils montaient dans le ciel, rouges, bleus, verts, jaunes. Le vent régulier du sud les emportait avec une rapidité enviable.

— Probable, dit Garraty. Nous regardions la télé quand le commandant a tiré les noms. J'ai été le numéro soixante-treize à sortir du tambour. Je suis carrément tombé de ma chaise. Je ne pouvais pas le croire.

— Ouais. Non, on ne peut pas y croire ! Ces trucs-là, ça n'arrive qu'aux autres.

— Ouais, c'est tout à fait ça. Là, tout le monde a

commencé à me tanner. Ça n'était pas comme la première date limite d'acceptation, quand c'est rien que des discours et acclamations et tout. Jan...

Il s'interrompit. Pourquoi pas ? Il avait raconté tout le reste. Ça n'avait pas d'importance. McVries ou lui serait mort, avant que ce soit fini. Les deux, probablement.

— Jan a dit qu'elle se donnerait à moi, n'importe quand, n'importe comment, et tant que je voudrais si je profitais de la porte de sortie du 31 avril. Je lui ai répondu que je me ferais l'effet d'un opportuniste et d'un salaud et elle s'est mise en colère et m'a dit que ça valait mieux que d'être mort, et puis elle a beaucoup pleuré. Et elle m'a supplié... Je ne sais pas. Elle aurait pu me demander n'importe quoi d'autre, j'aurais essayé de le faire. Mais ça... je ne pouvais pas. J'avais comme une boule dans la gorge. Au bout d'un moment, je crois qu'elle a compris, elle a commencé à comprendre. Peut-être aussi bien que moi et pourtant Dieu sait je... ma foi...

« Et puis le docteur Patterson s'y est mis. Il est diagnosticien et il a un esprit méchamment logique. Il me répétait : " Ecoute, Ray, en comptant le premier groupe et la réserve, ta chance de vie est seulement d'une contre cinquante. Ne fais pas ça à ta mère, Ray. " J'ai été poli avec lui aussi longtemps que j'ai pu mais finalement je lui ai dit d'aller se faire voir. Je lui ai lancé qu'à mon avis ses chances d'épouser ma mère étaient plutôt minces mais que je ne l'avais jamais vu renoncer à cause de ça.

Garraty passa ses deux mains dans ses cheveux secs comme du chaume. Il avait oublié les deux secondes de marge.

— Bon Dieu, qu'est-ce qu'il a râlé ! Il a gueulé et tempêté, il m'a dit que si je voulais briser le cœur de ma mère, je n'avais qu'à y aller. Et que j'étais aussi insensible que... qu'une tique des bois, je crois que c'est ça qu'il a dit, aussi insensible qu'une tique des bois, c'est peut-être une expression dans sa famille. Je ne sais pas. Il m'a demandé quel effet ça me faisait de jouer ce numéro devant ma mère et une gentille fille comme Janice. Alors je lui ai opposé ma propre logique, irréfutable.

— Sans blague ? dit McVries en souriant. Qu'est-ce que c'était ?

— Je lui ai dit que s'il ne foutait pas le camp je le frapperais.

— Et ta mère ?

— Elle n'a pas dit grand-chose. Elle n'y croyait pas, probablement. Et elle pensait aussi à ce que j'aurais si je gagnais. Le Prix — tout ce qu'on veut pour le restant de ses jours —, ça l'aveuglait un peu, je crois. J'ai eu un frère, Jeff, il est mort de pneumonie quand il avait six ans et — c'est cruel — mais je ne sais pas comment nous nous serions débrouillés s'il avait vécu. Et... Je suppose qu'elle a cru que je pourrais me défiler si j'étais dans le groupe premier, celui des marcheurs. Le commandant est un monsieur très bien. C'est ce qu'elle disait. Je suis sûre qu'il te permettra de te dérober s'il comprend les circonstances. Mais on vous escouade aussi bien pour tenter de se dérober à une Longue Marche que pour en dire du mal. Et puis j'ai reçu la convocation et j'ai su que j'étais un marcheur. J'étais du groupe premier.

— Pas moi.

— Non ?

— Non. Douze des marcheurs initiaux ont utilisé la porte de sortie du 31. J'avais le numéro douze dans la réserve. J'ai reçu l'appel à 11 heures du soir, il y a quatre jours.

— Dieu de Dieu ! Sans blague !

— Hé oui. Si près.

— Est-ce que ça ne... est-ce que tu ne regrettes pas ?

McVries se contenta de hausser les épaules avec une moue.

Garraty regarda sa montre. 15 h 02. Tout irait bien. Son ombre, qui s'allongeait sous le soleil de l'après-midi, lui parut avancer avec plus de confiance. Il faisait un joli temps de printemps ensoleillé. Sa jambe ne lui causait plus de souci.

— Tu crois encore que tu pourras simplement... t'asseoir ? demanda-t-il à McVries. Tu as duré plus longtemps que la majorité. Plus longtemps que soixante et un types.

— Je crois que le nombre n'a pas d'importance. Il vient un moment où la volonté se brise, tout bonnement. Ce que je *pense*, ça ne change rien, tu comprends ? Dans le temps, ça me plaisait beaucoup de faire de la peinture à l'huile. Je n'étais pas trop mauvais, même. Et puis un jour, v'lan. Ça ne s'est pas ralenti. Je me suis simplement arrêté. Je n'avais plus envie de continuer, même pas une minute. Je me suis couché un soir en me disant que j'aimais peindre et quand je me suis réveillé, plus rien.

— Rester en vie, ça ne se compare tout de même pas à un passe-temps.

— Je n'en sais rien. Et les plongeurs sous-marins ? Et les chasseurs de gros gibier ? Les alpinistes ? Ou même un con d'ouvrier d'usine dont le grand amusement est de chercher la bagarre le samedi soir ? Tous ces trucs-là, ça réduit la survie à un passe-temps. Ça fait partie du jeu.

Garraty ne dit rien.

— Faudrait accélérer un peu, dit doucement McVries. Nous perdons de la vitesse. Pas question.

Garraty pressa le pas.

— Mon père a une participation dans un cinéma

drive-in, reprit McVries. Il voulait me ligoter et me bâillonner dans la cave du snack, et m'empêcher de venir, Escouades ou pas.

— Qu'est-ce que tu as fait ? Tu l'as eu à l'usure ?

— Même pas. Quand l'appel est venu, je n'avais que dix heures devant moi. Ils envoyaient un avion et une voiture de location pour nous conduire à l'aéroport de Presque Isle. Papa a gueulé et rouspété et moi, je suis resté tranquillement assis en hochant la tête et en approuvant. Bientôt on a frappé à la porte et quand maman a ouvert il y avait là les deux soldats les plus énormes, les plus moches que tu as vus de ta vie. Ils étaient si laids qu'ils auraient arrêté des pendules, je te jure. Papa leur a jeté un seul coup d'œil et il a dit : « Pete, tu ferais bien de monter chercher ton sac. » (McVries remonta son sac sur ses épaules et rit à ce souvenir.) Et en un rien de temps, nous voilà dans cet avion, même ma petite sœur Katrina. Elle n'a que quatre ans. Nous avons atterri à 3 heures du matin et nous sommes allés en voiture à la borne. Et je crois que Katrina était la seule à comprendre réellement. Elle répétait tout le temps : « Pete part dans une aventure... » Ils sont dans un motel à Presque Isle. Ils ne voulaient pas rentrer à la maison avant que ce soit fini. D'une façon ou d'une autre.

Garraty regarda sa montre. 15 h 20.

— Merci, dit-il.

— Pour t'avoir encore sauvé la vie ? demanda McVries avec un rire joyeux.

— Oui, exactement.

— Est-ce que tu es tellement sûr que ce soit une fleur ?

— Je ne sais pas... Mais je m'en vais te dire une bonne chose. Ça ne va plus jamais être pareil pour moi. L'histoire de limite de temps. Même quand nous marchons sans avertissements, il n'y a jamais que deux minutes entre nous et le cimetière. Ça ne fait pas beaucoup de temps.

Comme pour lui donner la réplique, les fusils tonnèrent. Le marcheur atteint laissa échapper une espèce de gargouillement aigu, le cri d'un dindon subitement saisi par un fermier au pas furtif. La foule émit une sourde plainte, qui pouvait aussi bien être un soupir qu'une lamentation ou même un gémissement de plaisir sexuel.

— Pas de temps du tout, dit McVries.

Ils marchèrent. Les ombres s'allongeaient. Des vestes apparurent dans la foule, comme si un prestidigitateur les avait fait sortir d'un chapeau. Garraty respira à un moment donné une bouffée de pipe qui lui rappela son père, un souvenir doux-amer. Un petit chien échappa à quelqu'un et se précipita sur la route, tirant sa laisse en plastique rouge, sa langue rose pendante, des traînées de bave sur ses poils. Il aboya, courut comme un fou après sa queue et fut abattu alors qu'il sautait autour de Pearson, qui injuria aigrement le soldat qui l'avait tué. La force de la balle de gros calibre projeta le chien vers la foule et il resta couché là, encore haletant et tremblant. Personne n'avait l'air de vouloir le réclamer. Un petit garçon se glissa entre les policiers et s'avança sur la voie de gauche en pleurant. Un soldat marcha sur lui. Sa mère hurla d'une voix stridente. Pendant un instant d'horreur, Garraty crut que le soldat allait abattre l'enfant comme le petit chien mais il se contenta de le repousser avec indifférence dans la foule.

A 18 heures, le soleil toucha l'horizon et le ciel se teignit d'orangé. La température baissait. Des cols furent relevés. Les spectateurs tapaient des pieds et battaient des mains.

Collie Parker maugréa comme d'habitude contre le foutu climat du Maine.

A 8 h 45, pensa Garraty, nous serons à Augusta. A deux pas de Freeport. La dépression l'accabla. Et alors ? Deux minutes, tu auras, pour la voir, si tu ne la rates pas dans la cohue... Et après ? Tu te laisseras aller ?

Il fut tout à coup certain que Jan et sa mère ne seraient pas là. Il n'y aurait rien que les gosses avec qui il allait au lycée, avides de voir le phénomène suicidaire qu'ils avaient à leur insu réchauffé dans leur sein. Et l'Œuvre des Dames. Elles seraient là. L'Œuvre des Dames avait donné un thé en son honneur, deux jours avant le départ de la Marche. En ces temps lointains.

— Ralentissons un peu, dit McVries. On va y aller mollo. Rejoindre Baker. Nous entrerons dans Augusta ensemble. Les Trois Mousquetaires. Qu'est-ce que t'en dis, Garraty ?

— D'accord.

L'idée paraissait bonne. Ils se laissèrent rattraper petit à petit, laissant finalement le sinistre Harold Quince précéder seul le défilé. Ils surent qu'ils avaient rejoint les leurs quand Abraham, dans la pénombre, leur demanda :

— Alors comme ça, vous vous décidez à rendre visite à la famille ?

— Dieu de Dieu, il commence même à lui ressembler, dit McVries en examinant la figure fatiguée d'Abraham avec sa barbe de trois jours. Surtout avec cet éclairage.

— Il y a quatre-vingt-sept années, entonna aussitôt Abraham et pendant un étrange moment on eût dit qu'un esprit hantait le garçon de dix-sept ans, nos pères ont entrepris sur ce continent... Ah merde, j'oublie le reste. On nous faisait apprendre ça par cœur au cours d'histoire en cinquième.

— La figure d'un père fondateur et la mentalité d'un âne syphilitique, dit tristement McVries. Dis donc, Abraham, comment est-ce que tu t'es fourré dans un merdier comme celui-là ?

— Je les ai eus à l'épate, répliqua Abraham et il allait s'expliquer quand les fusils l'interrompirent.

— C'est Gallant, dit Baker en se retournant. Il était déjà quasiment mort depuis ce matin.

— Il les a eus à l'épate, murmura Garraty et il rit.

— Bien sûr, déclara Abraham en levant une main pour se gratter un œil. Vous vous rappelez la rédaction ?

Tous hochèrent la tête. La rédaction : « Pourquoi vous estimez-vous qualifié pour participer à la Longue Marche ? » faisait partie des épreuves psychologiques de l'examen. Garraty sentit un ruissellement tiède sur son talon droit et se demanda si c'était du sang, du pus, de la sueur ou un mélange des trois. Il n'avait pas spécialement mal mais sa chaussette lui semblait trouée, par là.

— Le truc, dit Abraham, c'était que je ne me sentais particulièrement qualifié pour rien. J'ai passé l'examen comme ça, une idée brusque. J'allais au cinéma, juste à côté du gymnase où on faisait passer l'examen. Faut montrer son permis de travail pour entrer, vous savez. Comme par hasard, j'avais le mien sur moi. Sans ça, je ne me serais sûrement pas donné la peine de retourner à la maison le chercher. Et je ne serais pas ici en ce moment, en train de crever en joyeuse compagnie.

Ils réfléchirent en silence.

— J'ai passé les épreuves physiques et puis je me suis tapé les tests comme une fleur et finalement je me retrouve devant ces trois feuillets blancs, à la fin du dossier. « Vous êtes prié de répondre à cette question le plus objectivement et le plus franchement que vous le pourrez, en n'employant pas plus de 1 500 mots. » Oh, putain de merde, je me suis dit. Le reste, c'était plutôt marrant. Toutes ces questions à la con !

— Ouais. Combien de fois par jour allez-vous à la selle ? dit ironiquement Baker. Prisez-vous du tabac ?

— Ouais, ouais, des trucs comme ça ! J'avais complètement oublié cette connerie de tabac à priser. Je me suis tapé tout ça comme une fleur, quoi, en rigolant et voilà que je tombe sur cette rédaction, pourquoi je m'estime qualifié pour participer. Je ne trouvais rien du tout. Et finalement, un fumier en veste militaire est passé en disant : « Plus que cinq minutes, tout le monde doit avoir fini, s'il vous plaît. » Alors j'ai collé n'importe quoi, j'ai écrit : « Je me sens qualifié pour participer à la Longue Marche parce que je suis un pauvre con inutile et que le monde se portera mieux sans moi, à moins que par hasard j'arrive à gagner et devienne riche, auquel cas j'achèterai un Van Gogh pour chacune des pièces de mon château et je commanderai soixante putes de grande classe et je n'emmerderai personne. » J'ai réfléchi à ça pendant une minute ou deux, et puis j'ai ajouté entre parenthèses : « Et même j'accorderai à mes soixante putes de grande classe la retraite vieillesse. » Je pensais que comme ça, la question serait réglée. Là-dessus, un mois plus tard — j'avais complètement oublié cette connerie — je reçois une lettre comme quoi je suis qualifié. J'ai bien failli en pisser dans mon froc.

— Et tu t'es lancé dans l'histoire ? demanda Collie Parker.

— Ouais. C'est dur à expliquer. Vous comprenez, tout le monde prenait ça pour une grosse blague. Ma môme voulait faire photographier la lettre et la faire imprimer sur un tee-shirt, comme si elle trouvait que j'avais réussi le plus grand canular du siècle. C'était comme ça avec tout le monde. On me tapait dans le dos et y avait toujours quelqu'un pour me dire, par exemple : « Alors, Abe, tu lui as bien tordu les joyeuses, au commandant, hein ? » C'était tellement marrant que je suivais le train, quoi. Je vous jure, ça finissait par être à crever de rire. Tout le monde croyait que j'allais continuer de chatouiller les joyeuses au commandant jusqu'à la fin. Et c'est ce que j'ai fait. Et puis un matin je me suis réveillé et j'étais dans le coup. J'étais un marcheur, groupe premier, seizième à sortir du tambour. Alors, à la fin, probable que c'est le commandant qui m'a chatouillé les joyeuses.

Une pitoyable petite acclamation échappa aux marcheurs devant eux et Garraty leva les yeux. Un grand panneau réflecteur, au-dessus d'eux, annonçait : AUGUSTA 15 KM.

— Tu pourrais tout simplement mourir de rire, hein ? dit Collie Parker.

Abraham le considéra assez longuement et finit par répliquer d'une voix creuse :

— Le père fondateur ne s'amuse pas.

14

> « Et n'oubliez pas, si vous vous servez de vos mains, ou faites un geste avec n'importe quelle partie du corps, ou employez n'importe quelle partie du mot, vous perdrez votre chance de viser les dix mille dollars. Donnez simplement une liste. Bonne chance. »
>
> Dick CLARK,
> *The Ten Thousand Dollar Pyramid*

Ils prétendaient à peu près tous qu'ils avaient perdu leurs facultés émotives. Mais, apparemment, pensait Garraty alors qu'ils marchaient le long de l'U.S. 202 avec Augusta à près de deux kilomètres derrière eux, ce n'était pas vrai. Comme une guitare maltraitée, trimbalée et cabossée par un musicien insensible, les cordes n'étaient pas cassées mais gravement désaccordées, discordantes, chaotiques.

Augusta ne ressemblait pas à Oldtown. Oldtown n'était qu'un New York plouc et bidon. Augusta était une espèce de ville nouvelle, une cité de fêtards d'occasion, pleine d'un million d'ivrognes danseurs de boogie, de cinglés et de fous furieux.

Ils avaient entendu et deviné Augusta bien avant d'y arriver. A plus de cinq kilomètres, ils percevaient le bruit de la foule. Il donnait à Garraty la vision de grandes vagues s'écrasant sur une côte lointaine. Les lumières remplissaient le ciel d'une sorte de bulle lumineuse pastel, apocalyptique, qui rappela à Garraty des images qu'il avait vues dans les livres d'histoire sur l'attaque aérienne allemande contre la côte atlantique des Etats-Unis, dans les derniers jours de la Seconde Guerre mondiale.

Ils se regardèrent tous en resserrant les rangs avec inquiétude, comme de petits garçons surpris par un orage ou des vaches durant une tempête de neige. Le bruit grondant de la foule évoquait une rougeur à vif. Une faim dévorante. Garraty eut la vision très nette et hallucinante d'un monstrueux dieu Foule surgissant toutes griffes dehors du bassin d'Augusta, sur des pattes d'araignée écarlates, pour les manger tous tout crus.

La ville elle-même fut avalée et enterrée. Dans un sens très réel, il n'y eut pas d'Augusta ; plus de grosses dames, ni de jolies filles, ni de messieurs pompeux, ni d'enfants à la culotte mouillée brandissant des nuages de barbe à papa. Il n'y avait pas d'Italien agité pour lancer des tranches de pastèque. Rien que la Foule, une créature sans tête, sans corps, sans esprit. La Foule n'avait qu'une voix et un œil et il n'était pas surprenant qu'elle fût à la fois Dieu et Mammon. Garraty le sentait. Il savait que les autres le sentaient aussi. Ils avaient l'impression de marcher entre des pylônes électriques géants, ils sentaient leurs cheveux se dresser sur leur tête à chaque décharge, leur langue fourmillait de picotements et leurs yeux semblaient crépiter et lancer des étincelles en roulant dans leurs orbites humides. Il fallait plaire à la Foule. Il fallait la craindre et l'adorer. Ultimement, il fallait se sacrifier à la Foule.

Ils marchaient dans les confettis jusqu'aux chevilles. Ils se perdaient de vue et se retrouvaient dans la tempête de serpentins et de petits bouts de papier. Garraty en attrapa un au vol et y lut une publicité de culturisme Charles Atlas. Il en saisit un autre et se trouva nez à nez avec John Travolta.

Et au sommet de cette surexcitation, au sommet de la première côte de la Route 202, dominant l'autoroute envahie derrière eux et la ville bondée à leurs pieds, deux énormes projecteurs trouaient la nuit dans un éblouissement blanc-mauve, et le commandant était là. Il s'éloignait régulièrement d'eux dans sa jeep comme une hallucination, figé comme un passe-lacet dans son salut militaire, fantastiquement indifférent à la foule gigantesque qui l'entourait.

Et les marcheurs... non, les cordes de leurs émotions n'étaient pas cassées mais gravement désaccordées. Ils avaient lancé de folles acclamations, avec des voix enrouées et totalement inaudibles, les trente-sept qui restaient. La Foule ne les avait pas perçues mais elle devait comprendre, elle comprenait sûrement que la boucle de l'adoration de la mort et du désir de mort était bouclée pour une autre année et la Foule devenait complètement démente, se convulsait dans un paroxysme de plus en plus violent. Garraty ressentit une vive douleur dans le côté gauche de la poitrine mais ne put cependant s'arrêter de crier, tout en devinant qu'il se poussait lui-même jusqu'à l'extrême bord de la catastrophe.

Un marcheur aux yeux sournois nommé Milligan les sauva tous en tombant à genoux, les yeux fermés, les mains pressées sur ses tempes comme s'il essayait d'empêcher sa tête d'éclater. Il tomba sur le nez, en écrasa le bout comme de la craie sur la chaussée noire — comme c'est bizarre, pensa Garraty, ce garçon qui use son nez sur la route —, et puis Milligan fut miséricordieusement fusillé. Après cela, les marcheurs cessèrent de crier. Garraty était très effrayé par cette douleur dans sa poitrine qui ne se calmait que partiellement. Il se promit que ce serait la fin de la folie.

— Nous nous rapprochons de ton amie? demanda Parker.

Il n'avait pas faibli mais s'était un peu radouci. Garraty l'aimait bien, maintenant.

— Quatre-vingts kilomètres environ. Peut-être cent. Plus ou moins.

— Tu as une sacrée chance, Garraty, dit Parker avec nostalgie.

— Ah oui?

Il était étonné. Il tourna la tête pour voir si Parker se moquait de lui. Mais il ne riait pas.

— Tu vas voir ta môme et ta mère. Qui est-ce que je vais voir, avant la fin? Personne d'autre que ces porcs! gronda Parker en faisant un bras d'honneur à la foule qui prit cela pour un salut et l'acclama en délirant. J'ai le mal du pays. Et j'ai peur... *Cochons!* hurla-t-il soudain à la foule. *Bande de cochons!*

On l'acclama plus fort que jamais.

— J'ai peur aussi. Et j'ai le mal du pays comme toi. Je... eh bien, nous... Nous sommes tous trop loin de chez nous. La route nous éloigne. Je les verrai peut-être mais je ne pourrai pas les toucher.

— Le règlement dit...

— Je connais le règlement. Un contact corporel avec qui je veux, du moment que je ne quitte pas la route. Mais ce n'est pas la même chose. Il y a un mur.

— Tu peux parler, tiens! Tu vas les voir, quand même.

— Ça risque d'être encore pire, dit McVries.

Il les avait rejoints sans bruit. Ils venaient de passer sous un feu clignotant jaune, au carrefour de

Winthrop. Garraty voyait encore son reflet sur la chaussée, un effroyable œil jaune qui se fermait, s'ouvrait.

— Vous êtes tous fous, dit aimablement Parker. J'aime mieux me tirer.

Il pressa un peu le pas et disparut bientôt dans les ombres mouvantes.

— Il nous croit amoureux l'un de l'autre, dit McVries avec amusement, et Garraty sursauta.

— Il *quoi* ?

— C'est pas le mauvais cheval, tu sais, dit McVries, l'air songeur en coulant vers Garraty un regard ironique. Il a peut-être à moitié raison. C'est peut-être pour ça que je t'ai sauvé la peau. J'en pince peut-être pour toi.

— Avec une gueule comme la mienne ? Je croyais que les pédales comme toi préféraient les grands minces.

Malgré tout, il était mal à l'aise, tout à coup. Soudain, d'une manière choquante, McVries demanda :

— Tu me laisserais te branler ?

— Qu'est-ce qui te...

— Ah, boucle-la ! grogna McVries. Tu me les brises avec tes grands airs vertueux. Je ne vais même pas te faciliter les choses en te disant si je plaisante ou non. Alors, qu'est-ce que tu dis ?

Garraty avait quelque chose de poisseux dans la gorge. Le drame, c'était qu'il avait envie d'être touché. Pédé ou pas pédé, qu'est-ce que ça pouvait faire maintenant qu'ils étaient tous en train de mourir ? Tout ce qui comptait, c'était McVries. Mais il ne voulait pas que McVries le touche, pas de cette façon.

— Eh bien, c'est vrai que tu m'as sauvé la vie...

Il laissa l'idée en suspens. McVries rit.

— Je devrais me considérer comme un salaud

parce que tu me dois quelque chose et que j'en profite ? C'est ça ?

— Fais ce que tu veux, dit sèchement Garraty. Mais arrête tes petits jeux.

— Ça veut dire oui ?

— Fais ce que tu veux ! glapit Garraty et Pearson, qui baissait les yeux, presque hypnotisé par ses pieds, releva la tête en sursautant. Fais ce que tu veux, merde !

McVries rit encore.

— T'es un type bien, Ray. N'en doute jamais.

Il lui donna une claque sur l'épaule et se laissa distancer.

— Il n'en aura jamais assez, dit Pearson d'une voix lasse.

— Hein ?

— Plus de quatre cents kilomètres. Mes pieds sont comme du plomb avec du poison dedans. Mon dos brûle. Et ce con de McVries n'en a pas encore assez. On dirait un homme affamé qui se bourre de laxatifs.

— Il veut souffrir, c'est ça que tu penses ?

— Bon Dieu, qu'est-ce que tu crois ? Il devrait porter une pancarte, TAPEZ-MOI DESSUS. Je me demande ce qu'il essaie d'expier.

— Je ne sais pas...

Garraty allait dire quelque chose mais il vit que Pearson ne l'écoutait plus. Il regardait de nouveau ses pieds, les traits tirés, creusés de rides d'horreur. Il avait perdu ses souliers. Ses chaussettes de tennis sales traçaient des arcs grisâtres dans l'obscurité.

Ils passèrent un panneau annonçant LEWISTON 50 KM et un kilomètre plus loin il y avait une grande enseigne lumineuse dont les ampoules électriques écrivaient GARRATY 47.

Garraty voulait s'assoupir mais n'y arrivait pas. Il comprenait ce que voulait dire Pearson à propos de son dos. Sa propre colonne vertébrale était comme une tige de feu. Les muscles de ses jarrets lui faisaient l'effet de plaies ouvertes, enflammées. L'engourdissement de ses pieds avait cédé la place à une douleur beaucoup plus aiguë, plus précise que tout ce qu'il avait souffert jusqu'à présent. Il n'avait plus faim, mais il avala quand même quelques concentrés. Plusieurs des marcheurs n'étaient plus que des squelettes ambulants, des horreurs issues de camps de la mort. Garraty ne voulait pas leur ressembler... mais naturellement, cela viendrait. Il se passa une main sur le flanc et joua du xylophone sur ses côtes.

— Ça fait un moment que je n'ai pas de nouvelles de Barkovitch, dit-il pour tenter d'arracher Pearson à sa tragique concentration... qui donnait l'impression de voir une réincarnation d'Olson.

— Non. Quelqu'un a dit qu'une de ses jambes est devenue raide pendant la traversée d'Augusta.

— C'est vrai ?

— A ce qu'il paraît.

Garraty eut soudain envie de ralentir et d'aller voir Barkovitch. Il fut difficile à trouver, dans la nuit, et Garraty écopa d'un avertissement, mais finalement il l'aperçut, dans les derniers. Il se traînait en boitant, la figure crispée. Ses yeux étaient presque fermés, au point de ressembler à des pièces de monnaie vues par la tranche. Il avait perdu son blouson. Il parlait tout seul d'une voix tendue, monotone.

— Salut, Barkovitch, dit Garraty.

Barkovitch frissonna, trébucha et reçut un troisième avertissement.

— Là ! glapit-il rageusement. Tu vois ce que tu as fait ? Vous êtes contents, tes petits copains merdeux et toi ?

— Tu n'as pas trop bonne mine.

Barkovitch sourit d'un air rusé.

— Ça fait partie du plan. Tu te souviens quand je vous parlais du plan ? Vous ne vouliez pas me croire. Olson ne me croyait pas. Ni Davidson. Gribble non plus. (La voix baissa jusqu'au chuchotement gourmand, aigre de dépit.) Garraty, j'ai *dansé* sur leurs tombes !

— Tu as mal à la jambe ? demanda tout bas Garraty. Dis donc, c'est moche, ça.

— Plus que trente-cinq à épuiser. Ils vont tous se désintégrer cette nuit. Tu verras. Y en aura pas une douzaine encore sur la route quand le soleil se lèvera. Tu verras. Toi et tes folles perdues de petits amis, Garraty. Tous morts avant le matin. Morts avant minuit !

Garraty se sentit subitement très fort. Il savait que Barkovitch n'en avait plus pour longtemps. Il avait envie de courir, avec ses reins en compote, son dos et ses pieds douloureux et tout, de courir raconter à McVries qu'il allait réussir à tenir sa promesse.

— Qu'est-ce que tu demanderas ? dit-il. Quand tu gagneras ?

Barkovitch sourit largement, comme s'il avait attendu cette question. Dans la lumière indécise, sa figure parut se friper comme si elle était coincée entre deux mains géantes.

— Des pieds en plastique, Garraty. Je vais me faire couper ceux-là, qu'ils aillent se branler s'ils ne supportent pas la plaisanterie. Je m'en ferai mettre des neufs, en plastique, et ceux-là je les collerai dans une machine à laver automatique et je les regarderai tourner et tourner et tourner...

— Je pensais que, peut-être, tu souhaiterais avoir des amis, dit tristement Garraty, avec un enivrant sentiment de triomphe, presque suffocant.

— Des amis ?

— Parce que tu n'en as pas. Nous serons tous heureux de te voir mourir. Tu ne vas manquer à personne, Gary. Je marcherai peut-être derrière toi et je cracherai sur ta cervelle quand ils l'auront étalée en travers de la route. Je ferai peut-être ça. Nous le ferons peut-être tous.

C'était fou, fou, comme si toute sa tête s'envolait, comme le jour où il avait balancé le canon de sa petite carabine contre Jimmy, le sang... Jimmy hurlait... toute sa tête se défaisait dans une brume de chaleur, par la justice sauvage et primitive de l'acte.

— Ne me déteste pas, dit Barkovitch d'une voix geignarde. Pourquoi est-ce que tu veux me détester ? Je ne veux pas mourir, pas plus que toi. Qu'est-ce que tu veux ? Tu veux que je regrette ? Je regretterai ! Je... je...

— Nous cracherons tous sur ta cervelle, dit Garraty. Tu veux me toucher aussi ?

Barkovitch, blême, le regarda, les yeux vagues, déroutés.

— Je... pardonne-moi, souffla Garraty.

Il se sentait sale, avili. Il se dépêcha de fuir Barkovitch. Il maudit McVries... Salaud, pensa-t-il, pourquoi ? pourquoi ?

Tout à coup les fusils aboyèrent et il y en eut deux qui tombèrent morts en même temps et l'un d'eux *devait* être Barkovitch, ça ne pouvait *pas* ne pas être Barkovitch. Et cette fois, ce serait de sa faute, ce serait lui l'assassin, pensa Garraty.

Sur ce, Barkovitch éclata de rire. Le rire de Barkovitch s'élevait, de plus en plus fou, de plus en plus strident, couvrant jusqu'à la folie tumultueuse de la foule.

— Garraty ! Garratiiiiiii ! Je danserai sur ta tombe, Garraty ! Je danserai...

— Ta gueule ! cria Abraham. Ta gueule, bougre de petit enfoiré !

Barkovitch se tut, puis il se mit à sangloter.

— Ah, va te faire voir, marmonna Abraham.

— Ça y est, reprocha Collie Parker. Tu l'as fait pleurer, Abe, vilain garçon. Il va courir à la maison le dire à sa maman.

Barkovitch continua de sangloter. C'était un bruit creux, sec, qui donnait la chair de poule à Garraty. C'était un bruit désespéré.

— Est-ce que le petit momignon joli va courir rapporter à sa maman ? lança Quince de l'avant. Aaaaah ! Barkovitch, si c'est pas malheureux !

Fichez-lui la paix ! hurla Garraty dans sa tête, fichez-lui la paix, vous n'avez aucune idée de sa souffrance. Mais qu'est-ce que c'était que cette sale pensée hypocrite ? Il voulait que Barkovitch meure. Autant l'admettre. Il voulait que Barkovitch craque et crève, voilà.

Et Stebbins était probablement là-bas derrière dans le noir, qui se moquait d'eux tous.

Il se dépêcha, rattrapa McVries, qui marchait paisiblement et contemplait distraitement la foule. La foule le regardait avec avidité.

— Si tu m'aidais à décider ? dit McVries.

— D'accord. Quel est le sujet de la décision ?

— Qui est dans la cage, eux ou nous ?

Garraty éclata d'un rire de réel plaisir.

— Nous tous ! Et la cage est dans la maison des singes du commandant.

Le rire ne se communiqua pas à McVries.

— Barkovitch est en train de basculer, n'est-ce pas ?

— Oui, je crois.

— Je ne veux plus voir ça. C'est dégueulasse. Et c'est de la triche. On construit tout autour de quelque chose... on prend quelque chose à cœur... et puis on n'en veut plus. Tu ne trouves pas dommage que les grandes vérités soient de tels mensonges ?

— Je n'y ai jamais beaucoup réfléchi. Est-ce que tu te rends compte qu'il est presque 22 heures ?

— C'est comme si on s'entraîne au saut à la perche toute sa vie et puis on arrive aux Jeux olympiques et on se dit : « Pourquoi diable est-ce que j'irais sauter par-dessus cette barre à la con ? »

— Ouais... marmonna Garraty.

Depuis un moment, quelque chose le tracassait énormément. Baker les avait rejoints. Il le regarda, puis McVries et encore Baker.

— Est-ce que vous avez vu les... Olson, est-ce que vous avez vu ses cheveux ? Avant qu'il soit descendu ?

— Qu'est-ce qu'ils avaient, ses cheveux ? demanda Baker.

— Ils devenaient gris.

— Mais non, c'est dingue ! protesta McVries mais il eut soudain l'air très effrayé. Non, c'était de la poussière ou quelque chose.

— Ils blanchissaient, insista Garraty. Ils avaient... ils étaient comme si nous étions sur cette route depuis toujours. C'est ça, les cheveux d'Olson qui blanchissaient... blanchissaient comme ça... c'est ça qui m'y a fait penser d'abord mais... c'est peut-être une espèce de folle immortalité.

La pensée était atrocement déprimante. Il regarda droit devant lui dans les ténèbres, en savourant le vent frais sur sa figure.

— Je marche, je marchais, je marcherai, j'aurai marché, psalmodia McVries. Est-ce qu'on traduit ça en latin ?

Nous sommes en suspens dans le temps, pensa Garraty.

Leurs pieds bougeaient mais pas eux. Les lueurs des cigarettes, dans la foule, le faisceau d'une torche électrique ou une fusée scintillante concurrençant les étoiles, de singulières constellations révélant leur existence devant et derrière eux pour disparaître aussitôt dans le néant.

— Brrr, fit Garraty en frissonnant. Y a de quoi devenir fou.

— Précisément, approuva Pearson, et il rit nerveusement.

Ils entamaient une longue côte en lacet. La chaussée était maintenant en béton précontraint, dur sous les pieds. Garraty croyait sentir chaque rugosité à travers des semelles en papier. Le vent capricieux dispersait en congères basses des emballages de chocolat, des cartons de pop-corn, des papiers gras. Par endroits, ils devaient presque patauger dans cet amas. Ce n'est pas juste, pensa Garraty en s'apitoyant sur son sort.

— Comment c'est, plus loin ? demanda McVries.

Garraty ferma les yeux et tenta de dessiner une carte dans sa tête.

— Je ne me rappelle pas toutes les petites villes. Nous arrivons à Lewiston, c'est la deuxième grande ville de l'Etat, plus grande qu'Augusta. Nous suivrons carrément l'avenue principale. Dans le temps, ça s'appelait Lisbon Street mais maintenant c'est Cotter Memorial Avenue. Reggie Cotter est le seul gars du Maine à avoir gagné la Longue Marche. Il y a longtemps.

— Il est mort, pas vrai ? dit Baker.

— Oui. Il a eu une hémorragie de l'œil et il a fini la Marche à moitié aveugle. C'était un caillot dans son cerveau. Il est mort huit jours après. Il y a très longtemps, répéta Garraty pour tenter faiblement d'amoindrir le fardeau.

Pendant un moment, personne ne parla. Les papiers de chocolat craquaient sous leurs pieds avec le bruit d'un lointain incendie de forêt. Une chandelle romaine partit dans la foule. On percevait une luminosité diffuse à l'horizon, signalant probablement les villes jumelles de Lewiston et d'Auburn, le pays des Duchette, des Aubuchon et des Lavesque, le pays du *Nous parlons français ici.* Garraty avait une envie presque obsessionnelle d'une plaque de chewing-gum.

— Qu'est-ce qu'il y a après Lewiston ?

— Nous descendrons par la Route 196, et puis par la 126 jusqu'à Freeport, où je vais voir ma mère et ma môme. C'est là aussi que nous passons sur l'U.S. 1. Et c'est là que nous resterons jusqu'à ce que ce soit fini.

— La grande autoroute, murmura McVries.

— C'est ça.

Les fusils les firent tous sursauter.

— Ça, c'est Barkovitch ou Quince, dit Pearson. Je ne vois pas bien... y en a un qui marche toujours... C'est...

Barkovitch éclata de rire dans la nuit, un son aigu, gargouillant, terrifiant.

— Pas encore, bande de putes ! Je ne suis pas encore foutu ! *Pas encooooooooooore...*

Sa voix montait de plus en plus haut. On croyait entendre une sirène d'incendie devenue folle. Et les mains de Barkovitch se levèrent brusquement comme des colombes effrayées prenant leur vol et ses ongles s'enfoncèrent dans sa propre gorge.

— Jésus Dieu ! gémit Pearson et il se vomit dessus.

Les autres s'écartèrent, s'enfuirent et se dispersèrent en tous sens, tandis que Barkovitch continuait de hurler, de se lacérer et de marcher, sa figure de fauve tournée vers le ciel, la bouche grande ouverte comme un trou d'ombre.

Enfin le bruit de sirène retomba et Barkovitch

tomba avec. Les soldats le fusillèrent, mort ou vivant.

Garraty fit demi-tour et se remit à marcher dans le bon sens, vaguement reconnaissant de n'avoir pas eu d'avertissement. Il lisait la même horreur que la sienne sur la figure de tous ceux qui l'entouraient. L'épisode Barkovitch était terminé. Garraty se dit que ce n'était pas de bon augure pour ceux qui restaient, pour leur avenir sur cette sombre route sanglante.

— Je me sens mal, dit Pearson.

Il avait la voix morne, sans timbre. Il était pris de haut-le-cœur secs et, pendant un moment, il marcha cassé en deux.

— Ah. Ça ne va pas. Dieu. Je. Me. Sens. Mal. Aaaah.

McVries regardait droit devant lui.

— Je crois... Je voudrais devenir fou, dit-il posément.

Seul Baker ne dit rien. Et c'était curieux, parce que Garraty respira tout à coup une bouffée de chèvrefeuille de Louisiane. Il entendit le coassement des grenouilles dans les marais. Il sentit la moiteur, perçut le bourdonnement des cigales creusant la rude écorce des cyprès pour leur sommeil sans rêves de dix-sept ans. Il vit la tante de Baker qui se balançait dans son fauteuil à bascule, les yeux rêveurs, souriants et vagues, assise sur son perron en écoutant les parasites et les voix lointaines de sa vieille radio Philco dans son meuble d'acajou fissuré et écaillé. Qui se balançait, se balançait, se balançait. Souriante, ensommeillée. Comme un chat qui a trouvé la crème et s'en est bien repu.

15

> « Peu m'importe si vous gagnez ou perdez, du moment que vous gagnez. »
>
> Vince Lombardi,
> *ex-entraîneur des Green Bay Packers*

Le petit jour se faufila dans un monde de brouillard silencieux. Garraty marchait de nouveau tout seul. Il ne savait même pas combien de marcheurs avaient été éliminés pendant la nuit. Cinq, peut-être. Ses pieds avaient la migraine. Il avait mal aux fesses. Sa colonne vertébrale était une lame glacée. Mais ses pieds avaient la migraine, le sang s'y coagulait, les gonflait et transformait les veines en spaghettis *al dente*.

Et il y avait toujours cette surexcitation qui se tortillait dans son ventre ; ils n'étaient plus qu'à vingt kilomètres de Freeport. A présent, ils traversaient Porterville et même si la foule les voyait à peine dans le brouillard épais, elle psalmodiait son nom en cadence depuis Lewiston. C'était comme la pulsation d'un cœur géant.

Freeport et Jan, pensa-t-il.

— Garraty ?

La voix était familière mais morne. Celle de McVries. Sa figure était un crâne velu. Ses yeux étincelaient d'un éclat fiévreux.

— Bonjour, dit-il. Nous vivons pour lutter encore une journée.

— Ouais. Y en a combien qui se sont plantés cette nuit ?

— Six.

McVries tira de sa ceinture un bocal de pâte de bacon et en fourra dans sa bouche avec les doigts. Ses mains tremblaient sérieusement.

— Six depuis Barkovitch, dit-il et il remit le bocal en place avec des gestes de vieillard paralytique. Pearson s'est fait avoir.

— Sans blague ?

— Nous ne sommes plus beaucoup, Garraty. Seulement vingt-six.

— Non, ça ne fait pas beaucoup...

En marchant dans le brouillard, on avait l'impression d'avancer dans des nuages de poussière impalpables.

— Et il ne reste pas beaucoup d'entre *nous* non plus, Garraty. Les Mousquetaires. Toi et moi, et puis Baker, Abraham, Collie Parker. Et Stebbins. Si tu veux le compter. Pourquoi pas ? Hein, pourquoi pas, merde ? Comptons Stebbins. Six Mousquetaires et vingt hallebardiers.

— Tu crois toujours que je vais gagner ?

— Est-ce qu'il y a toujours autant de brouillard par ici, au printemps ?

— Qu'est-ce que ça veut dire, ça ?

— Non, je ne crois pas que tu gagneras. Ce sera Stebbins, Ray. Rien ne peut l'user, il est comme les diamants. Il paraît que Vegas le donne à neuf contre un, maintenant que Scramm n'est plus dans le coup. Merde, il a exactement la même allure à présent qu'au départ.

Garraty hocha la tête, comme s'il s'y attendait. Il trouva sur lui un tube de concentré de bœuf et se mit à manger. Il aurait donné cher pour un peu du hamburger cru de McVries, disparu depuis longtemps.

McVries renifla un peu et s'essuya le nez avec la main.

— Ça ne te fait pas drôle ? De revenir sur ton territoire après tout ça ?

Garraty sentit le petit ver de surexcitation se tortiller et se retourner.

— Non, répondit-il. Ça me paraît la chose la plus naturelle du monde.

Ils descendirent une longue pente et McVries leva les yeux vers la blancheur du néant.

— Le brouillard s'épaissit.

— Ce n'est pas du brouillard, dit Garraty. C'est de la pluie, à présent.

La pluie tombait doucement comme si elle n'avait aucune intention de s'arrêter, pas avant longtemps.

— Où est Baker ?

— Par là-derrière, quelque part, répondit McVries.

Sans un mot — les mots n'étaient presque plus nécessaires —, Garraty se laissa un peu distancer. La route les amena de part et d'autre d'un refuge de piétons, devant le Centre récréatif de Porterville avec ses cinq pistes de bowling, et devant un bâtiment noir des Ventes du Gouvernement avec un grand panneau dans la vitrine : MAI EST LE MOIS DE CONFIRMATION DE VOTRE SEXE.

Garraty manqua Baker dans la brume mais se retrouva à côté de Stebbins. Dur comme des diamants, disait McVries. Mais ce diamant-là avait quelques petits défauts. Ils marchaient maintenant parallèlement à la large Androscoggin, une rivière polluée à mort. Sur l'autre rive, la Porterville

Weaving Company, une usine de textile, dressait ses tourelles dans le brouillard comme un château fort crasseux.

Stebbins ne leva pas les yeux mais Garraty savait que Stebbins savait qu'il était là. Il ne dit rien, bêtement résolu à ce que Stebbins prononce le premier mot. La route faisait un nouveau coude. Pendant un moment elle disparut alors qu'ils passaient le pont enjambant l'Androscoggin. Au-dessous d'eux, l'eau coulait paresseusement, maussade et saumâtre, décorée d'écume jaunâtre.

— Eh bien ?
— Economise ton souffle une minute, dit Garraty. Tu vas en avoir besoin.

Ils arrivèrent à l'extrémité du pont et la foule réapparut comme ils tournaient à gauche pour gravir Brickyard Hill. La côte était longue, abrupte, aux virages relevés. La rivière s'éloignait à leurs pieds, sur la gauche, et sur leur droite il y avait une paroi presque perpendiculaire. Mais des spectateurs s'y agrippaient, accrochés aux arbres, aux buissons, les uns aux autres, en psalmodiant le nom de Garraty. Une fois, il avait flirté avec une fille qui habitait Brickyard Hill, qui s'appelait Carolyn. Elle était mariée, à présent, elle avait un gosse. Elle l'aurait bien laissé faire, mais il était jeune et plutôt niais.

Devant eux, Parker, hors d'haleine, chuchotait des jurons étouffés qui se perdaient dans le bruit de la foule. La jambe de Garraty frémit et menaça de se changer en gélatine mais c'était la dernière grande côte avant Freeport. Après, ça n'aurait plus d'importance. S'il se plantait, il se planterait. Finalement, ils arrivèrent en haut et Stebbins, haletant à peine, répéta :

— Eh bien ?

Les fusils tonnèrent. Un garçon nommé Charlie Field tira sa révérence à la Marche.

— Eh bien rien, dit Garraty. Je cherchais Baker et c'est toi que j'ai trouvé. McVries dit que tu vas gagner.

— McVries est un imbécile, dit paisiblement Stebbins. Tu crois vraiment que tu verras ta môme, Garraty ? Parmi tous ces gens ?

— Elle sera au premier rang. Elle a un laissez-passer.

— Les flics seront trop occupés à repousser tout le monde pour la laisser se glisser au premier rang.

— Ce n'est pas vrai ! protesta Garraty, très vivement parce que Stebbins venait d'exprimer sa propre crainte. Pourquoi est-ce que tu dis des trucs comme ça ?

— Et d'abord, c'est surtout ta mère que tu veux voir.

Garraty eut un mouvement de recul.

— Quoi ?

— Est-ce que tu ne vas pas l'épouser quand tu seras grand ? C'est ce que veulent tous les petits garçons, Garraty.

— T'es dingue.

— Vraiment ?

— Oui !

— Pourquoi penses-tu que tu mérites de gagner, Garraty ? Tu as une intelligence de seconde classe, tu es un spécimen physique de seconde classe et tu as probablement une libido de seconde classe. Je parierais mon chien et le pouce que tu ne l'as jamais sautée, cette môme dont tu parles.

— Ferme ta sale gueule !

— Puceau, hein ? Et peut-être un peu pédé sur les bords ? N'aie pas peur. Tu peux te confier à papa Stebbins.

— Je t'userai même si je dois marcher jusqu'en Virginie, espèce de salopard !

Garraty tremblait de rage. Il ne se souvenait pas d'avoir jamais été aussi furieux.

— Mais oui, mais oui, je comprends, dit Stebbins sur un ton indulgent.

— Putain de ta mère ! Espèce de...

— Tu vois, ça c'est un mot intéressant. Qu'est-ce qui t'a fait employer cette expression-là ?

Pendant une seconde, Garraty ne sut pas s'il allait se jeter sur Stebbins ou s'évanouir de colère mais il ne fit ni l'un ni l'autre et répéta :

— Même si je dois marcher jusqu'en Virginie ! Jusqu'en Virginie !

Stebbins se haussa sur la pointe des pieds et sourit d'un air endormi.

— Je me sens capable de marcher jusqu'en Floride, Garraty.

Garraty s'écarta d'un bond, s'élança à la recherche de Baker et sentit sa rage fondre pour se résoudre en une espèce de honte. Stebbins le prenait pour un jobard. Il se dit qu'il l'était probablement.

Baker marchait à côté d'un garçon que Garraty ne connaissait pas. Il baissait la tête et ses lèvres remuaient doucement.

— Hé, Baker !

Baker sursauta puis il parut se secouer tout entier, comme un chien.

— Garraty... Toi.

— Ouais, c'est moi.

— Je rêvais... un rêve vachement réaliste. Quelle heure ?

Garraty vérifia.

— Presque 6 h 40.

— Il va pleuvoir toute la journée, d'après toi ?

— Je... *Ah !* s'écria Garraty en trébuchant, soudain déséquilibré. Mon con de talon qui s'est détaché.

— Débarrasse-toi des deux, conseilla Baker. Les clous vont finir par traverser. Et c'est plus dur quand on est à cloche-pied.

Garraty envoya valser d'une ruade une de ses chaussures et elle alla retomber en tournoyant à la lisière de la foule, où elle resta un moment comme un petit chien blessé. Des mains se tendirent avidement. L'une la saisit, une autre l'arracha et il y eut une brève mais violente bagarre pour la chaussure. L'autre ne voulait pas se laisser ôter d'une ruade; le pied était enflé. Il s'accroupit, reçut un avertissement, mais délaça la chaussure et l'enleva. Il envisagea de la lancer à la foule mais se ravisa et la laissa simplement sur la chaussée. Une grande vague de détresse irrationnelle déferla sur lui et il pensa : *J'ai perdu mes souliers. J'ai perdu mes souliers.*

Le revêtement était froid sous ses pieds. Ses chaussettes en lambeaux furent vite trempées. Ses deux pieds avaient un drôle d'aspect, bizarrement pataud. La détresse de Garraty se changea en pitié pour ses pieds. Il rattrapa vite Baker, qui marchait aussi sans chaussures.

— Je suis à peu près complètement crevé, dit Baker avec simplicité.

— Nous le sommes tous.

— Je me rappelle toutes les choses agréables qui me sont arrivées dans ma vie. La première fois que j'ai emmené danser une fille, y avait un gros ivrogne qui cherchait toujours à me la prendre et j'ai fini par le faire sortir dehors et je lui ai fait sa fête. J'y suis seulement arrivé parce qu'il était vraiment bourré. Et la fille, elle m'a regardé comme si j'étais ce qu'il y avait de plus épatant depuis le moteur à combustion interne. Mon premier vélo. La première fois que j'ai lu *The Woman in White* de Wilkie

Collins... ça, c'est mon livre préféré, Garraty, si jamais on te le demande. Assis à moitié endormi au bord d'un ruisseau avec une canne à pêche ou des balances à attraper des écrevisses par milliers. Endormi dans l'herbe du jardin avec un album de *Popeye* sur ma figure. Je pense à tout ça, Garraty. Depuis un petit moment seulement. Comme si j'étais vieux et que je devenais sénile.

La pluie matinale tombait, avec des reflets d'argent, autour d'eux. Même la foule semblait plus discrète, plus distante. On revoyait des visages, assez flous, comme des figures derrière des carreaux mouillés. C'étaient des visages pâles, aux yeux foncés, à la mine sombre sous les chapeaux et les parapluies ruisselants, sous les tentes en papier journal. Garraty souffrait d'une douleur interne sourde, profonde, et il lui semblait que cela irait mieux s'il pouvait crier, mais il ne le pouvait pas, pas plus qu'il ne pouvait réconforter Baker et lui dire que c'était très bien de mourir. C'était peut-être vrai, mais peut-être pas, allez savoir.

— J'espère que ce ne sera pas noir, dit Baker. C'est tout ce que j'espère. S'il y a un... un au-delà, j'espère qu'il n'est pas noir. Et j'espère qu'on peut *se souvenir*. Ça me ferait horreur d'errer éternellement dans le noir, sans savoir qui je suis ou ce que je fais là, sans même savoir si jamais j'ai été différent.

Garraty voulut répondre mais des coups de feu le firent taire. Les affaires reprenaient. La trêve que Parker avait si bien prédite était terminée. Baker fit une grimace.

— C'est ça que je crains le plus. Ce bruit. Pourquoi est-ce que nous avons fait ça, Garraty ? Nous devions avoir perdu la boule.

— Je crois qu'il n'y avait aucune espèce de raison.

— Nous ne sommes tous que des souris dans une souricière.

La Marche continuait. La pluie tombait. Ils passèrent par des endroits que Garraty connaissait, des cabanes vétustes où personne ne vivait, une petite école abandonnée au profit du nouvel immeuble de Consolidated, des poulaillers, de vieux camions sur des cales, des champs labourés. Il croyait se souvenir de chaque champ, de chaque maison. Tout son corps vibrait maintenant d'impatience. La route lui semblait s'envoler. Ses jambes retrouvaient leur élasticité. Mais peut-être Stebbins avait-il raison. Elle ne serait peut-être pas là. Il fallait l'envisager et s'y préparer, au moins.

Le bruit courut dans les rangs clairsemés qu'un garçon, à l'avant, croyait avoir une crise d'appendicite.

Garraty se serait révolté contre un tel événement un peu plus tôt, mais à présent il ne pensait qu'à Jan et à Freeport. Les aiguilles de sa montre cavalaient comme si elles étaient animées d'une vie démoniaque. Plus que huit kilomètres. Ils étaient entrés dans la banlieue de la ville. Quelque part, devant lui, il y avait sa mère et Jan, déjà installées devant le centre commercial Free Trade, comme promis.

Le ciel s'éclaircit un peu mais resta couvert. La pluie se changeait en un crachin opiniâtre. La chaussée était à présent un miroir, de la glace noire où Garraty croyait presque voir le reflet de sa figure convulsée. Il passa une main sur son front, qui lui parut chaud et fébrile. Jan, ah Jan ! Tu dois savoir que je...

Le garçon qui avait mal au ventre était le 59, Klingerman. Il commença à hurler. Ses cris ne tardèrent pas à devenir monotones. Garraty songea à la Longue Marche qu'il avait vue — à Freeport aussi — et au garçon qui répétait en chantonnant d'une voix monotone : *Je ne peux pas, je ne peux pas.*

Klingerman, pensa-t-il, ferme ta gueule.

Mais Klingerman continuait de marcher et continuait de hurler, les mains croisées sur son côté et les aiguilles de la montre de Garraty continuaient de galoper. Il était 8 h 15, maintenant. Tu seras là, Jan, dis ? Mais oui. D'accord. Je ne sais plus ce que tu signifies mais je sais que je suis encore en vie et que j'ai besoin que tu sois là, pour me faire signe, un signe. Mais sois là. Sois là.

8 h 30.

— Est-ce qu'on s'en rapproche, de ce foutu patelin ? cria Parker.

— Qu'est-ce que ça peut te foutre ? ricana McVries. T'as sûrement pas de fille qui t'attend.

— J'ai des filles partout, pauvre con, riposta Parker. Elles jettent un coup d'œil à ma gueule et mouillent leur slip !

La gueule dont il parlait était maintenant blafarde, hagarde, l'ombre de ce qu'elle avait été.

8 h 45.

— Mollo, mon vieux, dit McVries quand Garraty le rattrapa et voulut le doubler. Gardes-en un peu pour cette nuit.

— Je ne peux pas. Stebbins dit qu'elle ne sera pas là. Qu'ils n'auront pas un agent de libre pour l'aider à passer. Il faut que je sache. Il faut...

— Mollo, du calme, c'est tout ce que je peux te dire. Stebbins ferait boire à sa mère un cocktail de mort-aux-rats si ça pouvait le faire gagner. Ne l'écoute pas. Elle sera là. Parce que, d'abord, ça fait une pub formidable.

— Mais...

— Y a pas de mais. Ralentis et ne crève pas.

— Tu sais où tu peux te les fourrer, tes platitudes à la con ? glapit Garraty et puis il s'humecta les lèvres et porta une main tremblante à sa joue. Je... Excuse-moi. Je n'aurais pas dû dire ça. Et Stebbins a dit aussi que, d'abord, je ne voulais voir que ma mère.

— Tu ne veux pas la voir ?

— Mais si, bien sûr ! Qu'est-ce que tu crois que... Non... si... ah, je ne sais pas ! J'avais un copain, dans le temps. Et lui et moi on... nous... nous nous sommes mis à poil et... et elle... elle...

— Garraty !

McVries le prit par l'épaule. Klingerman hurlait de plus en plus fort. Quelqu'un, à l'avant, lui demanda s'il voulait de l'Alka-Seltzer. Ce bon mot provoqua un éclat de rire général.

— Tu es en train de craquer, Garraty. Calme-toi. Ne fous pas tout en l'air.

— *Fous-moi la paix !* glapit Garraty ; il se fourra un poing dans la bouche et le mordit puis, au bout d'une seconde, il dit plus posément : Laisse-moi, tu veux ?

— Bon, bon, d'accord.

McVries s'éloigna. Garraty voulut le rappeler mais ne put s'y résoudre.

Et alors, pour la quatrième fois, il fut 9 heures du matin. Les vingt-quatre restants tournèrent à gauche et surplombèrent la foule en défilant sur le pont de l'Autoroute 295 pour entrer dans la ville de Freeport. Devant eux, il y avait le Dairy Joy, où Jan et lui passaient parfois, après le cinéma. Ils tournèrent à droite et rejoignirent l'U.S. 1, que quelqu'un avait appelée la grande autoroute. Grande ou petite, c'était la dernière. Les aiguilles de la montre de Garraty semblaient vouloir lui sauter dessus. Le centre de la ville n'était pas loin. Il apercevait Woolman's sur la droite, un gros bâtiment carré et laid qui se cachait derrière une fausse façade. Les confettis et les bouts de papier reprenaient leur sarabande. La pluie les rendait mous et collants. La foule s'agglutinait. Quelqu'un brancha la sirène d'incendie et ses ululements sinistres se mêlèrent aux cris de Klingerman. La sirène d'incendie de Freeport et lui chantaient un duo de cauchemar.

La tension courait dans les veines de Garraty. Il entendait son cœur battre, tantôt dans son ventre, tantôt dans sa gorge, tantôt entre ses yeux. Deux cents mètres. Ils glapissaient encore son nom (RAY-RAY-RAY — JUSQU'AU BOUT !) mais il n'avait pas encore vu de figure de connaissance dans la foule.

Il se glissa vers la droite jusqu'à ce que les mains crochues de Foule soient à quelques centimètres de lui ; un long bras musclé arriva même à pincer l'étoffe de sa chemise et il fit un bond en arrière comme s'il avait failli être attiré dans un engrenage. Et les soldats pointaient leurs fusils sur lui, prêts à tirer si jamais il essayait de disparaître dans cette marée humaine. Plus que cent mètres. Il voyait l'énorme enseigne marron de Woolman's mais aucune trace de sa mère ou de Jan. Dieu, mon Dieu, mon Dieu, Stebbins avait raison... et même si elles étaient là, comment allait-il les voir dans cette masse grouillante ?

Un gémissement de détresse lui échappa. Il trébucha et manqua de tomber en s'emmêlant les pieds. Stebbins avait eu raison. Il voulait s'arrêter là, ne pas aller plus loin. La déception, le sentiment de perte l'accablaient trop. A quoi bon ? A quoi bon, maintenant ?

La sirène d'incendie hurlait, la foule criait, Klingerman glapissait, la pluie tombait et sa propre âme torturée vacillait dans sa tête et battait les murs.

Je ne peux pas continuer, je ne peux pas, peux pas, peux pas. Mais ses pieds avançaient obstinément. *Où suis-je ? Jan ? Jan ?... Jan !*

Il la vit. Elle agitait le foulard de soie bleue qu'il lui avait offert pour son anniversaire et la pluie scintillait dans ses cheveux comme des pierres précieuses. Sa mère était à côté d'elle, avec son simple manteau noir. Elles étaient serrées l'une contre l'autre par la foule, bousculées d'un côté, de l'autre. Par-dessus l'épaule de Jan, une caméra de télévision avançait son groin stupide.

Il eut l'impression qu'un grand abcès, quelque part dans son corps, venait de crever. L'infection ruissela de lui en une marée verte. Il se mit à courir tant bien que mal, les pieds en dedans. Ses chaussettes en loques claquaient sur ses pieds enflés.

— Jan ! Jan !

Il s'entendait penser mais ne savait si les mots sortaient de sa bouche. La caméra télé le suivit avec enthousiasme. Le vacarme était inimaginable. Il vit les lèvres de Jan former son nom et il ne put se retenir de lui tendre les mains, il le fallait...

Un bras l'arrêta net. C'était McVries. Un soldat leur donna à tous deux un premier avertissement au mégaphone.

— Pas dans la foule !

McVries avait la bouche contre l'oreille de Garraty et il hurlait. Un élancement douloureux transperça le crâne de Garraty.

— Lâche-moi !
— Je ne te laisserai pas te tuer, Ray !
— Lâche-moi, nom de Dieu !
— Tu veux mourir dans ses bras ? C'est ça ?

Le temps s'enfuyait. Elle pleurait. Il voyait les larmes sur ses joues. Il se dégagea de l'étreinte de McVries et voulut encore se précipiter vers elle. Il sentait monter à sa gorge des sanglots durs, secs. Il avait envie de dormir. Il trouverait le sommeil dans ses bras. Il l'aimait.

Ray, je t'aime.

Il lisait les mots sur ses lèvres.

McVries était toujours à côté de lui. La caméra de télévision ne les lâchait pas. Et maintenant, du coin de l'œil, il aperçut sa classe du lycée, les copains qui déroulaient une immense banderole avec sa photo dessus, sa photo de l'annuaire du lycée, agrandie à la taille de Godzilla, et elle lui souriait largement alors qu'il pleurait et se débattait pour atteindre Jan.

— Deuxième avertissement, rugit le haut-parleur avec la voix de Dieu.

Jan...

Elle lui tendit les bras. Leurs mains s'effleurèrent. Sa main fraîche. Ses larmes...

Sa mère, les mains tendues...

Il les saisit. Dans une main celle de Jan, dans l'autre celle de sa mère. Il les toucha. C'était fini.

C'était fini, jusqu'à ce que le bras de McVries revienne autour de ses épaules, cruel McVries.

— Lâche-moi ! Lâche-moi !

— Mon vieux, tu dois vraiment la détester, brailla McVries à son oreille. Qu'est-ce que tu veux ? Mourir en sachant qu'elles seront toutes deux éclaboussées de ton sang ? C'est ça que tu veux ? Enfin quoi, pour l'amour du ciel, viens !

Il se débattit mais McVries était fort. Et McVries avait peut-être même raison. Il regarda Jan, qui ouvrait maintenant de grands yeux alarmés. Sa mère faisait des gestes pour le chasser. Et les lèvres de Jan formaient des mots qu'il lisait comme une malédiction : *Va ! Va ! Va !*

Bien sûr qu'il devait continuer, pensa-t-il non sans apathie. Il était le Champion du Maine. Et, à cette seconde, il la détesta, alors que pourtant si elle avait fait quelque chose, ce n'était rien que de s'être laissé attraper — elle et sa mère — dans le piège qu'il s'était tendu à lui-même.

Troisième avertissement, pour lui et pour McVries, grondant majestueusement comme le tonnerre ; la foule se calma imperceptiblement et continua de regarder avec avidité. Il y avait maintenant de la panique dans les yeux de sa mère et de Jan. Sa mère porta vivement les mains à sa figure et il pensa à celles de Barkovitch volant comme des colombes effrayées pour arracher sa propre chair.

— Si tu dois le faire, attends d'avoir tourné le coin, foutu minable ! cria McVries.

Il se mit à geindre. McVries l'avait encore battu. McVries était très fort.

— D'accord, dit-il sans savoir si McVries l'entendait. D'accord, d'accord, je marche, lâche-moi avant de me fracturer la clavicule !

Il sanglota, hoqueta, s'essuya le nez.

McVries le lâcha avec méfiance, se tenant prêt à l'empoigner de nouveau.

A retardement, Garraty se retourna mais elles étaient presque noyées dans la foule. Il se dit que jamais il n'oublierait cette panique dans leurs yeux, ce sentiment de confiance et de certitude brutalement arraché. Il n'aperçut rien qu'un bout de soie bleue.

Il se retourna vers l'avant, sans regarder McVries, et ses pieds traîtres, mal assurés, l'emmenèrent hors de la ville avec les autres.

16

> « Le sang commence à couler ! Liston chancelle ! Clay le harcèle !... Il fonce dedans ! Clay le tue ! Clay le tue ! Mesdames et messieurs, Liston est à terre ! Sonny Liston est à terre ! Clay danse... Il agite les bras... il crie vers la foule ! Ah, mesdames et messieurs, je ne sais pas comment décrire cette scène ! »
>
> Commentateur de la radio
> (Deuxième combat Clay-Liston)

Tubbins était devenu fou.

Tubbins était un garçon à lunettes, petit, avec une figure pleine de taches de rousseur. Il portait un jean taille basse qu'il remontait constamment. Il n'avait pas dit grand-chose, mais il était assez gentil, avant de devenir fou.

— PUTAIN ! délirait-il sous la pluie, la figure offerte, l'eau ruisselant sur ses verres, sur ses joues, ses lèvres, son menton rond. LA PROSTITUÉE DE BABYLONE EST PARMI NOUS ! ELLE SE COUCHE DANS LES RUES ET ÉCARTE SES JAMBES DANS L'ORDURE DES PAVÉS ! PRENEZ GARDE À LA PROSTITUÉE DE BABYLONE ! LE MIEL RUISSELLE DE SES LÈVRES MAIS SON CŒUR EST DE FIEL ET DE BOIS VERMOULU...

— Et elle a la chtouille, ajouta Collie Parker

d'une voix épuisée. Dieu de Dieu, il est pire que Klingerman. Crève une bonne fois, Tubby! cria-t-il.

— IMPUDIQUE ET PROXÉNÈTE! glapit Tubbins. VILE! VILE! SOUILLÉE!

— Pisse-lui dessus, marmonna Parker. Je vais le tuer moi-même s'il ne se tait pas.

Il passa des doigts tremblants et squelettiques sur sa bouche, les laissa tomber à sa ceinture et mit trente secondes à décrocher son bidon. Il faillit le lâcher en le portant à sa bouche et puis en renversa la moitié. Il se mit à pleurer doucement.

Il était 3 heures de l'après-midi. Ils avaient laissé derrière eux Portland et South Portland. Il y avait environ un quart d'heure qu'ils étaient passés sous une banderole mouillée et claquante proclamant que la frontière du New Hampshire était seulement à soixante-dix kilomètres.

Seulement! pensa Garraty. *Seulement*, quel mot stupide! Quel est l'idiot qui s'est fourré dans la tête que nous avions besoin d'un mot aussi stupide que celui-là!

Il marchait à côté de McVries mais McVries ne parlait que par monosyllabes depuis Freeport. Garraty osait à peine lui adresser la parole. Il était de nouveau endetté envers lui et il en avait honte. Honte parce qu'il savait qu'il n'aiderait pas McVries si l'occasion se présentait. Maintenant Jan avait disparu, sa mère avait disparu. Irrévocablement et pour l'éternité. A moins qu'il gagne. Et maintenant, il voulait à toute force gagner.

Bizarre. Il ne se souvenait pas d'avoir voulu gagner; c'était la première fois. Pas même au départ, quand il était tout frais (au temps des dinosaures), il n'avait consciemment souhaité gagner. Il n'y avait eu que la gageure. Mais les fusils ne produisaient pas de petits drapeaux rouges avec PAN écrit dessus. Ce n'était pas du baseball ni du Pas de Géant ; c'était absolument réel.

Mais ne l'avait-il pas toujours su ?

Depuis qu'il savait qu'il voulait gagner, ses pieds lui faisaient deux fois plus mal et il avait des élancements aigus dans la poitrine à chaque respiration. La sensation de fièvre s'aggravait... il avait peut-être attrapé quelque chose de Scramm.

Il voulait gagner mais McVries lui-même ne pourrait pas le porter sur la ligne d'arrivée invisible. Il ne pensait pas pouvoir gagner. A la petite école, il avait remporté le concours d'orthographe de sa classe et on l'avait envoyé à celui du district, mais là, le maître n'était pas miss Petrie, qui vous laissait vous reprendre. Un bon cœur, miss Petrie. Il était resté planté là, blessé, incapable d'y croire, certain qu'il devait y avoir une méprise, mais il n'y en avait pas. Il n'avait simplement pas été assez bon pour réussir cette fois-là et il n'allait pas être assez bon maintenant. Il l'était assez pour en épuiser la majorité, mais pas tous. Ses pieds et ses jambes étaient passés de l'engourdissement à la rébellion rageuse et maintenant la mutinerie guettait.

Trois seulement étaient tombés depuis qu'ils avaient quitté Freeport, dont le malheureux Klingerman. Garraty savait ce que les autres pensaient. Trop de tickets avaient été distribués pour qu'ils abandonnent. Non, pas alors qu'il en restait seulement vingt à battre. Ils marchaient désormais jusqu'à ce que leur corps ou leur esprit se désintègre.

Ils passèrent sur un pont enjambant un paisible petit ruisseau dont la surface était légèrement grêlée par la pluie. Les fusils tonnèrent, la foule s'égosilla et Garraty sentit la minuscule étincelle d'espoir têtu, dans son crâne, briller un tout petit peu plus vivement.

— Ça t'a fait plaisir de voir ta môme ?

C'était Abraham qui lui posait la question et il avait l'air d'une victime de la Marche de Bataan. Pour on ne savait quelle inconcevable raison, il s'était débarrassé de son blouson et de sa chemise, dénudant son torse osseux et ses côtes apparentes.

— Ouais, fit Garraty. J'espère que je pourrai lui revaloir tout ça.

Abraham sourit.

— Tu espères ? Ouais, je commence à me rappeler comment on épèle ce mot-là, moi aussi, dit-il sur un ton très vaguement menaçant. C'était Tubbins ?

Garraty écouta. Il n'entendait rien que le rugissement incessant de la foule.

— Oui, bon Dieu, c'était lui. Parker a dû lui jeter le mauvais œil.

— Je n'arrête pas de me répéter qu'il me suffit de continuer à poser un pied devant l'autre.

— Ouais.

Abraham prit un air désolé.

— Garraty... c'est vachement dur à dire...

— Quoi donc ?

Abraham garda le silence un long moment. Il était chaussé de gros richelieus qui avaient l'air atrocement lourds aux yeux de Garraty (dont les pieds nus étaient glacés et à vif). Ils tapaient et raclaient la chaussée, qui s'était maintenant élargie à trois voies. La foule paraissait moins bruyante et plus distante qu'elle ne l'était depuis Augusta.

Abraham avait l'air plus désespéré que jamais.

— C'est une saloperie. Je ne sais pas comment le dire.

Garraty haussa les épaules, l'air assez perplexe.

— T'as qu'à le dire tout simplement.

— Ben voilà, écoute. Nous nous réunissons pour quelque chose. Nous tous qui restons.

— Un Scrabble, peut-être ?

— C'est une espèce de... de promesse.
— Ah oui ?
— Pas d'aide, pour personne. On marche tout seul ou on ne marche pas.

Garraty regarda ses pieds. Il se demanda depuis combien de temps il avait faim, il se demanda dans combien de temps il s'évanouirait s'il ne mangeait pas quelque chose. Il pensa que les richelieus d'Abraham étaient comme Stebbins... ces souliers seraient capables de le porter d'ici au pont de San Francisco, sans même qu'il casse un lacet... du moins ils en avaient bien l'air.

— Ça me paraît plutôt dur, dit-il enfin.
— La situation est devenue plutôt dure.

Abraham se défendait de le regarder.

— Tu as parlé de ça aux autres ? A tous ?
— Non, pas encore. Rien qu'à une douzaine.
— Ouais, c'est vraiment une saloperie. Je comprends que tu aies du mal à en parler.
— On dirait que ça devient de plus en plus dur, au lieu d'être plus facile.
— Qu'est-ce qu'ils ont dit ?

Il savait ce qu'ils avaient dit, ce qu'ils étaient censés avoir dit.

— Ils sont pour.

Garraty ouvrit la bouche et la referma. Il regarda Baker, devant. Baker portait son blouson, trempé. Il courbait la tête. Une de ses hanches ondulait bizarrement. Sa jambe gauche était raidie.

— Pourquoi t'as ôté ta chemise ? demanda-t-il tout à coup à Abraham.
— Elle me donnait des démangeaisons. De l'urticaire ou quelque chose du genre. C'était du synthétique, peut-être, et je fais peut-être une allergie aux tissus synthétiques, merde, comment veux-tu que je le sache ? Alors qu'est-ce que tu en dis, Ray ?
— T'as l'air d'un pénitent.

— Qu'est-ce que tu dis ? Oui ou non ?
— Je dois deux coups de main à McVries...

McVries était tout près, mais impossible de savoir s'il entendait leur conversation dans le vacarme de la foule. Allez, McVries, pensa-t-il. Dis-lui que je ne te dois rien. Allez, vieille vache. Mais McVries ne dit rien.

— D'accord, dit Garraty. Compte sur moi.
— Cool.

Voilà que je suis un animal, rien qu'un sale animal fatigué. Tu t'es vendu.

— Si tu essaies d'aider quelqu'un, nous ne pouvons pas te retenir, c'est contre le règlement. Mais nous te mettrons en quarantaine. Et tu auras manqué à ta promesse.
— Je n'essaierai pas.
— Même chose pour ceux qui veulent t'aider.
— Ouais.
— Rien de personnel, tu comprends. Tu le comprends bien, Ray. Nous sommes carrément contre.
— Chacun pour soi ou la mort.
— C'est ça.
— Rien de personnel. Retour à la jungle.

Pendant une seconde, il crut qu'Abraham allait se fâcher mais le léger sursaut se réduisit à un soupir inoffensif. Il devait être trop fatigué pour se fâcher.

— Tu as dis d'accord, Ray. Je te rappellerai ta promesse.
— Je devrais peut-être monter sur mes grands chevaux et protester que je tiendrai ma promesse parce que ma parole vaut de l'or, mais je serai franc. Je veux te voir prendre ton ticket, Abraham. Et le plus tôt sera le mieux.

Abraham s'humecta les lèvres.
— Ouais.
— Tu as de bonnes godasses, Abe.

— Oui, mais elles sont trop lourdes. On achète pour la distance et on ramasse du poids.

— Y a pas de remède contre le cafard de l'été, hein ?

Abraham rit. Garraty observa McVries. Sa figure était indéchiffrable. Peut-être avait-il entendu. Possible. La pluie tombait tout droit, plus lourde, plus froide. Le torse d'Abraham était blanc comme un ventre de poisson. Il avait davantage l'aspect d'un détenu, sans sa chemise. Garraty se demanda si quelqu'un lui avait dit qu'il n'avait pas la moindre chance de tenir toute la nuit, sans sa chemise. Le soir tombait déjà imperceptiblement. McVries ? Tu nous as entendus ? Je t'ai vendu, McVries. Mousquetaires à jamais.

— Ah, je ne veux pas mourir comme ça ! dit Abraham en pleurant. Pas en public avec des gens qui crient et vous encouragent à vous relever et à faire encore quelques kilomètres. C'est tellement insensé ! Tellement con ! Ce truc a autant de sens qu'un crétin mongolien qui s'étrangle avec sa propre langue et qui chie dans son froc en même temps.

Garraty avait accordé sa promesse de non-aide à 15 h 15. A 18 heures, un seul autre avait pris son ticket. Personne ne parlait. Il semblait y avoir un complot malsain pour qu'ils gâchent les derniers lambeaux de leur vie, pensait Garraty, pour faire semblant de rien. Les groupes — leurs pitoyables restes — s'étaient complètement défaits. Tout le monde avait accepté la proposition d'Abraham. McVries avait donné son accord, Baker aussi. Stebbins avait ri et demandé à Abraham s'il voulait qu'il se pique le doigt et signe avec son sang.

Il commençait à faire très froid. Garraty se demandait si ce qu'on appelait soleil existait, s'il ne l'avait pas rêvé. Même Jan n'était plus qu'un rêve pour lui, un rêve d'été, d'un été qui n'avait jamais existé.

En même temps, il revoyait plus nettement son père. Son père avec cette crinière que lui-même avait héritée, et ses larges épaules de routier. Son père était bâti comme un pilier. Il se rappelait le temps où il le soulevait et le faisait tournoyer à lui donner le vertige, lui ébouriffait les cheveux, l'embrassait. L'aimait.

Il se rendait compte tristement qu'il n'avait pas vraiment vu sa mère, à Freeport, mais elle y était... avec son manteau noir miteux, « mon mieux », celui sur lequel les pellicules se voyaient au col, en dépit de tous les shampooings. Il l'avait probablement blessée profondément en la négligeant en faveur de Jan. Peut-être avait-il voulu la blesser ? Mais ça n'avait plus d'importance. C'était le passé. C'était l'avenir qui se défaisait devant lui, avant même d'être tissé.

On s'enfonce, se dit-il. Ça ne devient jamais moins profond, ça descend simplement jusqu'à ce qu'on sorte de la baie et nage dans l'océan. Dans le temps, tout cela avait paru simple. Assez drôle, pas de doute. Il avait causé avec McVries, qui lui avait dit que la première fois qu'il l'avait sauvé, c'était par pur réflexe. Et puis à Freeport, c'était pour éviter de la laideur, devant une jolie fille qu'il ne connaîtrait jamais. Tout comme il ne connaîtrait jamais la femme de Scramm, lourde de son enfant. Garraty éprouva un pincement au cœur à cette pensée, un chagrin soudain. Il y avait longtemps qu'il n'avait pas pensé à Scramm. Il se dit que McVries était une grande personne, tout à fait, et il se demanda pourquoi lui-même n'avait jamais réussi à devenir adulte.

La Marche continuait. Les bourgades défilaient.

Il sombra dans une humeur mélancolique, curieusement satisfaisante, d'où il fut brutalement arraché par une fusillade irrégulière et des cris rauques de la foule. Quand il tourna la tête il fut abasourdi de voir Collie Parker debout au sommet du half-track, un fusil dans les mains.

Un des soldats était tombé du véhicule et gisait sur le dos, regardant le ciel de ses yeux vides, inexpressifs. Il y avait un petit trou bleu auréolé de brûlures de poudre au milieu de son front.

— Foutus salauds! hurlait Parker.

Les autres soldats avaient sauté du half-track. Parker se tourna vers les marcheurs ahuris.

— Allez, venez, les gars! Venez donc! Venez! Nous pouvons...

Les marcheurs, Garraty compris, le regardaient fixement, comme s'il s'était soudain mis à parler dans une langue étrangère. Et à présent, un des soldats qui avaient sauté quand Parker s'était rué à l'assaut lui tira très soigneusement une balle dans le dos.

— Parker! glapit McVries, comme s'il était le seul à comprendre ce qui s'était passé et l'occasion qui avait pu être ratée. Oh non! *Parker!*

Parker grogna comme si on l'avait frappé dans le dos avec une massue capitonnée. La balle explosa et ressortit et Collie Parker était là-haut debout, avec ses intestins dégoulinant sur les pans de sa chemise kaki en loques et sur son jean. Une de ses mains était figée au milieu d'un grand geste large et il paraissait sur le point de prononcer une furieuse homélie.

— Dieu.

— Merde, dit Parker.

Il tira avec le fusil qu'il avait arraché au soldat mort, il tira deux fois sur la route. Les balles ricochèrent et sifflèrent et Garraty sentit le déplacement d'air de l'une d'elles passer sous son nez. Quelqu'un dans la foule poussa un cri de douleur. Et puis le fusil glissa des mains de Parker. Il exécuta un demi-tour presque militaire et tomba sur la route, où il resta sur le côté, en haletant rapidement comme un chien qui vient d'être heurté et mortellement blessé par une voiture. Ses yeux fulguraient. Il ouvrit la bouche et se débattit dans le sang qui l'étouffait, pour lancer un dernier mot :

— Sa. Sa. Sal. Sa...

Il mourut, en les regardant tous méchamment alors qu'ils défilaient.

— Qu'est-ce qui s'est passé ? cria Garraty à personne en particulier. Qu'est-ce qui lui est arrivé ?

— Il les a surpris par-derrière, répondit McVries. Voilà ce qui s'est passé. Il devait savoir qu'il ne réussirait pas. Il s'est glissé derrière eux et les a surpris endormis sur l'aiguillage... Il voulait que nous sautions tous là-haut avec lui, Garraty. Et je crois que nous l'aurions pu.

— Qu'est-ce que tu racontes ? demanda Garraty, soudain terrifié.

— Tu ne le sais pas ? Tu ne le sais *pas* ?

— Là-haut avec lui ?... quoi ?...

— Laisse tomber, va. Laisse tomber.

McVries s'éloigna. Garraty fut pris de frissons. Il n'arrivait pas à les réprimer. Il ne comprenait rien à ce que disait McVries. Il ne voulait pas savoir de quoi McVries parlait. Ni même y penser.

La Marche continuait.

Ce soir-là, à 21 heures, la pluie cessa mais le ciel resta sans étoiles. Personne d'autre n'avait été éliminé mais Abraham commençait à divaguer en geignant. Il faisait grand froid mais personne ne lui offrit quelque chose pour se couvrir. Garraty se plaisait à voir là une justice immanente mais cela lui donnait simplement la nausée. La douleur qui était en lui se changeait en horrible malaise, une sensation putride qui semblait se développer dans son corps comme une moisissure verte. Sa ceinture de concentrés était presque pleine mais il ne put manger plus d'un petit tube de concentré de thon sans avoir des haut-le-cœur.

Baker, Abraham et McVries. Son cercle d'amis se réduisait à ceux-là. Et Stebbins, s'il était l'ami de quelqu'un. Relation, alors. Ou demi-dieu. Ou démon. Ou quoi que ce soit. Garraty se demanda s'il y en aurait encore en vie au matin et s'il serait vivant lui-même pour le savoir.

Plongé dans ces pensées, il faillit renverser Baker dans le noir. Quelque chose tintait dans les mains de Baker.

— Qu'est-ce que tu fais ?

Baker leva des yeux vides.

— Hein ?

— Qu'est-ce que tu fais ? répéta patiemment Garraty.

— Je compte mes sous.

— Combien t'as ?

Baker fit tinter les pièces dans sa main et sourit.

— Dollar vingt-deux.

— Une fortune ! dit Garraty en riant. Qu'est-ce que tu vas en faire ?

Baker ne rit pas. Il contempla d'un air pensif la fraîche obscurité.

— Je me paierai un des grands. Je m'en paierai un doublé de plomb capitonné de soie rose à l'intérieur, avec un oreiller en satin blanc... Comme ça, je ne pourrirai jamais, pas avant la trompette du Jugement, quand nous nous retrouverons comme nous étions. Vêtus de chair incorruptible.

Garraty frémit d'horreur.

— Baker ? Tu deviens dingue, Baker ?

— On ne peut pas gagner. Nous avons tous été fous d'essayer. On ne peut pas gagner contre la pourriture. Pas dans ce monde. Doublé de plomb, c'est ça la solution...

— Si tu ne te ressaisis pas, tu seras mort avant le jour !

Baker hocha la tête. La peau était tirée sur ses pommettes et cela lui donnait l'aspect d'une tête de mort.

— Justement. Je voulais mourir. Pas toi ? C'est pas pour ça ?

— Tais-toi ! cria Garraty qui avait de nouveau la tremblote.

La route commença alors à monter, une côte raide qui mit fin à leur conversation. Garraty se pencha sur la pente, il gelait et brûlait, il avait mal dans le dos, dans la poitrine. Il était certain que ses muscles allaient catégoriquement refuser de le transporter plus loin. Il pensa à la caisse de Baker, doublée de plomb, scellée contre les sombres millénaires, et il se demanda si ce serait là sa dernière pensée. Il espéra que non et chercha fébrilement un autre sujet de réflexion.

Des avertissements crépitaient sporadiquement. Les soldats du half-track n'en rataient pas une ; celui que Parker avait tué avait été discrètement remplacé. La foule acclamait avec monotonie. Garraty se demanda comment ce serait d'être couché dans le plus grand, le plus poussiéreux des silences de bibliothèque, de rêver éternellement des rêves confus sous des paupières collées, éternellement vêtu de son costume du dimanche. Plus de soucis d'argent, de réussite, plus de peur, de joie, de douleur, de chagrin, de sexe ou d'amour. Le zéro absolu. Pas de père, de mère, de fiancée, d'amant. Les morts sont orphelins. Aucune autre compagnie que le silence, comme une aile de papillon. La fin de l'atroce souffrance du mouvement, du long cauchemar de la route. Le corps en paix, le calme et l'ordre. La parfaite obscurité de la mort.

Comment est-ce que ce serait ? Mais comment est-ce que ce serait ?

Et soudain ses muscles noués, douloureux, la sueur coulant sur sa figure et même la souffrance en soi lui parurent très doux et bien réels. Il redoubla d'efforts. Il se traîna jusqu'au sommet de cette côte et haleta jusqu'au pied du versant opposé.

A 23 h 40, Marty Wyman eut son trou. Garraty avait complètement oublié Wyman qui n'avait pas dit un mot ni fait un geste depuis vingt-quatre heures. Il ne mourut pas spectaculairement. Il s'allongea simplement et fut abattu. Et quelqu'un chuchota, c'était Wyman, ça. Et quelqu'un d'autre chuchota, ça fait quatre-vingt-trois n'est-ce pas ? Et ce fut tout.

A minuit, ils n'étaient plus qu'à douze kilomètres de la frontière du New Hampshire. Ils passèrent devant un cinéma drive-in, un immense rectangle blanc dans la nuit. Une seule diapositive restait projetée sur l'écran éblouissant : LA DIRECTION DE CE CINÉMA SALUE LES MARCHEURS DE CETTE ANNÉE ! A 0 h 20, la pluie reprit et Abraham se mit à tousser ; c'était la même toux déchirante, humide qui avait secoué Scramm peu de temps avant sa mort. A 1 heure, la pluie devint un torrent régulier qui frappa les yeux de Garraty et le fit grelotter d'une espèce de fièvre. Le vent les poussait dans le dos.

A 1 h 25, Bobby Sledge essaya de se glisser discrètement dans la foule, sous le couvert de l'obscurité et de l'averse. Il fut promptement et efficacement abattu. Garraty se demanda si c'était le soldat blond qui avait failli lui vendre son ticket qui l'avait descendu. Il savait que le blond était de service. Il avait nettement vu sa figure dans l'éblouissement des projecteurs du cinéma en plein air. Il regrettait de tout son cœur que ce ne fût pas celui-là que Parker avait tué.

A 1 h 40, Baker tomba et se cogna la tête sur la chaussée. Sans même réfléchir, Garraty fit un mouvement vers lui. Une main, encore forte, lui empoigna le bras. McVries. Naturellement, ce ne pouvait être que McVries.

— Non, dit-il. Plus de Mousquetaires. Maintenant, c'est pour de vrai.

Ils se remirent à marcher sans se retourner.

Baker encaissa trois avertissements et puis le silence s'étira interminablement. Garraty attendait les coups de feu et, comme ils ne venaient pas, il consulta sa montre. Plus de quatre minutes étaient passées. Bientôt après, Baker passa à côté de McVries et de lui, sans rien dire, sans rien voir. Il avait une vilaine blessure sanglante au front mais ses yeux étaient moins fous. L'expression vague, égarée, avait disparu.

Peu avant 2 heures du matin, ils franchirent la frontière du New Hampshire dans le plus tonitruant des vacarmes. Des coups de canon. Un feu d'artifice dans le ciel pluvieux, illuminant une multitude qui s'étendait à perte de vue dans un éclairage de cauchemar. Des fanfares concurrentes jouaient des airs martiaux. Les clameurs étaient inimaginables. Un immense soleil pyrotechnique dessina dans le ciel le portrait du commandant, en traits de feu, et Garraty pensa vaguement à Dieu. Cela fut suivi par la tête du provo-gouverneur du New Hampshire, un homme célèbre pour avoir pris d'assaut la base nucléaire allemande de Santiago à lui tout seul, en 1953. Il avait perdu une jambe, à cause de l'empoisonnement par le radium.

Garraty se rendormit un peu. Ses pensées devinrent incohérentes. Bigle d'Allessio était caché sous le fauteuil à bascule de la tante de Baker, blotti dans un minuscule cercueil. Son corps était celui d'un chat du Cheshire bien gras. Il souriait en montrant ses dents. On distinguait, dans le pelage, entre ses yeux verts décentrés, la cicatrice de la vieille blessure de la balle de base-ball. Il regardait le père de Garraty qu'on traînait vers une camionnette noire sans marque. Un des soldats qui le flanquaient était le blond. Le père de Garraty était en caleçon. L'autre soldat se retournait et, pendant un instant, Garraty crut que c'était le commandant. Puis il reconnut Stebbins. Il se retourna mais le chat du Cheshire avec la tête de Bigle avait disparu, à part le large sourire en suspens dans les airs sous le fauteuil à bascule, comme une tranche de pastèque...

Les fusils se remettaient à tirer. Dieu, ils tiraient sur lui, à présent, il sentait le déplacement d'air des balles, c'était la fin, c'était fini...

Il se réveilla en sursaut et fit deux pas en courant qui déclenchèrent des élancements aigus partant de ses pieds jusqu'à son bas-ventre, avant de comprendre qu'ils tiraient sur un autre, que cet autre était mort, à plat ventre sous la pluie.

— Je vous salue Marie, dit McVries.

— Pleine de grâce, ajouta Stebbins derrière eux, car il s'était avancé, il s'était rapproché pour la curée et il souriait comme le chat du Cheshire dans le rêve de Garraty. Aidez-moi dans cette course de stock-cars.

— Allez, dit McVries, fais pas le con.

— Pas plus con que toi, déclara gravement Stebbins.

Garraty et McVries rirent, un peu jaune.

— Soulève-les, repose-les, ferme ta gueule, chantonna McVries.

Il passa une main tremblante sur sa figure et pressa le pas, en regardant droit devant lui, les épaules voûtées comme un arc cassé.

Un autre fut éliminé avant 3 heures, abattu sous la pluie et dans le vent de la nuit quand il tomba à genoux, du côté de Portsmouth. Abraham, qui toussait sans arrêt, marchait dans une espèce d'aura fiévreuse sans espoir, une sorte de rayonnement de mort qui faisait penser Garraty à des étoiles filantes. Il allait se consumer de l'intérieur, au lieu d'être liquidé de l'extérieur. Voilà où on en était maintenant.

Baker marchait avec une sombre résolution, essayait de se débarrasser de ses avertissements avant qu'ils se débarrassent de lui. Garraty le distinguait à peine sous la pluie battante, boitant avec ses poings crispés à ses côtés.

Et McVries s'effondrait. Garraty ne savait pas très bien quand cela avait commencé ; peut-être en une seconde, alors qu'il avait le dos tourné. Il était encore fort (Garraty se rappelait la poigne de McVries quand Baker était tombé) et tout à coup il avait l'air d'un vieillard. C'était effrayant.

Stebbins était Stebbins. Il marchait, marchait, comme les souliers d'Abraham. Il avait l'air de boiter un peu de la jambe gauche mais Garraty se dit qu'il l'imaginait peut-être.

Sur les dix autres, cinq semblaient s'être repliés dans ce séjour des ombres qu'Olson avait découvert, à un pas au-delà de la douleur et de la compréhension de ce qui les attendait. Ils marchaient dans les ténèbres pluvieuses comme des spectres décharnés et Garraty n'aimait pas les regarder. Ils étaient des morts en marche.

Juste avant le lever du jour, trois s'écroulèrent en même temps. La bouche unique de la foule rugit et éructa de nouvelles clameurs enthousiastes quand les corps pivotèrent et s'abattirent comme des bûches. Garraty eut l'impression que c'était le début d'une abominable réaction en chaîne qui allait tous les emporter. Mais cela se termina. Cela prit fin quand Abraham se traîna à genoux, ses yeux d'aveugle tournés vers le half-track et la foule, complètement égaré et plein de douleurs confuses. Il avait les yeux d'un mouton pris dans une clôture de barbelés. Enfin il tomba sur le nez. Les grosses chaussures battirent la chaussée mouillée et s'immobilisèrent.

Peu après, la symphonie aqueuse de l'aube commença. Le dernier jour de la Marche se leva, trempé et couvert. Le vent hurlait sur la route déserte comme un chien perdu chassé à coups de fouet dans un lieu inconnu et terrible.

TROISIÈME PARTIE

LE LAPIN

17

> « Maman ! Maman ! Maman ! Maman ! »
>
> Le révérend Jim JONES
> au moment de son apostasie

Les concentrés furent distribués pour la cinquième et dernière fois. Un seul soldat y suffisait, maintenant. Il ne restait que neuf marcheurs. Certains regardaient leur ceinture d'un air morne, comme s'ils ne savaient pas ce que c'était, et la laissaient glisser de leurs mains comme un serpent visqueux. Garraty mit des heures, lui sembla-t-il, pour résoudre le mystère de la boucle et la pensée de manger révulsa son estomac crispé.

Stebbins marchait à présent à côté de lui. Mon ange gardien, pensa Garraty avec ironie. Stebbins lui sourit largement et fourra dans sa bouche deux gros biscuits tartinés de beurre de cacahuètes. Il mangea bruyamment. Garraty en eut mal au cœur.

— Qu'est-ce que t'as ? demanda Stebbins la bouche pleine. Tu ne tiens pas le coup ?

— Ça te regarde ?

Stebbins avala avec, pensa Garraty, un réel effort.

— Non. Si tu tombes d'inanition, tant mieux pour moi.

— Nous allons arriver jusque dans le Massachusetts, je crois, marmonna McVries.

— Ouais, dit Stebbins. La première Marche à réussir ça en dix-sept ans. Ils vont devenir complètement fous.

— Comment ça se fait que tu en saches tant sur la Longue Marche ? demanda brusquement Garraty.

Stebbins fit un geste vague.

— Tout est dans leur documentation. Ils n'ont pas de quoi avoir honte. Pas vrai ?

— Qu'est-ce que tu feras si tu gagnes, Stebbins ? demanda McVries.

Stebbins rit. Sous la pluie, sa maigre figure duveteuse, tirée par la fatigue, avait quelque chose de léonin.

— Qu'est-ce que tu crois ? Que je m'achèterai une grande Cadillac jaune avec une capote violette et une télé couleur avec haut-parleurs stéréo pour chaque pièce de ma maison ?

— Il me semble, dit McVries, que tu devrais faire don de deux ou trois cents sacs à la Société Destructrice des Animaux.

— Abraham avait l'air d'un mouton, dit Garraty. D'un mouton pris dans des barbelés. C'est ce que j'ai pensé.

Ils passèrent sous une immense banderole annonçant qu'ils étaient maintenant à vingt-cinq kilomètres seulement de la limite du Massachusetts ; le New Hampshire ne représentait guère qu'une étroite bande séparant le Maine du Massachusetts.

— Garraty, dit aimablement Stebbins, pourquoi est-ce que tu ne vas pas baiser ta mère ?

— Désolé, tu n'appuies plus sur le bon bouton.

Garraty choisit avec soin une barre de chocolat dans sa ceinture et la fourra tout entière dans sa bouche. Son estomac se noua furieusement mais il avala le chocolat. Et après une courte lutte avec ses propres organes, il sut qu'il allait le garder.

— Je pense pouvoir marcher encore toute une journée, s'il le faut, dit-il nonchalamment, et deux autres si c'est nécessaire. Résigne-toi, Stebbins. Renonce à la vieille guerre psy. Ça ne marche pas. Mange encore des biscuits et du beurre de cacahuètes.

La bouche de Stebbins se pinça rien qu'un instant, mais Garraty le vit. Il avait piqué Stebbins au vif. Il en éprouva une joie incroyable. Le filon, enfin.

— Allons, Stebbins, dis-nous pourquoi tu es ici, toi. Vu que nous n'allons plus rester bien longtemps ensemble. Dis-le-nous. Ça restera entre nous trois, maintenant que nous savons que tu n'es pas Superman.

Stebbins ouvrit la bouche et, avec une soudaineté choquante, vomit les biscuits et le beurre de cacahuètes qu'il venait de manger, presque entiers et apparemment sans qu'ils aient été touchés par les sucs digestifs. Il chancela et, pour la seconde fois seulement depuis le départ de la Marche, il reçut un avertissement.

Garraty sentit le sang lui marteler la tête.

— Allez, Stebbins ! Tu as dégueulé. Maintenant déballe ton sac. Dis-nous.

La figure de Stebbins avait la couleur d'une mousseline à beurre sale mais il se ressaisit.

— Pourquoi je suis ici ? Vous voulez le savoir ?

McVries l'observait avec curiosité. Il n'y avait personne autour d'eux ; le plus proche était Baker, qui longeait la foule en observant intensément le visage de la masse.

— Pourquoi je suis ici ou pourquoi je marche ? Qu'est-ce que vous voulez savoir ?

— Nous voulons tout savoir, déclara Garraty.

— Je suis le lapin, expliqua Stebbins.

La pluie ruisselait sur eux, coulait de leur nez, suspendait des gouttes à leurs oreilles. Devant eux un garçon pieds nus, ses pieds devenus un lacis violacé de veines éclatées, tomba à genoux, se traîna en ballottant de la tête, essaya de se relever, retomba et finalement y parvint. Il se remit en marche. Garraty s'aperçut avec stupeur que c'était Pastor. Encore là !

— Je suis le lapin, répéta Stebbins. Tu les connais, Garraty. Les petits lapins gris mécaniques après lesquels courent les chiens, aux courses de lévriers. Ils ont beau courir vite, jamais ils n'attrapent le lapin. Parce que le lapin n'est pas en chair et en os comme eux. Le lapin n'est qu'un jouet au bout d'une tige de fer fixée à un tas de rouages. Autrefois, en Angleterre, ils utilisaient un vrai lapin mais des fois les chiens l'attrapaient. C'est plus sûr, comme ça... Il m'a bien eu.

Les yeux pâles de Stebbins contemplaient le rideau de pluie.

— On pourrait même dire... il m'a enchanté. Il m'a changé en lapin. Vous vous rappelez celui d'*Alice au Pays des Merveilles*? Mais tu as peut-être raison, Garraty. Il est temps de cesser d'être des lapins et des cochons qui grognent et des moutons, de redevenir des personnes... même si nous ne pouvons nous élever qu'au niveau des proxénètes et des pervertis aux balcons des théâtres de la 42e Rue.

Les yeux de Stebbins eurent un éclair joyeux et il regarda McVries et Garraty... et ils en furent effrayés. Stebbins était fou. En ce moment, il ne pouvait y avoir le moindre doute. Stebbins était complètement fou.

Sa voix basse se haussa à un timbre de prédicateur.

— Comment se fait-il que j'en sache si long sur la

Longue Marche ? Je connais tout de la Longue Marche ! Je suis bien placé pour ça ! *Le commandant est mon père, Garraty ! C'est mon père !*

Garraty ressentit des frissons et des picotements dans le ventre et les testicules.

— Mon Dieu ! murmura McVries. C'est vrai ?

— C'est vrai, assura Stebbins presque jovialement. Je suis son fils naturel. Vous comprenez... Je ne pensais pas qu'il le savait. Je ne pensais pas qu'il savait que j'étais son fils. C'est là que je me suis trompé. C'est un sacré vieux cavaleur, le commandant. Il paraît qu'il a des dizaines de petits bâtards. Ce que je voulais, c'était l'étonner, en faire la surprise au monde. Quand j'aurais gagné, le Prix que j'aurais demandé, ç'aurait été de m'installer dans la maison de mon père.

— Mais il savait tout, murmura McVries.

— Il a fait de moi son lapin. Un petit lapin gris pour faire courir les chiens plus vite, plus loin. Et on dirait que ça a marché. Nous allons atteindre le Massachusetts.

— Et maintenant ? demanda Garraty.

Stebbins haussa les épaules.

— Le lapin se révèle finalement en chair et en os. Je marche. Je parle. Et je suppose que si cette histoire ne se termine pas bientôt, je me traînerai sur le ventre comme un reptile.

Ils passèrent sous un lourd réseau de lignes à haute tension. Des ouvriers en hautes bottes à crampons étaient juchés sur les pylônes, au-dessus de la foule, comme de grotesques mantes religieuses.

— Quelle heure est-il ? demanda Stebbins.

Sa figure semblait s'être fondue sous la pluie. Elle était devenue celle d'Olson. Celle d'Abraham, de Barkovitch... et, horriblement, celle de Garraty lui-même, désespérée et vide, crispée et repliée sur elle-même, la figure d'un épouvantail pourrissant dans un champ moissonné depuis longtemps.

— 9 h 40, répondit McVries avec un sourire, pâle imitation de son vieux rire cynique. Bonne cinquième journée à vous tous, pigeons.

Stebbins hocha la tête.

— Est-ce qu'il va pleuvoir toute la journée, Garraty ?

— Ouais, je crois. Ça m'en a tout l'air.

— Je le crois aussi, marmonna Stebbins.

— Eh bien, entre donc et sors de sous la pluie, dit subitement McVries.

— D'accord. Merci.

Ils marchaient, parfois du même pas, tous trois courbés et déformés à jamais par les douleurs qui les tenaillaient.

Quand ils entrèrent dans le Massachusetts, ils étaient sept : Garraty, Baker, McVries, un squelette ambulant aux yeux creux nommé George Fielder, Bill Hough (« Ça se prononce Huff », avait-il dit à Garraty beaucoup plus tôt), un grand type musclé appelé Milligan qui n'avait pas encore l'air d'être en trop mauvaise forme, et Stebbins.

La pompe et le vacarme du passage de la frontière s'estompèrent lentement derrière eux. La pluie tombait toujours, interminable, monotone. Le vent hurlait et déchirait avec la jeune insouciance cruelle du printemps. Il emportait les chapeaux et les casquettes de la foule, pour les faire tournoyer brièvement comme des soucoupes volantes dans le ciel blanchi.

Un peu plus tôt, juste après l'aveu de Stebbins, Garraty avait ressenti un curieux allégement de tout son être. Ses pieds semblaient s'être rappelé ce qu'ils avaient été. Les douleurs lancinantes dans son dos et son cou avaient cessé. C'était comme lorsque l'on escalade les derniers mètres d'une grande paroi à pic et que l'on émerge au sommet, hors des nuages mouvants et de la brume dans le soleil frais et l'air vif... sans plus autre chose à faire que de redescendre... et cela à la vitesse de l'éclair.

Le half-track roulait juste devant eux. Garraty regarda le soldat blond assis sous le grand parasol de toile. Il essaya de projeter toutes ses souffrances, toute sa douleur sur l'homme du commandant. Le blond le dévisagea avec indifférence.

Garraty jeta un coup d'œil à Baker qui saignait fortement du nez. Le sang ruisselait autour de sa bouche.

— Il va mourir, n'est-ce pas ? dit Stebbins.

— Bien sûr, répondit McVries. Ils meurent tous, tu ne savais pas ?

Une violente rafale souleva une nappe de pluie devant eux et McVries trébucha. Il s'attira un avertissement. La foule continuait d'acclamer, de hurler sans raison précise. Au moins, les pétards étaient moins nombreux. La pluie avait mis fin à cette joyeuse imbécillité.

La route les entraînait vers un immense virage relevé et Garraty sentit le cœur lui manquer. Vaguement, il entendit Milligan murmurer :

— Bon Jésus !

La route passait entre deux collines. C'était comme une gorge entre deux grands seins. Les collines étaient noires de monde. La foule semblait se dresser au-dessus et autour d'eux comme une muraille vivante.

George Fielder s'anima brusquement. Sa tête de mort se tourna lentement de côté et d'autre, sur son cou en tuyau de pipe.

— Ils vont nous manger tout crus, marmonna-t-il. Ils vont nous sauter dessus et nous manger tout crus.

— Je ne crois pas, dit sérieusement Stebbins. Il n'y a jamais eu...

— Ils vont nous manger tout crus ! Nous manger crus ! Crus ! Crus ! Mangercrusmangercrusmangercrus...

Fielder se mit à tourner en rond, en battant des bras comme un fou, les yeux étincelants d'une terreur innommable. Garraty trouva qu'il avait l'air d'un de ces jeux vidéo devenus fous.

— *Mangercrusmangercrusmangercrusmangercrus...*

Il hurlait à pleins poumons mais Garraty l'entendait à peine. Les vagues de cris venus des collines déferlaient sur eux et les écrasaient. Il n'entendit même pas les coups de feu quand Fielder prit son ticket, rien que la clameur sauvage montant de la foule. Le cadavre de Fielder exécuta une rumba dégingandée mais gracieuse au milieu de la chaussée, les pieds dansant, le corps ondulant, les épaules secouées. Enfin, sans doute trop fatigué pour danser plus longtemps, il s'assit, les jambes écartées, et mourut ainsi, assis, le menton pressé contre sa poitrine comme un petit garçon fatigué surpris par le marchand de sable au milieu de ses jouets.

— Garraty, dit Baker. Garraty, je saigne.

Les collines étaient derrière eux, à présent, et Garraty pouvait l'entendre... quoique mal.

— Oui, dit-il mais il dut faire un gros effort pour parler posément.

Art Baker devait avoir une hémorragie interne. Son nez pissait le sang. Ses joues, son cou, son col de chemise en étaient couverts.

— Ce n'est pas grave, dis ? demanda Baker en larmes qui savait que c'était grave.

— Mais non, penses-tu, répondit Garraty.

— La pluie me paraît si tiède. Je sais que ce n'est que de la pluie, pourtant. Ce n'est que de la pluie, pas vrai, Garraty ?

— Bien sûr, dit Garraty le cœur serré.

— J'aimerais bien avoir de la glace pour mettre dessus, dit Baker et il s'éloigna.

Garraty le suivit des yeux.

Bill Hough (« Prononce Huff ») prit son ticket à 10 h 45 et Milligan à 11 h 30, juste après le passage des six F-111 bleu électrique de la patrouille acrobatique des Flying Deuces. Garraty s'attendait à ce que Baker tombe avant eux, mais Baker continuait, alors même que la moitié supérieure de sa chemise était complètement trempée de sang.

Il y avait du jazz dans la tête de Garraty. Dave Bruebeck. Thelonius Monk. Cannonball Adderly, les Bruiteurs interdits que tout le monde gardait sous la table et faisait jouer quand la fête devenait bruyante et alcoolisée.

Il lui semblait que, dans le temps, il avait été aimé, qu'il avait lui-même aimé. Mais maintenant il n'y avait plus que le jazz et la batterie dans sa tête, sa mère n'était rien que de la paille tassée dans un manteau de fourrure et Jan qu'un mannequin de grand magasin. C'était fini. Même s'il gagnait, s'il réussissait à tenir plus longtemps que McVries, Stebbins et Baker, c'était fini. Jamais plus il ne retournerait chez lui.

Il se mit à pleurer. Sa vue se brouilla et ses pieds s'emmêlèrent ; il tomba. La chaussée était dure et froide mais incroyablement reposante. Il reçut deux avertissements avant de réussir à se relever, avec des mouvements de crabe. Il remit ses pieds en marche. Il lâcha un vent... un long bruit stérile qui n'avait vraiment aucun rapport avec un bon gros pet honnête.

Baker zigzaguait comme un ivrogne sur toute la

largeur de la route. McVries et Stebbins avaient réuni leurs têtes. Garraty fut soudain sûr qu'ils complotaient pour le tuer, de la même manière qu'un certain Barkovitch avait tué autrefois un numéro sans visage appelé Rank.

Il se força à presser le pas et les rattrapa. Ils s'écartèrent sans un mot pour lui faire une place (Vous vous taisez, hein? Mais vous parliez de moi. Vous vous figurez que je ne le sais pas? Vous me prenez pour un fou?), mais c'était un réconfort. Il voulait être avec eux, rester avec eux... jusqu'à sa mort.

Ils passèrent devant un panneau qui, dans l'esprit à la dérive de Garraty, résumait la délirante insanité de l'univers, l'ironie imbécile des mondes, un panneau qui déclarait :

BOSTON 79 KILOMÈTRES !
MARCHEURS VOUS POUVEZ Y ARRIVER !

Il se serait tenu les côtes de rire s'il en avait été capable. Boston! Le nom même était mythique, incroyable, inconcevable.

Baker était revenu à côté de lui.

— Garraty?
— Qu'est-ce qu'il y a?
— Nous sommes dedans?
— Hein?
— Dedans, est-ce que nous sommes dedans? Garraty, je t'en *supplie!*
— Ouais. Nous sommes dedans, Art, répondit-il sans comprendre du tout de quoi Baker voulait parler.
— Je vais mourir maintenant, Garraty.
— Bon.
— Si tu gagnes, tu veux bien faire quelque chose pour moi? J'ai peur de le demander aux autres.

Sur ce, Baker fit un grand geste vers la route déserte comme si la Marche avait encore des dizaines de concurrents. Pendant un instant d'effroi, Garraty se demanda s'ils n'étaient pas tous là encore, peut-être, des fantômes en marche que Baker à sa dernière minute voyait, lui.

— Tout ce que tu voudras.

Baker lui posa une main sur l'épaule et Garraty se mit à sangloter sans pouvoir se calmer. Il lui semblait que son cœur allait sortir de sa poitrine et verser ses propres larmes.

— Doublé de plomb, dit Baker.

— Marche encore un peu, dit Garraty à travers ses larmes. Marche encore un peu, Art.

— Non... peux plus.

— Bon.

— Je te verrai peut-être, mec, dit Baker en essuyant distraitement le sang sur sa figure et Garraty baissa la tête en pleurant. Ne les regarde pas me faire ça. Promets-moi ça aussi.

Garraty hocha la tête, incapable de parler.

— Merci. Tu étais mon ami, Garraty.

Baker essaya de sourire. Il tendit sa main, à l'aveuglette, et Garraty la serra dans les deux siennes.

— Un autre temps, un autre lieu, murmura Baker.

Garraty laissa tomber sa figure dans ses mains et dut se courber pour continuer de marcher. Les sanglots le déchiraient, avec une douleur qui dépassait tout ce que la Marche avait été capable de lui infliger.

Il espérait qu'il n'entendrait pas les coups de feu. Mais il les entendit.

18

« Je proclame la fin de la Longue Marche de cette année. Mesdames et messieurs... Citoyens... contemplez votre gagnant ! »

Le Commandant

Ils étaient à soixante-quatre kilomètres de Boston.

— Raconte-nous une histoire, Garraty, dit tout à coup Stebbins. Raconte-nous une histoire qui nous fera oublier nos ennuis.

Ils avait incroyablement vieilli. Stebbins était un vieillard.

— Ouais, dit McVries, lui aussi tout âgé et parcheminé. Une histoire, Garraty.

Garraty les regarda à tour de rôle d'un air morne, mais il ne vit aucune duplicité dans leurs yeux, rien que la fatigue à son comble. Il perdait lui-même son second souffle ; toutes ses horribles douleurs revenaient au galop.

Il ferma les yeux un long moment. Quand il les rouvrit, le monde s'était dédoublé et ne se remettait au point que lentement.

— Bon, dit-il.

McVries tapa solennellement dans ses mains, trois fois. Il marchait avec trois avertissements ; Garraty en avait un, Stebbins aucun.

— Il était une fois...

— Ah, la barbe, qui a envie d'écouter un conte de fées ? protesta Stebbins.

McVries pouffa un peu. Garraty répliqua sévèrement :

— Tu écouteras ce que je veux bien raconter ! Tu veux une histoire, oui ou merde ?

Stebbins chancela et bouscula Garraty ; ils reçurent tous deux un avertissement.

— Ma foi, un conte de fées, ça vaut mieux que pas d'histoire du tout.

— D'abord, ce n'est pas un conte de fées. Ce n'est pas parce que ça se passe dans un monde qui n'a jamais existé que c'est un conte de fées.

— Tu vas la raconter, oui ou non ? demanda McVries.

— Il était une fois, reprit Garraty, un chevalier blanc qui partit dans le monde pour une Mission Sacrée. Il quitta son château et marcha dans la forêt enchantée...

— Les chevaliers vont à cheval, objecta Stebbins.

— Il traversa la forêt enchantée à cheval, d'accord. Et il lui arriva beaucoup d'aventures bizarres. Il se battit contre des milliers de trolls et de farfadets et contre des loups. Et finalement il arriva au château du roi et demanda la permission d'emmener Gwendolyn, la célèbre Dame de Beauté, faire une promenade.

McVries s'esclaffa.

— Le roi, ça ne le bottait pas, il pensait que personne n'était assez bien pour sa fille Gwen, la Dame de Beauté célèbre dans le monde entier, mais la Dame de Beauté aimait tant le chevalier blanc qu'elle menaça de s'enfuir dans le Bois Sauvage si... si...

Un vertige le prit, il eut l'impression de flotter au-dessus d'un trou noir. Les rugissements de la foule arrivaient à ses oreilles comme le bruit de la mer dans un long tunnel en forme d'entonnoir. Enfin le vertige passa, mais lentement.

Il regarda les autres. La tête de McVries s'était affaissée et il marchait vers la foule, profondément endormi.

— Hé ! cria Garraty. Hé, Pete ! *Pete !*

— Laisse-le, dit Stebbins. Tu as promis, comme nous tous.

— Va te faire foutre, répliqua très distinctement Garraty en se précipitant vers McVries.

Il le prit par les épaules, le ramena dans la bonne direction. McVries le regarda d'un air endormi et lui sourit.

— Non, Ray. Il est temps que je m'assoie.

La terreur serra la poitrine de Garraty.

— Non ! Pas question !

McVries le considéra un moment puis il sourit encore et secoua la tête. Il s'assit sur la chaussée, en tailleur. Il avait l'air d'un moine usé par le temps. La cicatrice, sur sa joue, faisait une raie blanche dans l'obscurité pluvieuse.

— *Non !* glapit Garraty.

Il essaya de soulever McVries mais, malgré sa maigreur, celui-ci était bien trop lourd. McVries ne voulait même pas le regarder. Il avait fermé les yeux. Et soudain deux soldats l'arrachèrent à Garraty. Ils appuyèrent leurs fusils contre la tête de McVries.

— *Non !* hurla encore Garraty. *Moi ! Moi ! Tuez-moi !*

Mais, au lieu d'une balle, ils lui donnèrent un troisième avertissement.

McVries rouvrit les yeux et sourit encore une fois. L'instant suivant, il n'était plus.

Garraty se remit en marche machinalement. Il regarda Stebbins, qui le dévisageait avec curiosité, sans le voir. Il se sentait empli d'un étrange vide rugissant.

— Finis l'histoire, dit Stebbins. Finis l'histoire, Garraty.

— Non. Je ne veux pas.

— Laisse tomber, alors... Si les âmes, ça existe, la sienne est encore tout près. Tu pourrais la rattraper.

Garraty lui jeta un coup d'œil et gronda :

— Je vais marcher à te crever.

Ah, Pete ! pensait-il. Il ne lui restait même plus de larmes pour pleurer.

— Ah oui ? Nous verrons.

A 20 heures, ils traversèrent Danvers et Garraty comprit enfin. C'était presque terminé, parce que Stebbins ne pouvait pas être battu.

J'ai passé trop de temps à y penser. McVries, Baker, Abraham... ils n'y pensaient pas, ils se contentaient de mourir. Et c'était naturel. Et c'est réellement naturel. Dans un sens, c'est la chose du monde la plus naturelle.

Il se traînait, les yeux exorbités, la bouche ouverte à la pluie. Pendant un moment fugace, flou, il crut voir quelqu'un qu'il connaissait, qu'il connaissait aussi bien que lui-même, qui pleurait et lui faisait signe dans les ténèbres, devant, mais c'était inutile. Il ne pouvait plus continuer.

Il fallait le dire à Stebbins. Il marchait devant, boitant sérieusement, maintenant, le visage émacié. Garraty était terriblement fatigué mais il n'avait plus peur. Il était calme. Il se sentait bien. Il se força à marcher plus vite, pour aller poser une main sur l'épaule de Stebbins.

— Stebbins...

Stebbins se retourna et le regarda avec des yeux immenses, noyés, qui ne virent d'abord rien. Mais au bout d'un moment il le reconnut et tendit la main pour ouvrir, puis arracher la chemise de Garraty. La foule protesta à grands cris mais seul Garraty était assez près pour voir l'horreur dans les yeux de Stebbins, l'horreur, les ténèbres ; et seul Garraty savait que le geste de Stebbins était un dernier appel au secours.

— *Ah, Garraty !* cria-t-il et il tomba.

Le bruit de la foule devint apocalyptique. C'était le fracas de montagnes qui s'écroulent et se brisent, de la terre qui s'ouvre. Le bruit écrasa Garraty. Cela l'aurait tué s'il l'avait entendu. Mais il n'entendait que sa propre voix.

— Stebbins ? dit-il avec curiosité.

Il se baissa et réussit tant bien que mal à le retourner. Stebbins le regardait toujours fixement mais déjà le désespoir s'était voilé ; la tête ballottait mollement. Il posa une main devant la bouche de Stebbins.

— Stebbins ? répéta-t-il.

Mais Stebbins était mort.

Garraty s'en désintéressa. Il se releva et se remit à marcher. Les acclamations emplissaient l'air à présent et des feux d'artifice embrasaient le ciel. Une jeep accélérait dans sa direction.

Pas de véhicules sur la route, bougre de con. C'est un péché capital, on peut te fusiller pour ça.

Le commandant était debout dans la jeep. Il faisait le salut militaire, raide, au garde-à-vous. Prêt à exaucer le premier souhait, n'importe lequel, n'importe quoi, tous les vœux, le vœu de mort. Le Prix.

Derrière lui, on tuait Stebbins qui était déjà mort et maintenant il n'y avait plus que lui, seul sur la route, marchant vers la jeep du commandant qui s'était arrêtée en diagonale en travers de la chaussée sur la ligne blanche. Et le commandant en descendait, il venait vers lui, la figure bienveillante, l'expression indéchiffrable derrière les lunettes miroirs.

Garraty s'écarta. Il n'était pas seul. L'ombre était de retour, devant lui, pas loin, qui lui faisait signe. Il connaissait cette silhouette. S'il se rapprochait encore, il distinguerait peut-être ses traits. Lequel n'avait-il pas battu ? Est-ce que c'était Barkovitch ? Collie Parker ?

Percy Comment-c'est-son-nom ? Qui était-ce ?

— GARRATY ! GARRATY ! hurlait la foule en délire. GARRATY, GARRATY, GARRATY !

Etait-ce Scramm ? Gribble ? Davidson ?

Une main sur son épaule. Il la repoussa impatiemment. L'ombre lui faisait signe, sous la pluie, l'appelait, pour qu'il vienne marcher, pour qu'il vienne jouer le jeu. Et il était temps de partir. La route allait être longue.

Les yeux aveugles, les mains tendues devant lui comme pour demander l'aumône, Garraty marcha vers l'ombre.

Et quand la main toucha de nouveau son épaule, il trouva la force de courir.

STEPHEN KING

Epouvante, polar, science fiction, Stephen King sait nous faire mourir de peur. Il sait reformuler nos terreurs ancestrales pour les intégrer dans notre environnement technologique. Comme autrefois Edgar Poe ou Lovecraft, le King règne aujourd'hui sur le Fantastique.

Carrie
835/3 (Mars 95)
Shining
1197/5
Danse macabre
1355/4
Cujo
1590/4
Christine
1866/4
Peur bleue
1999/3
A Talker's Mills, paisible bourgade du Maine, le loup-garou revient à chaque pleine lune et dévore sauvagement ses victimes.

Charlie
2089/5
Simetierre
2266/6
Différentes saisons
2434/7
La peau sur les os
2435/4 Polar

Brume
- Paranoïa
2578/4
- La Faucheuse
2579/4
Running Man
2694/3 Polar
Etats-Unis 2025 : une nouvelle tyrannie. Une chaîne unique de télévision et une émission vedette : «La Grande Traque». Les yeux rivés sur le petit écran, le peuple regarde la mort en direct.

ÇA
2892/6, 2893/6 & 2894/6
également en coffret FJ 6904
Qu'ont-ils vu qui aurait rendu les autres fous ? Quelle chose innommable ? Quoi que ce fût, c'était là de nouveau... ÇA ! l'ordure aux cent têtes.

Les Tommyknockers
3384/4, 3385/4 & 3386/4
également en coffret FJ 6659
Jim a peur pour Bobbi. Quelque chose d'étrange se passe à Haven. Tard, la nuit dernière les Tommyknockers sont arrivés... Le grand cirque de l'épouvante peut commencer.

La tour sombre
- Le pistolero
2950/3 Science-Fiction
Deux hommes marchent dans un désert calciné, cruel, aveuglant. L'un pourchasse l'autre. Mais le gibier n'est peut-être pas celui qu'on croit.

- Les trois cartes
3037/7 Science-Fiction

- Terres perdues
3243/7 Science-Fiction
Misery
3112/6
Marche ou crève
3203/5 Polar
Le Fléau
Edition intégrale
3311/6, 3312/6 & 3313/6,
également en coffret FJ 6616
On avait cru d'abord à une banale épidémie de grippe. Mais quand les cadavres jonchèrent les routes, il fallut se rendre à l'évidence : le Fléau n'épargnerait personne.

Rage
3439/3 Polar
A neuf heures vingt, après un entretien destroy, Charlie met le feu aux vestiaires du collège. Puis, il flingue le prof d'algèbre. Charlie se sent bien : il est allé jusqu'au bout.

Chantier
2974/6 Polar
Minuit 2
3529/7
Après minuit, tout bascule. Le temps se courbe et s'étire, se replie ou se brise en emportant un morceau de réel. Après minuit, l'heure où l'on peut rencontrer le pire !

Minuit 4
3670/8
Après *Minuit 2*, le maître de l'épouvante récidive : deux nouveaux cauchemars à vous glacer le sang !

Bazaar
3817/7 & 3818/7
Jessie
4027/6

POLAR

Policiers classiques, romans noirs, thrillers, suspense... dans la collection Polar, tous les genres du roman criminel, des grands classiques aux auteurs contemporains. Sans oublier les adaptations du cinéma.

Suspense garanti.

AMBROSE DAVID
L'homme qui se prenait pour lui-même
3928/5 Inédit

ARNSTON HARRISON
Body
3479/5

BAXT GEORGE
Du sang dans les années folles
2952/4

BAYER WILLIAM
Une tête pour une autre
2085/3

BLOCH R. & NORTON A.
L'héritage du Dr Jekyll
3329/4 Inédit

BOILEAU-NARCEJAC
Les victimes
1429/2

Irrésistible Manou ! Pierrre en tombe instantanément amoureux, sans rien connaître d'elle. Elle va l'entraîner dans une effroyable comédie.

Maldonne
1598/2

BROWN FREDERIC
La nuit du Jabberwock
625/2

BUCHAN JOHN
Les 39 marches
1862/2

BUCKLEY CHRISTOPHER
Contrepoison
3852/5

CHANDLER RAYMOND
Playback
2370/2

COLLINS MAX ALBAN
Dans la ligne de mire
3626/5

CONSTANTINE K.C.
L'homme qui aimait les tomates tardives
3383/4

DePALMA BRIAN
Pulsions
1198/3

DILLARD J.-M.
Le fugitif
3585/4

FIECHTER JEAN-JACQUES
Tiré à part
3912/2

Jaloux du succès d'un écrivain, un éditeur monte une machination diabolique pour le faire accuser de plagiat. Un chef d'œuvre de finesse et de cruauté, qui valut à Jean-Jacques Fiechter le Grand prix de la littérature policière en 1993.

GALLAGHER STEPHEN
Du fond des eaux
3050/6 Inédit
Cauchemar avec ange
3671/5

GARBO NORMAN
L'Apôtre
2921/7

GARDNER ERLE STANLEY
Perry Mason
- La jeune fille boudeuse
1459/3
- Le canari boiteux
1632/3
- La danseuse à l'éventail
1688/3

Le 16 septembre, John Callender s'installe à l'hôtel Richmel, chambre 511. Le lendemain, le garçon d'étage découvre son client assassiné.

- L'avocat du diable
2073/3

GARTON RAY
Piège pour femmes
3223/5 Inédit

Un soir, Gerry découvre une femme dans son garage. Nue sous son manteau de fourrure, un couteau sanglant à la main. Gerry peut dire adieu à sa vie tranquille...

GRADY JAMES
Steeltown
3164/6

HALL JAMES W.
Trafic en plein jour
3734/5
Bleu Floride
3952/5

HENRY D. & HORROCK N.
Neige rouge sang
3568/5

KENRICK TONY
Shanghai Surprise
2106/2 Inédit
Les néons de Hong-kong
2706/5 Inédit

LASAYGUES FRÉDÉRIC
Back to la zone
3241/3 Inédit

LINDSEY DAVID L.
Mercy
3123/7

POLAR

LUTZ John
JF partagerait appartement
3335/4

A Manhattan, où les loyers sont si chers, Allie passe une petite annonce pour trouver une co-locataire. Mais Hedra est-elle un bon choix ?

McBAIN Ed
Vêpres rouges
3894/5

Mac GERR Pat
Bonnes à tuer
527/3

MAXIM John R.
Les tueurs Bannerman
3273/8

Il suffit d'un rien pour réveiller un ex-agent de la CIA qui dort. Surtout si son beau-père trempe dans un trafic de cocaïne !

NICOLAS Philippe
Le printemps d'Alex Zadkine
3096/5

PARKER Jefferson
Little Saigon
2861/6
Pacific Tempo
3261/6 Inédit
L'été de la peur
3712/6 Inédit

PEARSON Ridley
Le sang de l'albatros
2782/5 Inédit

Agents du FBI ou de la CIA, ils sont aussi meurtriers, espions ou trafiquants d'armes. Un roman hallucinant, où l'homme est dominé par un mécanisme qu'il croyait dominer.

Descente en flammes
3599/6

QUEEN Ellery
La ville maudite
1445/3
Il était une vieille femme
1489/2
Le mystère égyptien
1514/3
Et le huitième jour
1560/3

Alors qu'il traverse le désert californien, Ellery Queen tombe sur une étrange secte, qui vit à l'écart de la civilisation. Mais un meurtrier s'est infiltré dans cette paisible communauté.

La Décade prodigieuse
1646/2
Le mystérieux Monsieur X
1918/2
Sherlock Holmes contre Jack l'Eventreur
2607/2
Face à face
2779/3
Le mystère espagnol
3494/4

ROBERTS John Maddox
SPQR
3530/4

SADOUL Jacques
Carol Evans
- L'héritage Greenwood
1529/3
- La chute de la Maison Spencer
1614/3
- L'inconnue de Las Vegas
1753/3
- Doctor Jazz
3008/3

Enquêtant à La Nouvelle-Orléans sur un trafic de drogue, Carol Evans, agent de la CIA, rencontre une jeune Chinoise peu recommandable. Une série noire où le jazz est à l'honneur.

- Yerba Buena
3292/4 Inédit
- A Christmas Carol
3691/4 Inédit

Aux prises avec un serial-killer pendant les fêtes de Noël, à New York, Carol Evans tombe sur une étrange combine immobilière, doublée d'une sombre affaire de drogue.

Trois morts au soleil
2323/2
Le mort et l'astrologue
2797/3

SANDFORD John
Le jeu du chien-loup
3802/7

A Minneapolis sévit un tueur maniaque, dont les crimes sont soigneusement mis en scène. On l'a surnommé le chien-loup...

SAUTER Eric
Vols planés
3873/4 Inédit
Poupée brisée
3976/6 Inédit

SCHALLINGHER Sophie
L'amour venin
3148/5

SIMON Len
Etats dissociés
3785/6

STRIEBER Whitley
Billy
3820/6

Billy a douze ans, les cheveux blonds et le regard malicieux. Pour Barton Royal, c'est un enfant parfait. Et Barton aime les enfants : c'est pour cela qu'il enlève Billy, pour que l'horreur commence...

TANNENBAUM Robert
Coupable incertitude
3622/6 Inédit

ÉPOUVANTE

Depuis deux siècles, le roman d'épouvante fascine des générations de lecteurs avides et terrifiés. Mary Shelley, Bram Stoker lui ont donné ses lettres de noblesse. Stephen King, Dean Koontz, Joe Lansdale, Brian Stableford et d'autres talentueux inventeurs de cauchemars ont régénéré ses thèmes.

Sous le signe du surréel, le genre est une véritable plongée dans des jardins secrets où fleurit l'horreur.

BARKER Clive
Cabale
3051/4

Livres de sang
Plus sombres qu'un cauchemar, puisées dans les ténèbres de l'âme, voici les histoires écrites sur le *Livre de Sang*. Celles d'un monde de terreur où les morts se révoltent et se vengent des vivants !

- Livre de sang
2452/3
- Une course d'enfer
3690/4
- Confessions d'un linceul
3745/4
- Apocalypses
4008/4
- Prison de chair
4065/4

BLATTY William P.
L'exorciste
630/4

CAMPBELL Ramsay
Spirale de malchance
3711/8 Inédit

CITRO Joseph A.
L'abomination du lac
3382/4 Inédit

CLEGG Douglas
La danse du bouc
3093/5 Inédit
Gestation
3333/5 Inédit
Neverland
3578/5

COLLINS Nancy A.
La volupté du sang
3025/4 Inédit
Internée dans un asile d'aliénés, Sonia Blue est en réalité un vampire. Lorsqu'elle parvient à s'échapper, c'est pour se venger de ceux qui ont cherché à la détruire.

Appelle-moi Tempter
3183/4 Inédit

GARTON Ray
Tapineuses vampires
3498/3

GOWER Daniel
Le Procédé Orphée
3851/7

HODGE Brian
La vie des ténèbres
3437/7 Inédit

JAMES Peter
Possession
2720/5
Prophétie
3815/6 Inédit
Trois siècles après la mort de Lord Halkin, son esprit maléfique s'empare d'un jeune garçon pour accomplir son œuvre destructrice.

JETER K. W.
Les âmes dévorées
2136/4 Inédit
La source furieuse
3512/4

KAYE Marvin
Lumière froide
1964/3

KOJA Kathe
Brèche vers l'enfer
3549/4
Décérébré
3650/4 Inédit
Corps outragés
3764/5 Inédit

KOONTZ Dean R.
Spectres
1963/6 Inédit
Quelle force maléfique s'est abattue sur Snowfield ? Dès leur arrivée, Jenny et Lisa ont ressenti une impression étrange. Puis les cadavres s'accumulent... Un itinéraire sanglant dans une atmosphère terrifiante.

L'antre du tonnerre
1966/3 Inédit
Le rideau des ténèbres
2057/5
Le visage de la peur
2166/4 Inédit
L'heure des chauves-souris
2263/6
Feux d'ombre
2537/7
Chasse à mort
2877/6
Les étrangers
3005/9
Les yeux foudroyés
3072/8
Le temps paralysé
3291/6
Midnight
3623/8
Une série de crimes inexpliqués, dans une ville américaine. L'enquête va révéler qu'un informaticien mégalomane a trouvé le moyen de faire muter la race humaine. Ses victimes deviennent alors des monstres incontrôlables...

ÉPOUVANTE

LANSDALE Joe. R
Les enfants du rasoir
3206/4 Inédit

LAWS Stephen
Darkfall
3735/5 Inédit

LEVIN Ira
Un bébé pour Rosemary
342/4

MATHESON Richard
La maison des damnés
612/4

McCAMMON Robert R.
Mary Terreur
3264/7 Inédit

MONTELEONE Thomas
Fantasma
2937/4 Inédit

QUENOT Katherine E.
Blanc comme la nuit
3353/4

Peut-on oublier le jour où l'on a retrouvé le corps de sa petite fille décapité et calciné ? Dix-neuf ans plus tard, les cauchemars assaillent sans relâche Harley.

Rien que des sorcières
3872/7

SAUL John
Le châtiment
des pécheurs
3951/6 Inédit

SELTZER David
La malédiction
796/2 Inédit

SHELLEY Mary
Frankenstein
3567/3

Le plus célèbre des romans d'épouvante. Le Dr Frankenstein parvient à animer une créature reconstitué à l'aide de débris humains...

SIMMONS Dan
Le chant de Kali
2555/4

Des cadavres qui ressuscitent, une déesse dévoreuse d'âmes : il est des endroits maléfiques. Calcutta est de ceux-là.

SKIPP & SPECTOR
Décibels
3927/7 Inédit

STABLEFORD Brian
Les loups-garous
de Londres
3422/7 Inédit

Menant une enquête en Egypte sur les phénomènes occultes, un homme et un enfant sont propulsés dans un univers de songes sataniques... les loups-garous se réveillent.

L'ange de la douleur
3801/7 Inédit

STOKER Bram
Dracula
3402/7

STRIEBER Whitley
Wolfen
1315/4
Les prédateurs
1419/4
Cat Magic
2341/7
Animalité
3587/6
Feu d'enfer
4051/6

Au cœur de New York, la Babylone des temps modernes, on découvre le corps à demi-brûlé d'une femme dans une église. Le scandale embrase la communauté avec une violence inouïe. A l'image des brasiers que l'assassin, psychopathe ou possédé, continue à allumer, ressuscitant les fantômes de l'Inquisition...

WATKINS Graham
Sacrifices aztèques
3603/6

WHALEN Patrick
Les cadavres ressuscités
3476/6

X
*Histoires de sexe
et de sang*
- Histoires de sexe
 et de sang
3225/4
- Le choix ultime
3911/6

Achevé d'imprimer en Europe (France)
par Brodard et Taupin à La Flèche (Sarthe)
le 22 décembre 1995. 6980M-5
Dépôt légal déc. 1995. ISBN 2-277-23203-3
1er dépôt légal dans la collection : février 1992

Éditions J'ai lu
27, rue Cassette, 75006 Paris
Diffusion France et étranger : Flammarion